铁扬文集

长篇小说 大车上的我

铁扬 著

作家出版社

图书在版编目（CIP）数据

大车上的我 / 铁扬著. -- 北京：作家出版社，2025.6. --
（铁扬文集）. -- ISBN 978-7-5212-3315-5

Ⅰ. I247.5

中国国家版本馆CIP数据核字第20257BP049号

大车上的我

作　　者：铁　扬
装帧设计、插图附图：铁　扬
策　　划：颜　慧
责任编辑：陈亚利
美术编辑：李　星　丁奔亮
出版发行：作家出版社有限公司
社　　址：北京农展馆南里10号　　　邮　　编：100125
电话传真：86-10-65067186（发行中心）
　　　　　86-10-65004079（总编室）
E-mail:zuojia@zuojia.net.cn
http://www.zuojiachubanshe.com
印　　刷：北京博海升彩色印刷有限公司
成品尺寸：140×203
字　　数：284千
印　　张：13.75
版　　次：2025年6月第1版
印　　次：2025年6月第1次印刷
ISBN　978-7-5212-3315-5
定　　价：118.00元

铁扬自画像 2024 年作

1955年在青岛沙子口海边写生时（左四为铁扬）

1991年在北欧画展期间做艺术讲座

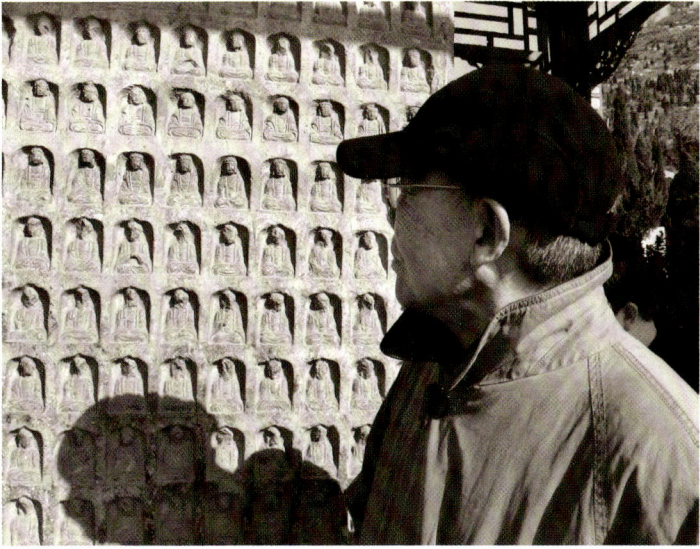

面对石头

2016年在贝加尔湖畔

自　序

　　朋友们常问我，早年我的第一志愿是否做一名画家，我说，不是。我立志要做一名交响乐队指挥。虽然作为一名出身乡间的孩子，我接触交响乐较晚，但接触后，自己便激动得不能自制。那时我觉得在指挥家的指挥棒下，活跃着的不只是几件管弦乐器的发声，更是一个世界，一个人类社会的骚动，是大自然在和谐中的搏斗，在搏斗中的和谐。

　　朋友们又问我，那么第二志愿呢？我说，做一名作家，第三才是做画家。

　　我觉得能把自己内心世界的那些私密的、个别的做无穷尽的、直率的倾吐，只有作家这个身份才能做到。而绘画的功能是有别于此的（有专家称，艺术的魅力是隐藏着的表现）。后来在大学受"名著选读课"的鼓动，也促使了我对文字描写的跃跃欲试。要写就要写像狄更斯、托尔斯泰创作的那样声势浩大的大部头。于是一部长篇"巨著"也开始在我的脑中酝酿，主人公便是我的祖父，民国时一位从乡间走出的身着戎装腰佩狮头刀的将军，就在那个"城头变幻大王旗"（鲁迅语）的时代。我还绞尽脑汁为"巨著"拟定下两个"惊天动地"的书名:《披星戴月》《平民将军》。这两个书名的拟定，也曾使自己激动不已。但提笔再写时，才发现文学不只是一个山呼海啸的开头，那是几十万或上百万字的继续。几十万字的继续是要有在特定的历史背景下对一个民族生存状态的认知和表述，其中人物行为和细节尤为重要。如此，当时我的文学梦只是一场文学梦而已。

但祖父的故事伴随了我多半生，它不断在我脑中发酵，甚至诱我为它扔下我手中的活儿（绘画），成年累月去寻找、积累，研究他平生的蛛丝马迹。从当时的"朝""野"发行的文字中获取一星半点;"跟随"他的从军行踪，去做重走考察。从1902年袁世凯受命编练新军，祖父的从军，到1927年北伐胜利，新军的败落。从他早期做下级军官"队官"驻地河北迁安，到他最后一任的上海淞路要塞司令驻地吴淞，以及中间任职驻地的武汉、宜昌、荆州、城陵矶、杭州、南昌、上海……一路走着寻找着，就仿佛我已走进那个年代。

一次我从吴淞炮台废弃的台基下捡回一块祖父建台时的台基"夯土"，使我如获至宝。

近代史的专家学者的帮助，更坚定了我对祖父研究的信心，天津大学的近代史专家来新夏教授曾指导我对那段历史的研究，甚至把某年祖父任职中央陆军十三混成旅时指挥收复荆州的战报查找复印给我。

几年来的寻找研究，祖父的足迹终于越来越清晰，之后的几年中，我在做了几个片段写作练习之后，才终于有了成书的可能……

原来摆弄文字之路是一条愉快、艰辛和麻烦之路。不是一阵心血来潮之冲动，更不是一次对自己风光的炫耀。

当然，一个活跃于民国时代的旧将军，没什么书写价值。但这位将军还乡为民时正是日寇入侵中国之时，当日寇"邀"他出山，并许以高官厚禄，他不仅自己急避日寇的引诱，赴大后方做"寓公"，还将自己的二子一孙送至延安或抗日前线。这时，这位老人显出更耀眼的人格魅力。

这本《大车上的我》却不是写那位从戎老人的，是从他那个家族中派生出的另一些故事，我用第一人称写一个呱呱坠地的婴儿和他的童年、少年眼中的世界。仅是老人遗留下的一架自鸣钟报告了这位婴儿的降生，然后这个婴儿从童年到少年是如何生活在大人们那些海阔天空世界里。他的喜怒哀乐在大人们的眼中或许都是"不在话下"，但对一个儿童少年，或许就变成或爱，或恨，或大喜，或大悲。家庭是什么，友谊是什么，战争是什么……当日寇的枪口凥着他的后脑，他就要被抛向火海时，那时的他又是何等模样。一位抗日军队的领导人几小时前还怀着美好的希冀和他一起合唱"建设新中国"的歌，几小时后这位抗日志士就变成一位烈士。还有那一个个不该让少年面对的面对，比如"从医"时他必得猝不及防地去面对一个女人的私处；比如当同性之间那种"莫名其妙"的行为偏偏被他遇见时……

当然，这个"大车上的我"也有过自己的风光，在那场反侵略的战争中，他曾是一位被同代人艳羡的儿童领袖，那时的他曾站在自己的队伍面前说一不二，他还曾站在一队合唱者的面前指挥领唱"黄河呼啸，滹沱河水急涨，日本强盗杀到我家乡。众家兄弟一起武装，拿起炸药背起枪"的抗日歌曲。也就是这位有过风光的他，在一次农村政策变革中瞬间失去这一切风光，迎接他的是难耐的苦楚和胆怯……

　　但当一个全新的中国到来时，那个"大车上的我"的难耐、苦楚、胆怯瞬时烟消云散，使他能够带着一身轻松投身到那个全新的时代中。

　　儿童和少年是人生中一段最最美好的时期。美好就在于他经历的一切都是真实中的迷茫和迷茫中的真实。

　　人生是需要点真实中的迷茫和迷茫中的真实的。

　　　　　　　　　　　　　　　　　　铁扬

　　　　　　　　　　　　　　　　2022 年中秋

一

大概我喜欢母亲体内的温暖，不喜欢比母体更大的屋子和一个更大更空旷的冷漠的院子和宇宙。

我离开母体后是一个死的我。

我辛子老姑用一把粗劣的锈迹斑斑的剪刀（就是我母亲常用来裁衣裳、替鞋样的那把）把我从母体中剪下来，剪刀上还沾着母亲和我共有的血液。她把剪刀向地上哐当一扔，提起我的双腿，拍打着我的后背和屁股说："啼呼吧，快啼呼出来吧。"我们那里管哭叫"啼呼"，她想以此把我唤醒，让我睁开眼睛，向着我所不喜欢的世界发声，但我仍然抿着嘴，闭着气。我娘还在炕下草铺上坐着，女人生产不在炕上，要坐在炕下的草铺上，她一面整理着自己，一面对辛子老姑说："姑姑，算了吧，随他去吧，这孩子不喜欢咱们，走就走吧。"

辛子老姑把我托起来掂掂分量说："还不轻哩，没有六斤也有五斤。"说着，发现门后面那个蒲墩，信手把我放在蒲墩上，搓着手说："哈利路亚，万有主宰可怜世上人。上帝喜欢他，把他招走吧。这是一个上帝的羔羊，《马太福音》上写过，上帝身边有的是羔羊。"

辛子老姑是个虔诚的基督徒，喜欢说"万有主宰可怜世上人"和"天国近了时候到了"。

我娘说："上帝喜欢他就让他当羔羊去吧。也许天国比咱这土屋土炕强。"

我赤身露体地躺在蒲墩上，不知我是仰着还是趴着，是伸着腿还是蜷曲着腿。

屋里安静下来，辛子老姑收拾着地上我娘坐过的干草，把我娘扶上炕。

这是民国二十四年七月二十六日午夜，这时，我家墙上那架挂钟正打着十一点，钟声震荡着空旷的屋子。

在此我必须先描写一下这架挂钟和它的来历。这是一架德国造的亨德利牌的自鸣钟，它联系着我出生的这个家族，联系着我的祖父，一位被人称作向大人的民国将军。这位在北洋新军中身经百战的祖父，由于在一九一一年的汉口夺取龟山的战役及一九一八年的平息荆州叛乱时有功，被陆军总部授三等嘉禾章、二等文虎章，佩"狮头刀"①并由中央陆

---

① "狮头刀"由北洋政府颁发：一至三狮刀由校官佩带，四至六狮刀由将军佩带。

军十三混成旅一位上校团长升为该旅的主官少将旅长，不幸的是，这位向大人在陆军十三混成旅主官任上时，由于所部在宜昌的哗变①，被陆军总部取消该部番号，向大人也一度还乡为北方寓公，当他东山再起时已是新直系首领孙传芳占领东南五省时由孙任命的淞沪要塞司令。祖父和孙为结拜兄弟。

宜昌兵变时，他虽空手还乡，但他的一位胞弟却有所收获，时在宜昌闲居的他，收获了十三旅的不少"营底子"。这架挂钟就是收获之一，当然在他的收获中还有不少稀罕，洋戏（留声机）、话匣子（电话机），还有更大的稀罕，两个又胖又大的被称作"沙发"的坐物。

我奶奶——向大人的原配，亲身经历了那次的兵变，她常带着永不泯灭的惊恐，叙述那次的经历，叙述中也照应着十三旅叛兵们的命运。她说："吓煞人，吓煞人。"她有声有色地叙说着叛军哗变时在宜昌烧杀抢掠的细节。后来，这些在宜昌参与哗变的老兵被押解在一列闷罐车里，号称是将这些北方老兵送回老家，当火车路过湖北孝感时，火车遭到埋伏在车站两边驻军的机枪扫射，四千名北方老兵

---

① 民国九年（一九二〇年）陆军十三混成旅和某师在宜昌的哗变。

被射杀在车内无一生还。

我睡在奶奶的炕上，我的枕头挨着奶奶的枕头，常听她一些没头没脑的叙述，从宜昌兵变到孝感遭袭事件，是她的话题之一。

"四千人呢，四千人呢。都是老头子从北方带去的老兵，老头子知道这里的诡计，可谁听他的？他还自身难保，两手空空还乡为民。老三比他精，趁乱还有心思收拾营底子，还稀罕那架德国钟，我不挂它，恁爹讲究，讲究时辰。"奶奶说的老三就是祖父的那位胞弟。

我爹讲究时辰，我的国文书上写着："当当当……时辰钟敲七响，我便起床，先刷牙，后洗脸，运动过后再吃饭。当当当……时辰钟敲八响，我上学堂，见到先生行个礼，见到同学问个好。"我爹常常指着墙上这架挂钟对我说："时辰钟，这就是时辰钟，有出息的文明人，都要按着时辰行事。"

现在我还是一个死的我，躺在门后的蒲墩上，没有听到时辰钟敲出的十一响。

我奶奶在上房却听到了响声，大概也估摸到了我的降世，她从正房的台阶上走下来，推开西厢房的门（我出生的房间），判断了眼前的形势，又看到门后的我，朝着我母亲略陈微词地喊："秀芝（秀芝是我娘的名），怎么说扔就扔，那是你身上的一块肉，你抱抱他，拍打拍打他。"她又朝着辛子老姑说，"辛子，还有你，你接生也不是一回两回了，怎么也忙手忙脚？耶稣怎么教导你的，还不给我捡起来。"

见过世面的我奶奶说话有"派"，对人直呼其名，常常带着命令式的口气。

辛子老姑说："时候不短了，谁知道还能缓过来不，哈利路亚，莫非天国近了，时候到了。"

辛子老姑还是拾起了我，她把我交给我奶奶，我奶奶托着我来到炕边，把我推给我娘说："让他叨叨奶。"

我娘讪讪地（我猜）接过我，我竟然哭了起来。这哭是惊天动地的，愤世嫉俗的，像是控诉像是抱怨，像是发泄。就这样我从午夜直哭到天亮，直到我又把自己哭死，直到我又被扔到那个蒲墩上。

一晚上我爹都在院里甬路上踱步，他是个文明读书人，还兼顾医学，当他再次感知我没有声响时便走进屋里，问我娘："又走了？"我娘说："又走了，这是上帝又把他招走了，辛子姑说的。"我爹说："儿科有四六风之说，这还不到四六日呢，走得这么急急忙忙，给我吧。"我娘把我包成一个小包袱，再撕扯个布条把我捆住，把一个死的我托给我爹。

二

我生下来和蒲墩有缘，蒲墩就是属于我的大自然，我一次又一次投入蒲墩这个大自然的怀抱。

其实蒲墩本是个坐物，家家都有，它就地取材，在我们那里它用高粱叶编成。当高粱长到一房高时，它的叶子正是编蒲墩的好时候，种高粱的人家就要遣家人到街里招呼乡亲，去掰高粱叶，乡人听到喊声从家中走出来，跟随呐喊着的主人，钻入高粱地。

"掰高粱叶了，在南岗二十亩地里。"

这位招呼乡亲的主人竟然是我，我站在街里一块上马石上喊着。

如此说来我没有死，但我死过。

上马石本是远古时期留下的遗物，由此还大有必要介绍一下我们的村子和我家居住的街道。这是一个地处冀中平原的不大的村落，它联系着和远古时期有关的不少传说，上马石的存在就是一项证明，我脚下这块上马石本是东汉皇帝刘秀上马站立过的石头，这种半人多高的台阶模样的石头在我们的巷里还散落着几尊。它们无序地散落在街中，像从天而降。

当时刘秀被王莽追赶至此，在我们村中躲过致命的一劫，给我们的村子留下了许多美丽的传说。后来，刘秀在距我们村子五里的地方登基，证实着这些传说的存在。我就此问过我爹，那块石头是不是刘秀站立过，我爹说是不是的吧，公元几十年间的事，刘秀被追赶至此，但追赶刘秀的并不是王莽，是个叫王郎的人。

我们的小街叫巷，向家巷，因为居住在巷中的十几户人家都姓向。

向家巷是个又短又胖的短街，拿人体生理学打比方，好比是人体中的胃，它被两条像大肠和小肠的前后街包围。当然这个比方是我后来悟出的，我从父亲的医学书里懂得了一些人的生理构造时，感觉那条巷中的几块上马石就像人体胃中永远消化不掉的什么吃食。

我站在一块上马石上喊："掰高粱叶了，到南岗二十亩地里。"

南岗二十亩地是我家土地的一部分，它地处高岗，难以浇水，最适合种高粱，高粱耐旱，南岗土地不强，但位置神圣，我们所处的平原平得单调、平得寂寥。偶有一块高出地面的地方，哪怕是很小的一块，人们也觉出它的不凡和神圣，都称为岗。那么我家南岗的高粱地也就格外地受人尊敬。再说它还盛产着编蒲墩的物件 —— 高粱叶。

也许因了我对高粱叶的特有情谊，我很愿意担任招呼乡亲上南岗的角色，其实平常我并不爱说话 —— 我口吃。

我爹对我说："去吧，试试，能喊出来不？也是个锻炼。"

我娘站在一边不情愿地望望父亲又望望我，她认为这是父亲在难为我。

但使他们意外的是我去了，勇敢地去了，当时我或许五岁或许六岁。

如此说来民国二十四年七月二十六日的午夜我的确没有死，但我死过。

那一夜母亲一而再再而三地把我扔在那个用高粱叶编成的蒲墩上，那一夜我终于又哭死了自己。我娘把我包成一个小包袱，交给我爹，我爹把我托在手上掂掂说，这没准儿是个人才哩。

我爹崇尚人才，我生下来不仅面对着墙上他的挂钟，还面对着他的一面书架，书架上不仅有他的《伤寒论》《本草纲目》《皇汉医学》，还有《资治通鉴》《天演论》《胡适文存》《饮冰室文集》，旁边一张书桌上还散落着一些诗词歌赋的读本和章回小说。

我爹一面说着我死得可惜，一面把我托到后院，到后院去找位长工埋我，他来到后院看看四处无人，就把我放到一辆双轮大车上，然后到长工屋去找长工大祥，大祥正和几个人打麻将。我爹说："大祥大祥，停停。给你个活儿，埋老三。"大祥知道老三就是那个死的我，不慌不忙地说等他打完这一圈吧。我爹说："记住了。"大祥说："还能忘了？"

我爹走出院子，一条大黄狗走过来，研究起车上的东西，那只毛腿的大公鸡也飞上车研究着。它朝着车下的大黄咕咕叫，研究着眼前的一切。后来它们的研究终于得出结论，因为一顿饭的工夫那个小包袱里又传出了哭声。大黄狗懂事，朝着长工屋狂叫，长工大祥知道院里有了故事，推倒眼前的牌局跑出来，托起车上的包袱唏嘘着说："老三，你生是沾了我的光，要不早把你埋了。"说完跑到内院把我交给我爹。

我爹接过包袱惊讶地说："哈，哈。奇迹。"

大祥说："生是沾了我的光，我要早出来一步呢……"

我爹托着包袱喊我娘："生是扔不了，还给你吧。"

我们那里管夭折的孩子叫扔。

我娘在炕上坐着，守着她坐月子时的小米粥，吃着炒芝麻，放下碗把我拢在怀里让我去叼她的奶。我被挤在两个又温暖又饱满的大奶中间，竟然叼住了奶头。

我娘说："活了活了，知道吃奶了。"

我娘有两只丰硕的大奶在胸前晃荡着，那里有吸食不尽的汁液。她用它们已经哺育了几位小子和闺女。本来我不属于老三，但上面有两个被扔的哥，我才递增至三。

我死叼住我娘的奶头不放，恐怕再被扔。

我娘说："叼着吧，没人再扔你了。"

我奶奶站在院里廊下问我爹："活了？"

我爹说："也不算奇迹，还有九死一生之说呢。"

三

我爹坐在椅子上沉思着，他要为我起名，墙上那架挂钟嘀嗒响着，伴着他的思考，我娘在炕上嘱咐他说："我看就叫个羊吧，辛子姑说过《圣经》上有羔羊，这孩子绵绵软软的，上帝也不喜欢他，把这只羊又还给咱，就叫个羊吧。"

我爹说："看来咱俩想到一块儿了，叫羊已成定局，他是老三就叫个三羊吧，向三羊叫起来也顺口。"我娘接过我爹的话茬儿对着我说："听见了，三羊，三羊可别再去见上帝了，你是咱家的一只羊。"

这几天我的灵魂比较安生，对眼前的世界也逐渐熟悉起来，我知道我和我娘所在的位置叫炕，炕上有我们正盖着的被窝，炕角还有一摞不盖的被褥，几个闲置的枕头也堆在上面，枕头上绣着石榴和莲花，那还是我爹和我娘结婚时备下的。我们那里有个风俗：男枕石榴，女枕莲。

我奶奶常常把小米稠粥和炒芝麻端给我娘，香气也一阵阵朝着我扑过来，我娘吃着粥，嚼着芝麻，打趣地问我：

"三羊呀，你什么时候才能吃呢，香着呢。"

我奶奶说："别馋着孩子了，你当他真能懂啊。"我娘笑笑，把我的头搁在枕头上，自己吃起来。

炕对面有个条案和方桌，两把圈椅分摆在两边。那架挂钟就挂在它们的上面，我爹常坐在桌前手捧一本什么书，自言自语念着："阳明病，脉迟，虽汗出不恶寒者，其身必重，短气、腹满而喘，有潮热者，此外欲解，可攻里也。"或许还会哼唱着："云儿飘，星儿耀，海早息了风潮。"要不就唱："早晨太阳里晒渔网，迎面吹过来大海风。"我不知我们生活在平原地带的人，父亲为什么偏偏留恋着大海，莫非他见过海？

我父亲见过海，他是个有学问的杂家，在之后的岁月里，我常把父亲做分析，他的杂七杂八的学问是哪来的，我始终不得其解，有些学问来自书本，自不必说。那么戏台上的锣鼓经呢，他抱我在台下看戏，对我说："听，这锣鼓点叫水底鱼。"当曹操败于赤壁，伴着锣鼓点在台上慌忙"逃窜"时，他说："听，这锣鼓点叫败锣。"

父亲的学问伴着我成长，他总希望把他的学问灌输给我，他愿意做我成长的模本。他的主意坚定，加之他性格暴戾，而我对他的希冀总存三心二意，这使得我们父子常有隔膜，如果我按照父亲的模式成长，或许我也是一位医生。我背过《汤头歌诀》："四君子汤中和义，参术茯苓甘草比，益以夏陈名六君，祛痰补气阳虚饵。""六君子汤参术苓，炙草姜枣半夏陈，脾胃气虚兼痰湿，益气健脾化痰灵。"

但我始终没有成为我父亲，首先我不具备他的语言才能，他说话滔滔不绝，而我自幼口吃，走路还带着里八字，我在他面前总有几分惊恐和无尽的自卑感，但父亲总不在意我的自卑感，直到我长大一点后，他常逼我回答他出其不意的问题，他把我叫到他跟前冷不丁问我："'既昏便息'的'既'是什么意思？"现在他正叫我读《朱子治家格言》，我知道"既"就是临近的意思，但我回答不出，他无奈地看看我。有一次我跟奶奶在城里看了一出叫《捉放曹》的戏，回到家他问我，那位捉住曹操又放了曹操的是谁。我知道他叫陈宫，可我张张嘴说不出陈字。他还是无奈地看着我。我惭愧地站在他面前。每逢这时，我奶奶总是向着我，她高呼着父亲的名字说："文成，别难为孩子了，他心里有数。"我爹叫文成，向文成。我爹无奈地注视着我，研究着我。凭着他那微弱的视力在研究着我。然后无奈地对我说："去吧，你的《千字文》还没合上呢。"我正在读《千字文》，"天地玄黄，宇宙洪荒"，但我却不敢离去，直到我奶奶把我拉过来，我猜我爹一定在想，白白沾了上帝的光。上帝的羔羊，一个懦弱的羔羊吧。

父亲坐在椅子上为我起名，但他并不知道我的长相，他眼力不强，一只眼完全枯竭失明，另一只眼仅存微弱的视力。我奶奶说那是他儿时在保定府河游泳时，被水淹得了伤寒，多日昏迷高烧，烧枯了一只眼睛。我不止一次听奶奶叙述那段历史：一九〇二年（光绪壬寅年）袁世凯组建北洋新军，差王世珍来我家乡招募新军，祖父报名入伍。后来年轻的祖父成为一位下级军官，所部番号为北洋新军二镇八标一营右队官。祖父在保定居官，也就有了父亲在保定府河游泳的经历，带给他终身的遗憾。但他凭着那一丝丝微弱的视力开发着自己的人生智慧，也成了他教育我的资本。

辛子老姑来了，是她接我来到这个世界的，她也接过我兄弟的出生，接出过左邻右舍该来到人世的男性和女性。全村男女老少一律称她为姑姑，她像一尊菩萨。

辛子老姑是我祖父的妹妹，她年轻时嫁出去又归回故里定居，丈夫是位赌棍酒鬼，他自己酗酒也把他的一只狗培养成酒鬼，后来他和他的狗一起醉死在当街。辛子老姑和他共同生育了两男四女，丈夫去世后她专心从事着两件事，笃信基督和接生。

辛子老姑来了，一张红润的大脸上挂着永不泯灭的笑容，笑起来双颊像两座堆起来的小山，说话时常把一双厚墩墩的大手舒到你面前，想证明着有了这样一双手，才有力量使婴儿和母体分离。婴儿和母体分离时是要有一份拉扯的。

我曾目睹过这一悲壮万千的时刻 —— 婴儿和母体的分离。当然那是十几年后的事情。

辛子老姑来了，站在我母亲的炕前说："来，让我看看俺……"

我娘说："叫三羊。"

辛子老姑笑着说："快叫我看看俺三羊。这名字好，应了他的命。没当成上帝身边的羔羊，也是咱家的一只绵羊。悲悯的人有福了，他们必得永生，《马太福音》上写过。咱三羊有过悲悯，九死一生的。先前基督在伯利恒降生的时候，也并不多么壮实，一个生在马槽里的孩子，马槽里连被褥都没有，也许就一堆干草。俺三羊被扔在高粱叶子上，比干草可强，炕上还有被褥。"

我奶奶是辛子老姑的嫂子，她爱半真半假地拿话难为辛子老姑。我奶奶站在辛子老姑身后说："辛子，是谁为耶稣接的生，玛利亚生耶稣，也总得有人给玛利亚接生吧。"

辛子老姑涨红着脸笑着说："这可把我难住了，山牧仁讲道也没讲过。"

山牧仁是瑞典国的传教士，正在我的家乡传教，他还是我父亲的朋友，关于这位山牧仁还会有与我有关的故事。

我爹也站在身后说："生产顺利不一定非有人接生不可。古代这种先例也不少，不需人帮助顺产在桥下磨道里的孩子多的是，猝不及防的事，生出来已是必然。"

辛子老姑拍拍手说："文成这句话可救了我，顺产容易，自自然然的事，反正一个小儿要出来，怎么也得生出来，哈利路亚。"

辛子老姑俯下身子看我，看我长得不慢，说我手也大脑门也鼓正，长大一定也聪明。

我娘说："聪明不聪明的吧，别再哭得死去活来的就行。"

四

我摇摇晃晃地在地上学走路，走得不稳，摔倒又爬起来，父亲坐在椅子上看书，发现了我的毛病 —— 内八字，他在一旁叹息着，他一定在想我的走路谁都不像，我父亲是个外八字，两位兄长走路也都随父亲。

长大后我体会，内八字走路缺乏速度，也常显疲劳。

甘子明来了，父亲不再观察我。甘子明是父亲的朋友，他矮个子，蓄着一把半黄半黑的络腮胡子，常端一杆短烟袋，像从西亚出使中国的胡人，其实他就在我村后街住。他和父亲谈论的问题常常高深莫测，他坐在方桌旁的另一把椅子上和父亲说话，父亲也不再注意我走路的姿势。他们天南地北地谈论起来。

甘子明说："宋哲元的二十九军能抵挡住日本进关吗?"

我爹说："一时还难说，日本人要进关看来是早有预谋的，你想他们制造皇姑屯事件①就是为了个东三省? 可不

---

① 奉系首领张作霖被日本人设计在东北皇姑屯车站炸死。

是。还有更大的野心。"

甘子明说:"这不言而喻,张作霖死于日本之手,少帅张学良抵挡不住日本人的进攻,无奈才放弃东三省,成了东北老乡的千古罪人,也证明着日本人决意要进关。中国存有亡国的危险。眼下把抵抗重担交给宋哲元,也是权宜之计。宋哲元的二十九军虽然有大刀片⋯⋯"

我爹插话说:"大刀片只能显出中国人的骨气而已,结果日本人进来,少帅放弃东北三省,队伍也七零八落地在西北站住脚,咱河北有位叫张寒晖的音乐家不是还写了一首《松花江上》吗,'我的家在东北松花江上,那里有森林煤矿,还有那满山遍野的大豆高粱⋯⋯九一八,九一八,从那个悲惨的时候',就是写给东北军唱的,多凄惨呢。"

甘子明说:"东北军不是有位叫吕正操的团长没跟少帅走,留在咱这一方了吗?"

我爹说:"吕正操是个人物,又有人马又有武器,都指望他在咱们这方重整旗鼓,等待和日本开战呢。"

甘子明说:"这也是咱们的希望。"

甘子明说着希望,发现正在学走路的我,瞬间把话题转向了我说:"老三会走了?"

我爹说:"不稳当,你看东摇西晃的。"

甘子明说:"无妨,许多圣贤文人生下来都不属健康人。"

我爹说:"随他去吧。"甘子明点点他的短烟袋,抽着一阵烟雾模糊了我的走路姿势和东北军进关的事,却又谈起本地名医许子然去北京为孙中山诊病的事。

甘子明说:"看来你师父许子然也是个苶大胆,胆敢应下为孙总理治病的差事。"

我爹说:"也是个义不容辞的差事,肺结核当下还是不治之症。那是一种细菌,从放大几千倍的显微镜下才能发现,德国人有了研究,咱们还把这种病叫弱症呢。"

甘子明问:"德国人有药物研究吗?"

我爹说:"有一种叫雷米封的药就要问世了。德国人正把它应用于临床。"

甘子明问:"哈,又有一个新名词,这'临床'怎么解释?"

我爹说:"顾名思义,病人都是躺在床上的,在床跟前给病人诊断问药不就是临床嘛。"

甘子明说:"这全世界的新名词是越来越多,这认识越来越跟不上了。"

我爹说:"也难不住咱们,医学上这点事,不就是人自身和药物的关系吗？我看还是外科手术最难实现，这比背几首《汤头歌》要难得多。"

甘子明说："听说外国医生还有了给人开膛破肚换五脏六腑的手术呢。"

我爹说："刚刚问世也在临床实验阶段，换肺、换心脏、换肝脏、换肾脏……"

甘子明说："早先有这手术，孙先生就有救了。还有咱向家巷鹿大娘一家兴兴旺旺的生是闹结核成了绝户。当时你也没少为他们操心。"

甘子明说的鹿大娘一家，是向家巷一家"绝户"，三代男人都死于肺疾，家中只剩下三代寡妇和一位叫梅的幼女。这位幼女常住外婆家，而鹿大娘是三代寡妇中间的那一代，维持着家里的生计。

我爹说："是啊，都死于肺疾，归根到底是咱们没有对这病的深入研究，就说那显微镜吧，我也是光听过，还没有见过那物件。"

甘子明问："要不说你师父许子然是个茶大胆，北京的大医院都治不了孙总理的病，他去北京有什么可显摆的？不过借这次的行动他也成了一方名人。说起来也是许子然的徒弟呢。"

我爹说："许老先生没有治好孙总理的病，也不能说他徒有虚名，他把中医的望闻问切四个字变成了中医诊病的规则。"

甘子明说："看来中医讲的望闻问切也还有着局限，再说这'望闻问'好理解，'切'就很费解。"

我爹说："'切'指的就是号脉。"

甘子明说："号脉也能号出什么病来？"

我爹说："对此我倒有新的说法，也许这是我对中医的大不敬了。"

他们的谈话继续着，也许我早就东摇西晃地走出房间离开了他们。对于他们这些深奥的言语我真能听懂吗？当然我不懂。我猜他们一定是这样谈话的。许多年后，我想起那个望闻问切，问到我父亲关于脉象的事，他说，脉象只能代表着一个人心跳的次数和力度。只可作为心跳强弱的参考，并不能精准诊断出患者的病症。后来，我发现我父亲为人诊病不仅遵循着望闻问切的规则，他也研究起西医的生理学和诊断学。他说给人治病先得了解人是怎么活着的，这就要首先研究生理学。

他的书架上，有一本厚厚的大书，上面画着人身上的各种结构图谱，骨头、肌肉、心、肝、肺、大肠、小肠还有男人和女人那个部位。我常偷着翻看，当然这时我已不是那个摇摇晃晃的孩子，而是一个少年，也许十岁，也许十一岁，当我看到男人和女人的秘密部位时，心常常怦怦跳着，像做着什么不光彩事。父亲发现我在翻他的书，就向我喝道，"你那内八字呢，还不加紧克服，再长大你还能改过来吗？"他让我沿着院中一条甬路走，走时脚要用力向外撇，他在一旁用他的外八字为我做着示范喊着，矫枉过正。我用力向外撇脚，眼里含着泪花，自尊心受着莫大的伤害。全家人都在看我走路，像看杂技演出，我猜他们都怀着各式各样的心情，直到我奶奶又从台阶上走下来对我说："别让孩子走了，就你会难为孩子。"我娘也在一旁看我走路，但她不敢说出我奶奶说的话，其实我父亲早已忘了我正在走路，坐在院中一棵洋槐树下翻着一本什么书。因为他视力微弱，鼻尖擦着纸面在字里行间穿行。

　　我停止走路，坐在一旁委屈着，直到看见一只公鸡和母鸡的交尾才冲淡了我刚才的委屈。

五

我走路不再摇摇晃晃，我开始迈着稳当的步子（虽然还是内八字）"研究"我所出生的这个宅院。我从大门走向二门，在一段悠长的门洞里挂着几块耀眼的匾额（我们只叫匾），金灿灿的大字有"卫国干成"，有"寿爵称觞"和"妙手回春"，它们证明着我家的荣耀和"派"。"卫国干成"是献给我的祖父向大人的，边款上明确记载着他荣任十三旅的主官，"寿爵称觞"是献给他的父亲，专为祝贺他的七十大寿。"妙手回春"当然是和我父亲的行医事业有关，不过我父亲对此总是表示些异议："一块像案板大的木板，总代表不了我的医术，治不了的病还是治不了，那是乡亲们愿意热闹，也是我对向大人的陪衬。"

我从这段挂有匾额的门洞下走过，拐进我出生的那个主院落，迈上青砖铺就的甬路，仰视甬路尽头的正房，它突兀地跃起五层台阶，台阶以上是带有柱廊的抱厦，家人称它为"抱厦台"，那是我奶奶的住屋，向大人有时探家也在此下榻。我奶奶靠了我们小辈的陪伴居于此间。甬路右边是东厢房，我的兄长们曾轮流在此成婚居住，现在是我二哥和新婚妻子的新房。站在东房门前向门内望去，迎门方桌上常摆放着一个绘有牡丹花的暖瓶，那是我这位新嫂子的陪送。大人常派我坐在大车上（我家那辆大车）去十五里以外的一个村子接她回来。赶车人还是长工大祥，大祥坐在车辕上一面吆喝着牲口一面和我聊天："三羊，要不是沾了我的光，现时你指不定在哪儿，数你命大。"我坐在车厢里穿着出门时母亲把我打扮起来的崭新裤褂（此时我已不再穿开裆裤），不知怎么回答大祥，我不说话打心里也感激着他，他要是立刻停下手下的牌局呢，在村边上挖个坑把我埋葬呢，我还能如此体面地代表向家去接我嫂子吗？虽然我站在车卜达不及车厢高。

本来我还要叙述我家的房子和院子呢，不得已又从院子里走出来，变成出村接嫂子的事了，那个村子叫边村。边村是个大村，进村时总要路过一个教堂，那是座天主堂，它有高大入云的塔楼和一带青砖花墙簇拥着的院落。花墙里是果树和鲜花，车过花园时，一阵阵花香扑过来。牧师们常在花园里散步，据说牧师散步是不回头的，即使后面有人在招呼他。我看到过他们散步时的风度，步履走得均匀从容。

新嫂子的家世也属于那种老派的书香门第吧。每次我都遇到她的母亲，一位花白头发的老妪，坐在门洞以下，戴一个由细绳系住的老花镜读书。她读的书好像只有两种，一是《粉妆楼》，一是《施公案》。我不须下车，大祥替我向这位老人打招呼后，新嫂子走出来，不知为什么我不大喜欢我这位嫂子，也许是从她那个牡丹花暖瓶开始，还有每天黄昏她穿件牡丹花的大短裤大模大样坐在院里扇扇子乘凉，而那时正是我母亲在厨房忙碌的时候。

我在大车上靠近大祥坐着，嫂子坐在车厢内，她跟我说话我假装听不见，我还在"研究"我们的家院，西厢房就是我出生的地方，不用说里面住着我们这一支。不知为什么向大人在造就这座院落时忽略了西厢房的风格，院内的正房和东厢房都是青砖裱墙，而西厢房在土坯之外只抹了青灰，显得与这所院落大不般配，我父亲了解向家建院的历史，他说："砖不够，一窑砖三万三千块，裱了正房、东厢房，砌了甬路和大门洞，砖用完了。"

母亲就是在这间不般配的西厢房里生育了我和我的两位哥哥和一位姐姐。

院里有三棵枣树、一棵洋槐、一棵石榴，我绕过石榴树走过一个月亮门，来到另一个院落里，这里屋宇不多，是我家的仓房和厨房。厨房门前支着那块家人吃饭用的红石板饭桌，仓房以内有几个硕大的柳编囤，它高大地齐着房顶，收割后长工大祥和他的伙计把盛在口袋里的谷物扛上一架带台阶的高凳，将谷物倒入囤中，一囤谷物足够全家一年的吃食。不用问，院中还有鸡窝，常年有一两只公鸡和几只母鸡。我从这个院落走出，来到一个更大的院中，那是长工们、牲口、大车、狗和堆放农什家具的地方，还有一大排闲置的西厢房，家人称之为大西屋。绕过大西屋来到一个被称为"居连"的地方，"居连"实际是一处没有建成的后花园，现在这里只有茂盛的榆、槐、椿树。夏天时长着一人多高的芋麻和馒头花，父亲说先前向大人置办自己的宅院时，这里本是一座有太湖石假山和奇花异草的园林，但由于北洋新军的失利，这里才被荒废闲置起来。后来我常想，这里好像代表着一段历史的结束。

　　我研究着我家的宅院屋宇，又仿佛这一切都与我是冷漠疏远的，原来最温暖最能吸引我的地方是我家那间不大的厨房。

六

这是两间由土坯造就专为炊事用的空间，现在它那黄土抹就的四壁和用檩梁、苇箔搭成的屋顶，吸收了多年的烟尘，使它们变得漆黑如墨，在这个四壁如墨的空间里，还笼罩着一口乌黑的"七印"大锅①，还有终日在此劳作的母亲，如此也就造就了它那独有的温暖和可爱的氛围，尤其在晚上，当外面的黑暗和厨房连成一片时，灶膛里就燃起了火光，接着毗连灶台的那盏油灯也亮起来，那生火和点灯人便是我的母亲（我们叫娘）。这时母亲坐在低矮的灶坑里一手拉着风箱，一手不住向灶膛里接续柴火，火从灶膛里扑出来映着她的脸，于是在她通红的脸上便显出无尽的安静和平和，这表情只有在晚上在灶台旁才能显现出来，白天她总是在人前一闪即逝，她的脸也因了不停的劳作总在人前忽隐忽现。

我坐在和炉灶毗连的一盘小土炕上，心中充满幸福地

---

① 锅的大小尺寸称印，七印是大锅，以下还有五印、四印等。

观察她，还不住和她聊天对话。和母亲对话才觉出分外的幸福。

现在我必须先描述一下我家这盘小土炕，炕本是用来睡觉的，但这盘炕并不睡人，它太小，小得只能容下我这个跪卧着的小身躯。当然它并不是为了容纳我而建，它自有它的用处，那是面团发酵的好地方，它温暖且温度适中。年节时母亲就把和好要发酵的面盆举上这炕，盆上再盖一床小棉被，不久面团在盆里膨胀起来，膨胀得如人鼓起的肚子。母亲审时度势掀开看看，是做吃食的时候了，便挖出面团或蒸或煎烤。

现在不是年节，炕上没有面盆，只有我在炕上静观着母亲在灶前的劳作，灶膛里的火势催促着锅里的物质沸腾着，这大半是一锅用小米和薯类煮成的稠粥，粥冒着浓厚的气泡发出咕嘟的响声，母亲渐渐停住手下的风箱，也不再往灶膛里接续柴火，自言自语起来。我也有机会和母亲搭话了。

母亲自言自语着："三滚的饺子两滚的面。"她说的是煮饺子和煮面条火候的差别。

我说："那……粥呢？"

母亲说："一百滚。"

她说着，脸上不自信地笑着，那笑容被灶膛的余火映照着。

我还在追问："那……一锅豆粥呢？"有时母亲是要在锅里加黄豆的，豆子最难煮。

母亲说："一千滚，一万滚。"她笑出了声，她自知这是在敷衍我，她怎么能计算出一锅加了豆子的粥的煮沸时间呢。

我却相信了母亲的分析，当我长大成人，自己站在炉前，烧着蜂窝煤、液化气、天然气，或煮饺子或煮面，粥也在锅里发着咕嘟的声响，耳边常常响起母亲的话，三滚的饺子两滚的面，一千滚一万滚的粥。这是后话。

锅里终于平静下来，母亲从碗橱里捧出一摞大碗小碗走出厨房，告诉家人是开饭的时候了。

饭桌设在厨房门前一块红石板上，家人走进厨房盛上自己的粥，围坐在红石板前，母亲就会把早已备下的干粮和一盘拌着香油的老咸菜摆上饭桌。那时天上已是万里星空，家人就是坐在星空下进餐的。

我不"上桌"，端个小碗跪在我的小炕上听着院里传来的声音，这声音大半属于我父亲，他正讲着早年跟奶奶在保定居住时的见闻：保定人做饭不烧柴火烧煤球，吃的咸菜不是咱家这种老咸菜，是槐茂店的酱菜。他还说槐茂做酱菜用的是百年老汤，后来哥仁分家把祖宗的老汤分了，现在的酱菜已不是从前的成色 …… 一顿饭的工夫，我父亲转换自己的话题，母亲给大家盛饭添粥，从厨房里进进出出，抽空端起自己放在案板上的碗匆忙地吃几口。

终于晚饭结束，母亲又来到灶前，这是我最盼望的时刻，也是母亲一天劳作的结束，她在灶前把锅碗洗净，把刷锅刷碗积下的汤水端出去喂了猪。该是关照我的时候了，这时她站在灶前，把两只尚在湿润着的大手，不住在围裙上擦拭着，看看已从炕上举着双手站起来的我，朝我走过来，这是母亲要拥抱我的信号，我也正等待着她的拥抱。很快我便扑向她的怀里，她身上的味道也朝我扑过来，那是由柴草味、油烟味和身上的汗味、体味混合而成的 —— 娘的味。我扑在她怀里，她一往情深地对我说："抱抱吧，不抱就抱不动了。"她是说我总要长大的。总有她抱不动的时候。她懂得，拥抱我的时间是短暂的，抱不动的儿子是永远的。

七

母亲是一位不常言语的人，我常想，她对我说的话一生中也不过千八百句吧。若让我从她一生的话语中挑出一两句，记忆最深的那便是"不抱就抱不动了"，或者"三滚的饺子两滚的面"。平时她少言寡语，不显山水，担负着全家人衣食的运转，棉花由花朵变成布再变成衣服，粮食由谷粒变成面再变成饭，她在那口七印锅里熬粥要添一筲水，下两升米。擀面条要用一丈半丈长的擀面杖把面团擀成直径几尺的大片，再切上百刀。全家人要穿衣服，需多少长短的布要有多少针线缝连。每年当衣服要拆洗时她还要用柴草灰淋成的灰水做洗涤剂，她的两只大手在灰水里抓挠着衣物，手被泡得通红……她就是这样从早到晚在家中劳作着、行走着，于是院中各个角落就会传出风箱声、织机声、刷锅声、叫猪声、叫鸡声、棒槌的捶布声，直到晚间的纺车声。她对于自己也自有盘算，她有一只自己吃饭用的大碗，大碗这东西本来是属于家中那些尊贵的有身份的人，或重劳力的人所用，但她有一只。这是一只白釉、蓝花钵碗，碗身绘有似云非云、似花非花的乱线般图案，沿碗边就是常见于粗瓷碗上的麻绳图案。只在母亲生日这天，家人才注意到这碗的存在，确切说，当母亲端起这碗时，人们才恍然大悟：今天是母亲的生日了。

这时的母亲从一个什么地方捧出这只大碗，自言自语着说："今天换个大碗。"说着把锅里的"饭"不声不响地盛入碗中，坐在自己刚劳作过的灶前，呼呼喝起来。那时灶膛的余火尚在，余火映着她那一张平时就显黑的脸，脸上只是一派的满足，神情十分悠闲。没有人去向母亲祝贺，我们——几岁的我和十几岁的姐姐，只是站在厨房门口会意地交换着眼色。但我们实在不知道怎样向她表示祝贺，我们不会。

至今如果说我对母亲有什么亏欠的话，便是我对母亲生日的忽略，忽略了每年三百六十五天的这一天。

后来当我活得有把年纪时，甚至被人称为作家，曾几次用文字描写母亲和她的大碗时，我不知道怎样才能描写出母亲面对一个大碗时的自然、从容和优雅。

从容和优雅是要由自己的"满足"为前提的，一只大碗满足着母亲所有的欲望、理想和念想。

八

奶奶的炕是一盘大炕，当我不再和母亲的身体"缠磨"后，便睡在奶奶的大炕上，奶奶睡中间，一边是我，一边是姐姐。奶奶的房间不似厨房一样黝黑。它远离着烟火。房中有隔扇，迎门有条案和方桌，条案上摆放着有西湖风景的玻璃画，上面画着西湖十景之一的三潭印月。以上还挂有中堂和条幅，中堂上的字是"云想衣裳花想容，春风拂槛露华浓……"。晚上桌上便点起灯，那灯也并非和厨房一样的花籽油灯，那灯是美孚油灯，灯上带着玻璃灯罩。那灯照常被擦拭得明亮剔透，它是被我父亲擦亮的。父亲擦灯罩像是他的癖好，就像他在和他的视力低下较劲。黄昏了他便举出灯罩站在廊下擦拭，他不停地向灯罩里哈气，再用张废纸在灯罩里擦拭着，嘴里还哼唱着一首什么歌曲，还是"早晨太阳里晒渔网"吧，也许是"桃花江是美人窝，桃花千万朵，也比不上美人多"。他的哼唱像每天轮换上演的节目，直到他自认为灯罩擦拭得合乎标准。

晚上这盏被擦拭干净的美孚油灯，就会把奶奶的房间照耀，父亲放心了，悠闲地坐下，翻开一本什么书，把脸贴近书面，沙沙地读着，我常怀疑父亲的视力。难道灯光再亮，他真能看见书上的字吗？他能。冷不丁他就会掩起书本说："这颜良和文丑绝不是关公的对手，赵云把阿斗放在掩心镜下才救了阿斗一命。"现在他翻的当然是《三国演义》，后来这本书也成了小辈们的启蒙读物。他翻着书喊着正坐在炕上的姐姐说："南屏过来，背青梅煮酒论英雄。"我姐姐叫南屏，她走过去倚住方桌。父亲说从"一日关、张不在"背起，背到"天下英雄唯使君与操耳"。

黑影里那盘大炕上，坐着我奶奶，炕沿上坐着我娘。她们静听我们读书，有时还插话提问，此刻像是一个家庭读书会。

姐姐刚要背书①，奶奶倒先提出了问题，她对我姐姐说："先别背，昨天惦念到刘备在曹操的后院浇菜，可就要当皇帝的刘备为什么要在曹操后院浇菜？"姐姐想半天回答不出，父亲说："是这样，这时的刘备距他当皇帝还远哩。才是个豫州牧。"奶奶又问："豫州牧是个什么官？"父亲说："才是个县官，所以刘备有个外号叫刘豫州。"奶奶又说："咱县的县长

---

① 背书是我父亲立下的规矩。

姓吴,能叫吴兆州呗?"父亲说:"现在不兴这个叫法,叫叫也不妨吧。还说刘豫州,刘备吧。现在刘备正颠沛流离,寄人篱下,曹操正联合他打天下,拿他不当'外人',收下他的二弟关羽,三弟张飞。下面书归正传,你俩谁先背?"姐姐说:"叫我吧。"姐姐向着我,我嘴笨,说话还"结巴"。

姐姐开始背书,"青梅煮酒论英雄"那一回,她用手捂住书本,做出一副故意不偷看的样子,开始背诵:

> 一日,关、张不在,玄德正在后园浇菜,许褚、张辽引数十人入园中曰:"丞相有命,请使君便行。"玄德惊问曰:"有甚紧事?"许褚曰:"不知。只教我来相请。"玄德只得随二人入府见操。

就这样姐姐从"一日,关、张不在",背诵到曹操和刘备二人对坐下来。后来曹操对刘备说:"适见枝头梅子青青……又值煮酒正熟,故邀使君小亭一会。"

这时,懂得炊事的母亲插话问:"这酒是辣的,梅子是酸的,能配在一起吃喝吗?"父亲打趣地说:"各有所好,你没听说书的说过,还有爱吃糖葫芦蘸蒜的呢。"一家人笑起来。奶奶在炕上笑得前仰后合。

当然，姐姐背完后父亲也不会放过我，屋内顿时安静下来，他们都会为我的"背"担起心来。当然，我的背诵不似姐姐流畅，磕磕绊绊地背诵了下来，大家才替我松了口气。父亲无奈地看着我说："先这样吧，也许有一天会有长进。"姐姐看着我，笑着。灯光照耀着她那一张绯红的脸。奶奶打着圆场说："行，行，这才几岁，还能赶上姐姐。"极力夸奖着我。

背诵"青梅煮酒"这一节是我们的"家规"，父亲说，他的父亲，他的父亲的父亲，还有他都能熟背，现在看来这是我们对于汉文字、汉文化的敲门砖。

当灯油将尽时，我家的读书会结束。我们和奶奶肩并肩躺下来，奶奶也才有机会开始她自己的话题，她也从灯说起，她说这罩子灯再亮也赶不上电灯，城陵矶有电灯，晚上掉个针也能看见。

奶奶是个小巧瘦弱的女人，她见过世面，早年她随那位戎马一生的丈夫向大人走南闯北，内心世界早已跃出了这间屋子这盘炕。

我和姐姐并排躺在各自的被窝里，奶奶伸出一只裸着的、精瘦的胳膊把油灯捻灭，我们进入黑暗。我喜欢现在的黑暗，这时我可以和奶奶在黑暗以外的世界里驰骋。

"紧走慢走一天走不出汉口。"奶奶说。这是奶奶的开篇之说，她说的是汉口之大，我便想出一个大得不可知的世界。一天都走不出，一天能走多少路？我们村子离县城八里，还要走小半天，汉口到底有多少个八里之大？

她说城陵矶人卖鱼，把鱼切开卖。我问奶奶那鱼有多大，她说她见过一个人用扁担挑着两条鱼，鱼嘴挂在扁担头上，鱼尾巴拖着地，我想这鱼大概有猪一样大了。奶奶讲完城陵矶的电灯和鱼，大概就要讲"戳子碾"的故事了。戳子碾的故事伴着我的成长，从童年听到少年。她说的是早年我的祖父在冀东迁安县驻防，房东有个孩子叫戳子碾，一次戳子碾的母亲叫戳子碾到他大伯家借篮子，这本是一个普通的没有什么听头的故事，但奶奶用模仿当地方言的声调讲，就有了情趣，这情趣常常感染着她自己，也感染着我们。她惟妙惟肖地用当地口音说着，自己咯咯地笑着。

奶奶模仿的口音当属冀东方言了，实际上那孩子叫戳子，"碾"是"呢"的地方读音。

我便在戳子求笼子的故事中睡着了。

戳子求笼子的故事像是把我和奶奶联系起来的一条纽带，它把我的童年和奶奶紧紧联系在一起。而这种联系是终生难忘的。这故事曾吸引着已是成年的我，专赴戳子的故乡冀东迁安去寻找戳子，当然戳子已不在，我只寻找到戳子的儿媳，一位白发老人，我问她，你们这里管"借"叫什么，她说叫"求"。管"篮子"叫什么，她说叫"笼子"。我证实了这故事的真实。我研究过那段历史，那是民国时北洋新军为抵御东北奉军的入侵，布下的防御阵线，迁安与关外交界。当然，那时的向大人还属于下级军官的队官。队官月薪二百四十两，还可带家眷。年轻的奶奶是作为一位队官的家眷住迁安的。

我在睡梦中向汉口走，前面有个高坡，尽是泥泞，我奋力向上爬，但步履维艰，我喘着气还是要决心向汉口走……

我在麻雀的叫声中惊醒，两只麻雀在阳光照射的窗棂上嬉戏，我猜它们是在说话，它们一定在说：春天了，咱们该到什么地方搭窝？

奶奶醒了，自言自语着。还是"戳子碾，到你大爹家求笼子"，"紧走慢走一天走不出汉口"。

当然，奶奶还有许多话题，像轮番上演的剧目，十三混成旅因欠饷在宜昌的哗变，那话题像是压轴大戏，大半也是在晚上。奶奶把油灯捻灭，兵变气氛就会格外地真切。她说："十三旅疯了，烧了三架牌楼，自大十字街至礼泰药房一片火海，抢了邮政局，抢了英国银行、日本武林洋行、大阪堆札、德国马金洋行，抢出的洋钱大票用车拉，大火一烧一条街，大火烧到了向大人官邸的门口。"说"幸亏向大人人缘强，欠饷不是他的事。他的官邸才没有遭难"。奶奶说完宜昌兵变，或许要唱歌了。我爹爱唱歌像是来自奶奶的遗传。我爹唱"早晨太阳里晒渔网"，奶奶唱："啊，喀秋莎，你还记得往事吗？捉迷藏在丁香花下，你跌倒泥坑你把我拉，啊，我永远忘不了你，亲爱的喀秋莎 …… 德里特米我的亲爱的，你的容貌虽然我欢喜，你是公爵我是吉莱斯的私生女 …… "

天亮了和姐姐就要起身，奶奶也坐起说："迎门桌上的玻璃画三潭印月一点也不像，像三个泡菜坛子，西湖里的三潭印月可不是这样。那湖心亭画得也不对，像咱家的茅房。""你说怎么就那么巧，你爷爷陪孙大帅进杭州那天，怎么这雷峰塔就倒了，那么巧。"奶奶也经历了雷峰塔的倒塌，她是和向大人一起入驻杭州的。①

我和姐姐有心无心地听着奶奶的自言自语，听着麻雀在窗棂上的鸣叫和厨房传来的风箱声。

我自然不知喀秋莎和德里特米的故事，还有更深奥的

---

① 1924 年 11 月 17 日孙传芳进驻杭州，当日雷峰塔倒塌。

"吉莱斯"和私生女。

　　当我懂得这歌曲内容时，那是在我成年以后学习艺术时，歌曲是夏衍改编托尔斯泰《复活》话剧里的插曲。奶奶当年在保定居住时，看过保定二师学生的演出。

九

又到掰高粱叶的时候。

我站在街里上马石上喊:"掰高粱叶了,南岗二十亩地。"我不再需要大人的吩咐,我和高粱叶有缘。

上马石后面就是辛子老姑家的短墙,短墙以内有几棵茂密的枣树,长着大枣、小枣。几间坐北朝南的土坯房被两棵高大的槐树覆盖着。听大人说,院子和房屋都是她的兄长向大人让她回娘家村子定居时许给她的。

辛子老姑在墙内听到我的喊声,看到站在上马石上的我,笑着说:"这不就是个天使,手里就缺个号角了,天使手里都有号角,吹到东吹到西,吹到伯利恒,吹到耶路撒冷。净给人传递好事。谁承想,一个扔了的孩子成了天使。"辛子老姑夸完我,就朝屋内喊:"茹,三羊叫你哩,快来吧。"

茹是谁? 是辛子老姑的小女儿,我叫她茹姑,辛子老姑一共生下三个女儿两个儿子,他们依次是大俊、二俊、大丑、二丑和茹。茹是老五,现在茹已是大闺女了,已经高过她家齐腰的短墙。我喜欢茹姑。她在我心里有别于向家巷其他闺女们，有别在哪里，我一时说不清，还不到我分析断事的年龄。我相信茹姑也喜欢我，为什么我也说不清。我站在上马石上喊，是朝着向家巷，也是朝着茹姑喊。茹姑来了，穿一件短袖白布衫，白布衫上有豆大的小红花，白布衫在身上显得紧绷绷，齐着肩的短发搭在双肩上，一张饱满的脸上常浸着汗珠，说话时眼睛一闪一闪，她好看。

茹姑来了，站在上马石旁边，举起胳膊箍住我说："我再替你喊一喊吧。"她学着我的口气朝着街的尽头喊："掰高粱叶了，南岗二十亩地。"

果然有人响应了我们的喊声，向街里走来。先走出门的是鹿大娘，鹿大娘是一个干瘦机灵的女人，她捯饬着一双小脚，嘴唇上常粘贴着两块蒜皮下的薄膜，用来治疗她的唇疾，后来我得知那是一种表皮的溃疡，是维生素缺乏所致，当然现在我不知她嘴上贴蒜皮是为什么，她就是向家巷那一家三代寡妇之一。她生的三个儿子都死于肺疾，三个儿子名字文雅：文治、文华、文通。她的丈夫鹿本来也是一个文雅的读书人。我只见过她的三儿子文通，离世前常提一个细瓷水壶蹲坐在向家巷一个叫西岗的地方，对着壶嘴喝水吐痰晒太阳。原来一块炕大的西岗，也是乡人常聚集之地，人们在此吃饭谈天，后来因了文通的离世，这里变得冷清起来，我还记得文通的茶壶上画着柳树和江水，上面写着"清江一曲抱村流"。他是一个识文断字的人，他的两位哥哥文化更深，大哥文治曾入保定第二师范，年节时能编写半个村子的对联，文华也上过县里高等小学。

鹿和他的三个儿子相继离世，并未使鹿大娘的日子显出格外消沉，她还是乐观着、畅快着过自己的日子。用高粱叶编蒲墩像是她的嗜好，其实在这个人口稀少的家中，并非需要多少坐物，她喜欢编蒲墩送人，每年当高粱成熟时，她都是第一位出门前往。

鹿大娘走过来问我："还在南岗二十亩地里?"说话发着弗弗的声音。

茹姑替我回答着。

老香大娘走出来，老香大娘体态有别于鹿大娘，她赤红脸，火盆嘴，常常扯胸露怀的。两只铸铁秤砣似的大奶在胸前垂挂着。开口说话声若洪钟，声音能灌半条街，她有两个儿子：担子和罐子。老香大娘常站在门前喊："担子、罐子都死在哪儿了?"其实老香大娘的丈夫并不叫老香，叫卯。他身躯高大像个大人国的人。以推煤卖煤为生，推一辆双耳小车，来往本县和石家庄之间，两天一个来回。把推来的上等好煤卖与后街的老长客店，剩下的零碎自己烧。

村中对于女人的称谓有两种，一种以丈夫的名字相称，比如鹿大娘，丈夫一定叫鹿。一种则以女人自己的名字相称，比如老香大娘，老香就是她的本名。从称谓可以了解这个女人性情的强弱，老香大娘，一位女强人。

容奶奶来了，鼓着嘴，少言语，使人看不出此时此刻她的高兴和不高兴。容也是她的本名。

团子姐来了，蹿腾着，甩着胳膊是个小老帮，单薄得像个纸片。

我不喜欢团子姐，但她还是经常出没于我家。到我家自己找活儿干，忽而到厨房拉风箱，忽而去喂猪，忽而替大祥喂牲口。但是我还是叫她团子姐，辈分在那里。

团子姐来了，我故意把脸扭过去，茹姑知道我的心思，问团子："团子，你也编蒲墩哟。"

团子说："不。"

茹姑说："那你撇高粱叶干什么？"

团子说："不用你管。"

其实我知道团子撇高粱叶是替我家撇，每年她都会扛着一捆高粱叶"哐当"往我家一扔，也不给我家人打招呼，跑了出去，为此，我奶奶我娘对团子像存有几分好感似的。

后来，五寅婶子来了，穿一身不蓝不黑的裤褂。

大芬是个过门不久的新人。

又从前后街来了一些男女，是该去南岗的时候了。茹姑箍住我把我从上马石上抱下来，我紧贴住她的身体，感受着她胸脯的起伏，这时我觉出我身上的热量，是茹姑传给我的。也许我等待的就是这一刻，我也常觉出为这等待的羞涩。

在南岗，长工大祥早已等待在地边了，他指挥着众男女应该深入的地块。

高粱地不仅为人提供着高粱叶和它的果实，它本身也是一块神秘莫测的地方，钻进去人们就会生出不尽的想象和叙述不尽的故事。于是，当男人和女人深入高粱地后，就显得不拘小节地恣肆起来，早有人借了高粱地的神秘唱起了不雅的小调，有一首叫《摘豆荚》的小调唱的就是发生在高粱地里的有关男女的故事。说有一位挎着篮子去摘豆荚的女子，冷不防被一位恣肆男子伸手拉入高粱地，那女子也半推半就地跟进来，后来也半推半就地成就着男女之事。歌词编得直白，唱时挑拨着不少男人和女人的性情。现在歌声从一边传过来，我听不懂，问茹姑他们在唱什么，为什么那个男人把那个女人拉进了高粱地，他们又不掰高粱叶，茹姑把我拉一把说："别听，快捂住耳朵。"老香大娘听到歌声却笑得惊天动地，笑了好一阵，朝那边喊："是哪个王八羔子唱的，没看这有娘儿们、孩子哟。"我还是不明白茹姑为什么让我捂住耳朵，当然我总会明白这一切一切的，那时已长大成人，或许是一个半大不大的人时，就明白了其中的一切。

团子姐也问老香大娘他们在唱什么。

老香大娘打趣地说："知不道别打听，打听出来心里一块病，那事离你还远哩。"说完又是一阵大笑。

茹姑把我拉得远远的，自己像没听见什么，挺着身子把胳膊举得高高的，专拣成款的叶子往下掰，举胳膊时她那短款的布衫纵上去，露出肚脐和一截小肚子，这很使我害羞，我转过脸去，假装什么也没看见。她一面劳作着还面朝天对我说："别乱听，没好话。"她说的还是那边的歌声。

太阳偏西时下地，太阳落山时人们带着自己的收获从高粱地钻出来，女人们汗湿的脸上头发上扑散着高粱花（高粱也开花，花如米粒儿大）。男人们裸露的胸膛上带着高粱叶子划下的划痕。每人的肩上都像背着一座小山。茹姑也肩负着一座小山，一手拉着我朝回走，高粱叶的清香气味和茹姑的味儿沉浸着我。

编蒲墩是个细活，要由心灵手巧的女人完成，当摊晒了一天的高粱叶打了蔫，正是编织的好时候，高粱叶在女人们手中跳跃着，变换着各自花样。

我看母亲坐在月光下编蒲墩，编着对我说："三羊，来，再给你编一个好看的。谁让你和蒲墩有缘分呢。"黄昏时，新鲜的高粱叶已摊晒在各自的家中，高粱叶的清香又从各家的院中飘起来，一飘一道街。我坐在一个新鲜蒲墩上，柔韧的高粱叶还朝四处发放着清香，想着我在这上面曾有过几次死活，庆幸一个活着的我坐在新鲜的蒲墩上。

十

我不喜欢没有灯火的黑夜，却喜欢黄昏，我总觉得伴我出生的黑夜里有无尽的恐怖，而黄昏却是另一个世界，它神秘莫测，那时街里的光线变得微弱，人和万物的一切活动都发生在朦胧之中，显出在朦胧中的自然。

我坐在上马石上，出神地等黄昏，太阳终于西下了。周围的一切都变得不清晰，大祥和我们家的那一匹灰骡子从南岗回来，出现在黄昏里。牲口卸下了套具，大祥肩负着农具，他们在我眼前停下来。灰骡子为解除一天辛苦后的疲劳，要在这里用一种独特的方式休整自己，便是打滚儿。牲口的打滚儿是为了解除一天的疲劳。打滚儿又像是一种悲愤的宣泄，一天来它们总是要受些虐待的 —— 即使为最善良的人家服役，比如善良的大祥。黄昏时它回家了，在当街"咣当"一声放倒自己在地上滚动起来，毛皮与地皮狠狠摩擦着。四只蹄脚也跟着身子的滚动"舞动"起来。这时牵着牲口的主人会放松自己手里的缰绳，尽心地看牲口的滚动摔打。直到牲口终于获得满足。

我家门前就有一块专供牲口打滚的小天地，天长日久那里形成了一个柔韧的低洼。

我坐在上马石上看我家灰骡子打滚儿，却生出无比的心痛，不知它为什么要如此虐待自己，当它站起来抖抖皮毛显出一身轻松时，我才觉出：啊！原来如此，它们轻松了。打滚是为自己获得解放式的休闲。

大祥没有看到坐在上马石上的我，牵着牲口向家中走去，黄昏的一切更加模糊起来，包括坐在上马石上的我。

空闲的街上，走来一个鸡蛋换葱的，他以自己的葱换取村人的鸡蛋。这人推一辆小平车，车上摆着水筲粗细的一两捆大葱。车把上挂一个盛鸡蛋的荆篮，他一面打捋着车上的葱脖和葱叶，一面拉着长声喊："鸡蛋换 …… 吾葱。"那喊声悠远悠扬，喊声里还显出语言的文雅，"吾"本来是我的意思，意思是用你的鸡蛋换我的葱吧。这喊声显然来源于遥远的古代。后来我了解到东汉时这一方土地的农耕就显出了独有的兴旺，先人的众多作物里，自然也包括了大葱。大葱早已成了当地人的吃食。

老香大娘手托一个鸡蛋，从街的尽头走过来，她人显得模糊，但手中的鸡蛋却很白，像从远处飘过来的一颗流星。她走到卖葱人的车前，把鸡蛋交给卖葱人就去抓挠车上的葱。卖葱人说："慢点慢点，葱也是个娇气物件。"说着亲自从车上抽出三五根葱交给老香大娘，老香大娘掂掂分量，操着她那特有的大嗓说："哎？鸡蛋可不小，这才几根葱？"说着，还在打葱的主意。就从车上又揪下一把葱叶，卖葱人伸出两条胳膊推挡着说："别揪了。买葱的人不容易，卖葱的人也不容易。"老香大娘不顾卖葱人的推挡，还是揪下几根葱叶，心满意足地向家中走去。她一路走着，一路嚼着白饶的葱叶，向家巷便飘浮起葱味的香甜。

我娘走出来看见上马石上的我，却不在意我的存在，她也是来换葱的，她和换葱人的交流过程简单，不纠缠。卖葱人给她几根算几根，她接过卖葱人的葱只说了一句"这鸡蛋可不小"，卖葱人还是按自已的生意经把参差不齐的几根葱交给我娘，我猜我娘并不是不在乎葱的大小和多少，她是抹不开和卖葱人矫情着去争执一根半根葱。

卖葱人天天出现，但拿鸡蛋换葱的人却倒替着。几根葱在一家之中也是个抓挠，省着吃也是必然，它是用鸡蛋换来的。

卖葱人打捋一下被顾客抓挠过的葱，推车走了。随后是一个卖烧饼的。这是邻村一位老人，挎一个柳编大篮，篮内有烧饼两种，酥的和甜的（酥烧饼的表面撒着芝麻粒，甜烧饼表面只印着一个鲜红的印记）。 他将荆篮放在另一块上马石上喊："酥糖 —— 耶烧饼。"他的喊声悠远深沉，应该是靠了充足肺活量的支撑，像西洋歌剧里男低音唱出的咏叹调，俄国歌剧《伊凡·苏萨宁》的咏叹调吧。《伊凡·苏萨宁》，那是我许多年后才了解到的一出俄罗斯歌剧，苏萨宁是一位俄国英雄，他唱的是临终前的感叹。

卖烧饼老人喊："酥糖 —— 耶烧饼。"

伊凡·苏萨宁唱："敌人 …… 发觉了。"

我猜整个村都能听到卖烧饼老人的"歌唱"。当然吃烧饼的人是少数，老人的顾客也寥寥无几。他在向家巷"歌唱"，分明是在喊一个人，此人也是被我称作叔叔的人。他叫五寅，擗高粱叶的五寅婶子是他的老伴。五寅叔吃得起烧饼，因为他家人口稀少，只有他和他的老伴度日。身边无子女，日子过得单调无趣，但他们的生活并不尴尬。在村中属中等。有时五寅在不思炊事时，还从后街老长店里端烩饼吃。买烧饼老人终于把向家巷唯一一位顾客喊了出来。

五寅是一位圆脸阔嘴大汉，由于五寅婶子不善于操持家务，五寅叔穿戴一向随意，夏天大多是只在身上披一件缺少洗刷的紫花粗布汗褂，走近他一股汗腥味便会飘过来。冬天一件纽扣不齐的黑棉袄，前襟和袖口泛着明显的油渍。

现在五寅走近老人，把手里早就攒着的毛票交给老人说："还是俩酥的、俩糖的。"

老人接过毛票，在黑暗中也不清点检查，便从篮中小心翼翼地托出四个烧饼交给五寅，五寅迫不及待地咬一口说："哈，陈货吧，哈喇。"他说的是烧饼不新鲜。

老人说："陈货？连个芝麻粒都不少，不信回家拿灯照照。"

我想老人说得实在，若在白天你一定会看见老人脸上的表情，他是受了冤枉的。

油酥烧饼上附着一层芝麻粒，芝麻粒的多少是检验酥烧饼新鲜不新鲜的尺度。（观察麦当劳面包的新鲜度，也以此为据，看来古今中外人的智慧，大多如此吧。）

五寅叔不再计较烧饼的新鲜度，一路走着一路咬着。

我总想四个烧饼他和五寅婶子是怎样分配的，五寅婶子会得到四个的二分之一 —— 两个吗？

卖烧饼的老人离去，少时，从远处又传来"伊凡·苏萨宁"式的吟唱。四周更加模糊起来，点灯人家就该点灯了。

适应着黄昏的更加深入，一个卖洋油的老人走过来，老人叫老拔，他提一个立方形的，膝盖高的铁皮煤油桶，若在白天你还会看见油桶上凸起着三个楷体大字"亚细亚"。桶的背面还有一排小字，"美孚油行"。老人不把油桶放于上马石，他蹲靠在一个土墙跟前，守着它就地放着的油桶。他喊道："打洋油来……"他喊声沙哑，不似歌剧的吟唱，且具号召力，因为他知道这一代有点得起洋油的人家，比如向家。确切说，卖油人也许专朝着我家喊，他终于喊出了我娘，我娘把一两盏油灯举给卖油人，卖油人把油一提一提地提入油灯内，她早把备好的油钱递过去，买卖不存争议。

卖葱的、卖烧饼的、打洋油的都离去了。街上显得很安静，有个人影走过来，此人外号"走动"，个头不高，走路飞快，他穿过向家巷，是要到前街角串门子的。

串门子和串门是有区别的。串门是邻里间的交流，串门子专来形容一种不规矩的男人寻花问柳的行为。走动从后街走过来，要穿过向家巷，趁着黄昏去找一个外号叫"豆腐西施"的寡妇，豆腐西施和她的丈夫先前卖豆腐，后来丈夫死于霍乱，剩下豆腐西施和她的儿子奔儿楼。每天黄昏时走动都要去会豆腐西施，儿子奔儿楼躲出来找个黑暗的角落藏起来，走动走了，奔儿楼才走出黑暗，回到家中。没有人知道奔儿楼和豆腐西施是怎样和谐度日的，但他们的日子是和谐的。

走动走过去，一只公狗和一只母狗跑过来，公狗追着母狗跑，公狗非要往母狗身上上，母狗不情愿地乱跑乱叫，后来终于安生下来，公狗才完成了它的追跑，它们一上一下地扭结起来。老香大娘的儿子担子发现这里的故事，跑过来，拿砖头向狗的身上投，狗们还是撕扯不开，担子在一旁嘎笑着喊："连住了，连住了，打它打它！"他喊着我的名字，让我也加入他的行动，我感到一阵阵恐惧，不知眼前到底发生了什么，更不知"连"是怎么回事。就像我不懂的《摘豆荚》中那一男一女行为一样，还有走动为什么找豆腐西施"串门子"。

茹姑听到了狗叫，从门内闪出来，看见坐在上马石上的我，跑到我跟前把我的视线挡住说："别看，别看，碜事，臊得慌。快回家，快回家，回家吃饭。"她拍拍我身上的土，赶我回家，她自己也躲着那两只"连"着的狗扭着脸小跑着向家里跑去。

担子还在那里嘎笑着喊。

我永远忘不了那时的黄昏，美的"丑"的对我的吸引，美和"丑"都能使我激动得不知所措，但在一个人的生命长河中美和"丑"原来都是一闪即逝的瞬间，都好像发生在黄昏中。

十一

　　我娘在街里打洋油，我爹还在家里擦灯罩，他擦一阵，把灯罩举起来朝着天空照照，其实天早就黑暗下来，星星已布满天空，但他仍然不停地举起灯罩向着天空，我猜他既看不见灯罩上的烟尘也看不到天上的星星。灯罩的干净与否，那是他的感觉而已。

　　我爹擦完灯罩，把灯罩扣在注满油的煤油灯上，并不急于点燃，他对着漫天的星星不说油灯，单说电灯，他说："电灯的原理就是靠了两极的接触，电有阴极有阳极，两极相吸才能生电，同性则相斥。汉口南洋兄弟烟草公司的霓虹灯有两丈高，晚上光彩夺目，也是靠了两极的原理。"我爹说电说电灯，仿佛是自言自语，又仿佛是在演讲，仿佛是在说电灯的原理，又仿佛说的是别的什么。

　　我爹说着电和电灯，天上的天河也更加明亮起来，我们不急于点灯，单坐在院子里乘凉看天河，密密麻麻的星星造就的天河，真像一条河，那广阔而散漫的星空就像是沙滩。

我躺在廊下一张凉席上，姐姐也挤过来，奶奶走出她的屋子，坐在廊下一张机凳上。

现在也是我母亲最悠闲的时刻，她脱离了她的厨房，结束了她的劳作，手中拿起一把芭蕉扇，把衣服也敞开些，单坐在远处。她感到那里通透有风，现在她需要风，不必守在灶前的火烤和烟尘中。

我爹不坐，在院里游走着，现在他对星空一副不关心的样子，但他却注意着大家的说话。

我看见有一颗流星划过去，从天河的这一边划向那一边，接着又有一颗划过去。

我问姐姐星星有多大。

姐姐说准有鸭梨大。

我爹在远处听到我们的对话说："可不是，任何一颗星星都比地球大。地球也是一颗星星，承载着五湖四海，五洲是地球上的五个部分，亚细亚、欧罗巴、阿非利加、亚美利加，亚美利加也叫美洲，还有大洋洲。"

奶奶笑笑说："地球要掉下来，往哪儿掉？"

我爹说："这里学问可深，是天文学家的事，咱们一时还说不清。"

我躺在凉席上想，也许有一天我就会坐在地球上向一个什么地方掉，于是浑身便紧张起来。

我娘好像知道我的心思，在远处说："要掉咱们一家子一块儿掉。"

我爹说："都是研究不透的事，还轮不到咱家。"

有蚊子飞过，母亲用芭蕉扇啪啪地打蚊子，打在自己的胳膊上、脸上，砰砰响着。

"牛郎星、织女星能掉下来吗?"不爱说话的姐姐说。不知她在问谁。

"不会。"奶奶回答着。"上天规定下的事，一千年一万年也不会变，那是有情有义的两个人，隔着天河见不到面，也少不了两人的念想。找到牛郎了吗?"奶奶问。

"找到了，在天河东边。挑着担子，一头一个孩子。"姐姐说。

"挑着担子的就是牛郎，牛郎也不容易。"奶奶说。

"找到织女了吗?"奶奶还是问姐姐。

"找到了，找到了。织女星最亮，旁边还有三颗星星。"姐姐说。

"那是个牛扣槽。"奶奶说，"是定情物，牛郎扔给织女一个牛扣槽，织女也咔嚓一声给了他一个织布梭。都是说书人说的。你看，牛扣槽离织女近，织布梭离牛郎远，都怪女人没手劲，扔个物件也扔不准，也是说书人说的。"

我爹接过话茬儿说："都怪织布梭太轻，扔出去飘浮不定，不能怪女人扔得不准确，再者说，还隔着一条天河呢。"

奶奶说："天河宽还是长江宽？"

奶奶是见过长江的。汉口的长江、宜昌的长江、城陵矶的长江、入海口的长江她都见过。她在心里比较着换算着。

我爹说："不能这样比较，长江是河，天河可不是河。是无数颗星星的聚集，看起来像条河，那是一种现象。"

我爹把天上的事情结束，大家一阵安静，有蝈蝈的叫声传过来，它们依附在我家那棵石榴树上，草茉莉的香气也在廊下飘散着，母亲在远处又有了新问题，她问我父亲，卖煤油的煤油桶上为什么有"亚细亚"三个字。

我爹说："我说过亚细亚本是个洲，咱中国就在亚细亚。"

我娘追问着："我说为什么有人把这三个字打制在煤油桶上。"

我爹说："显得他的生意做得大，山呼海啸的。城里有两个杂货铺，一个叫大有斋，一个叫得源斋，都卖油盐酱醋、海带、粉条，大有斋就比得源斋的生意强，为什么？

大有斋就是沾了'大有'两个字的光，大有，你看好像要包罗人间所需的万物。"

我娘说："哦，那造亚细亚洋油的人不是在美国吗？为什么用咱这个洲的名字？"

我爹说："这才叫会做买卖的，趁咱国不产煤油，打咱的招牌叫咱买他们的货。"

奶奶说："亚细亚煤油再好，也赶不上电灯亮。城陵矶有电灯，晚上掉个针也能看见。"奶奶对城陵矶电灯的叙述总是兴致勃勃的。

终有个话题再转换的时候，我不再听见家人的对话。当我醒来时，还是在奶奶的炕上，奶奶又有了新话题，她说："这雷峰塔倒了也没有看见白娘子的尸骨。白娘子被压在雷峰塔下。"她说的是白娘子和许仙相恋的事。有个叫法海的和尚扯断了他们的姻缘，把白娘子压在雷峰塔下。

我坐在我爹的自行车上到城里仁和裕药店去"办药"，父亲为适应他医术的完整，在家中开了个小药房，自己命名为"世安堂"，世安堂的门开在我家大门内的另一面墙上。那本是五寅叔的房子的后山墙，这是一个只有两间大的敞亮小屋，外间置放着药橱药案，里间是诊室。诊室的条案上，还放有西药的瓶瓶罐罐：阿司匹林、托氏散、硫苦、硼酸 …… 还有外科用药红汞、碘酒和酒精。

世安堂进货要到城内大药店仁和裕，进货叫办药，我和我爹在城内大街上走着，看见得源斋和大有斋，得源斋溢出门外成捆的粉条和成捆的海带，行人车马从门口经过却不见停下来，上面扑散着尘土，人们买货还是拥向隔壁的大有斋，虽然大有斋的货物都掩在门内，买货人还是进进出出。那时我便想起我爹关于大有斋生意兴隆原因的说法。

仁和裕是个大药铺，柜台临街开门抓药，后院是加工车间，几位师傅操刀切药，他们把当归、川芎和一切该切片的药材切成片，就成了中医说的饮片。仁和裕的老板叫恒太，长一张白净的脸，手也白，每次都把父亲引到后院喝茶聊天，我站在父亲身旁，恒太看着我说："呀，三公子又长高了。"恒太叫我三公子，他知道我行三，又说，"长大干什么？继承你爹的事业吧。"

我躲我爹背后不说话。

我爹说："随他吧。也许人家有更大的志向。"恒太和父亲停止对我的议论，他接过我父亲开的进货单，把货单交给伙计，很快一包包的药材就摆放在柜台上，它们用纸绳捆绑，上面写着，当归一斤、甘草一斤、白术半斤、红花四两……

父亲把进来的货物绑在自行车后尾架上，我坐在大梁上，其实我最不愿意坐在父亲前面：离他太近，他会冷不丁向我发问，果然他开口对我说："大人问你话，你得回答。长大不管你干点什么，不能发怵说话。"

我沉默着，替父亲向前方看，车轮在高低不平的黄土路上，磕绊着、颠簸着。我替父亲揪着心，他眼力不好，但他敢骑车。

这是一辆日本产的白熊牌自行车，车把上居中有个铜钱大的白熊商标，蓝的底色衬托着一只白色的熊，看到它我会忘记我爹对我的发问，想着白熊这种动物它身在何处，生在日本国吗，日本人为什么用它做招牌。我想着白熊，父亲又有了新的话题，他自问自答着"陈皮为什么叫广陈皮，因为它产在两广，广东、广西。贝母有川贝母、浙贝母。川贝母产在四川，浙贝母产在浙江。藏红花自不必说是产在西藏。至于砂仁、豆蔻那都是进口货，大半出自锡兰。"

我对父亲的自言自语似听非听，我还在研究这辆白熊自行车。它本是属于我大哥的，他是一位"洋"学生，现在在离我们百里开外的邢台上学。家中有不少属于他的物品：自行车、篮球、网球拍、白色的操衣（制服）、印有孙中山像的铜墨盒。他是一位聪明过人的人，家人常拿他来和我做对比，说他七个月不会说话，就能指出影壁上的字，"花"和"月""天"和"地"，上学时写字快，笔不离开纸，赛跑跑得快，得了一个铜墨盒（就是有孙中山像的那个）。我常在这些对大哥的评说中感到自卑，我常觉出，大人常拿他和我做对比，是对我莫大的蔑视。

我爹磕绊着，骑到村口那个柳树坑边，我们到家了，我跳下车来，扔下我爹和他的自行车，如释重负地跑回家中。

十二

太阳西下，鸡们进了窝，狗也找个角落安生下来。

我娘在灶前生起火，开始向灶膛里续柴火。我站在石榴树前，向蝈蝈儿笼里喂蝈蝈儿。团子姐来了，我听见踢踢踏踏的脚步声，知道是她。每当我家的风箱响起来，烟筒冒起了烟，团子姐就会来我家。

我背朝着团子，团子看我在喂蝈蝈儿，就朝着我的后背喊着说："喂它葱叶，辣它，越辣它叫得越欢。"

我不回头，也不接话。我知道这是团子在讨好我，向家巷人都知道团子是个傻机灵。现在她并不知道我手里拿的不是葱是莴苣。

团子还是站在背后，喊："喂葱叶，喂葱叶。"

我还是不回头，不接话。她从我身后走过去，我猜她很无趣，但团子处事向来不在意自己的有趣和无趣，她从我身后走过去，是要到厨房帮我娘拉风箱，她知道我家灶膛里已生起了火。

这时的团子也许十五，也许十六。一张菜黄的瓦刀脸，有星星点点的浅麻子。她身体单薄，常穿一件蓝夹袄，夹袄也大，在身上旷着，远看像个"纸扎人"。我常觉得在村里的闺女团子是个最丑的闺女，她和她爹俩人过日子，日子过得单调无趣，团子的爹外号叫"瞎话"，他是个牲口经纪人，在牲口市上给人说牲口。但瞎话并不是个坏人。

瞎话当然是以说瞎话见长的。村里人愿意听瞎话说瞎话，大家知道瞎话说的是瞎话也愿意听。瞎话从街里走过来，人们拦住他说："哎，瞎话，再给说段瞎话哟。"

瞎话走得正急，显出一副忙碌的样子说："哪顾得上呀，洨河里下来鱼了，鱼多得都翻了河，我得去拿筛子捞鱼。"

村人一听瞎话要去拿筛子捞鱼，就一传十、十传百地传开来，也争着抢着回家拿筛子。洨河离我们的村子不远，是条干河，常年无水无鱼，洨河两岸的人不知道捞鱼的规矩，也没有渔网，只有筛草筛粮食的筛子。听了瞎话蛊惑的人们拿着筛子奔向洨河，却不见河中有水，河底像先前一样，亮光光地朝着太阳。人们才忽然想起这是听了瞎话的瞎话，上了瞎话的当。

有人半真半假地埋怨瞎话说上了他的当，瞎话说："往后可别再叫我说瞎话了，累得慌。"

团子却没有继承瞎话的风度，说话有时虽显出"不着调"，但爽快直白，她对于瞎话的瞎话也自有看法，常表现出些贬义。遇到有人来找瞎话时，团子就会板着脸朝来人说："找他干什么，瞎话摆式的。"

我奶奶和我娘不嫌弃团子，常好心地接纳着她。

团子来了，直奔我家厨房，朝着正在烧火的我娘说："叫我吧。"她是要替我娘烧火，拉风箱。

我娘总会热情地成全团子的。她站起来把烧火的座位让给团子。

团子坐下来，开始不知深浅地向灶膛里塞柴火。风箱也被她拉得直惊倒怪的。

烟尘和火星从灶膛里向外喷，喷上屋顶，又落在锅盖上、案板上。我娘在一旁笑着提醒团子说："团子，小点劲吧。"团子就说："我不会！"说时也不看我娘，也不看灶膛，哪都不看。这时锅里的粥倒很欢腾，像是为团子叫好。我奶奶也走过来说："团子，省着点劲儿到婆家再使吧。"团子说："凭什么给他们使。"我爹好风趣，走过来也对团子说："团子，有一种职业最适合你，当个火车司炉吧，火车保险跑得快。"团子说："谁知道火车什么样，司炉是干什么的？"我爹说："火车自己会跑，不用套牲口，司炉和你现在干的活儿一样，你往锅台里添柴火，司炉往火车头里添煤。"团子还是不明白，问："火车上也有锅台？"我爹说："火车上没有锅台，有锅炉，和锅台的道理一样。"团子不再问，止住风箱，想着。一顿晚饭，在"司炉"团子的鼓动下熟了，全家人开始在月光下围坐在院子里吃饼子，喝粥。团子不用让，自己盛上一碗，也不入座，站得远远的，把粥喝得很响。她喝得猛，喝得快，喝完再盛。我对团子的举动很愤懑，心想明天可别再来了。

团子姐说不给婆家使劲拉风箱，但她爹瞎话在集上给人说牲口时，还是给团子说了一个婆家，团子姐要离开向家巷，离开我家。只在这时，我倒有些舍不得团子姐了 —— 她不说瞎话。

团子要出嫁，向家巷的人都站在街上看热闹，她穿一身大红染就的粗布裤褂，人仍旧撑不起衣裳。但她是坐了轿的。一顶红轿和一顶蓝轿在鼓乐声中进了村，团子进了一顶红轿，蓝轿里下来一个女婿，是个孩子。人们猜测着他的年龄，有人说他过了十岁，有人说没过。村人围住这孩子开着没深没浅的玩笑，问他娶媳妇干什么。老香大娘说，晚上尿炕可别往媳妇身上尿。有人说得更直白，问他会"办事"吗。我知道办事不是好话。

团子姐走了，许多天没有人来我家帮我娘拉风箱烧火了。我一时还觉得有些寂寞，当团子姐再出现在我家时，像是变了一个人，脸上带着忧愁。以前，团子脸上从不见这表情。她穿着又肥又大的新衣裳，人显得更单薄。她急匆匆跑进我家，拽住我娘和我奶奶，关上门，就开始了对她们的诉说。她声音时高时低，说的都是一些不愿让人知道的事吧。我奶奶我娘不断插着话。团子说阵子话走了，我奶奶和我娘还要小声嘟囔一阵（怕我听见似的），最后我奶奶都要骂一句："老不死的!"我以为我奶奶是在骂瞎话，可是又不像，团子姐已经是"娶"了的人呀，早已不再和瞎话过日子。

过了些日子，团子姐又来了，脸上带着明显的惊慌，整个人好像也变了形，一件肥大的上衣竟被肚子顶了起来，还用问，连几岁的孩子都知道，她这是"有了"。我们那里管女人的怀孕叫"有了"，管分娩叫"上炕"。

面对团子姐形象的变化，村人开始议论起那个从蓝轿里走出来的小男人，说："行喽，会办事。"说那孩子真有和团子姐亲热的能力。但，很快就从外村传来新闻。我奶奶骂的那个人也浮出水面。原来团子姐过门后，和她上床的，不是那个小男人，是那个小男人的爹，团子的公公。不久从团子肚子里降出一个男孩，当然也是她公公的。

团子生下肚子里那个男孩 —— 白胖。不知为什么，她却变了一个人。她抱着儿子回村，一副心满意足的样子。人也丰满得不再像个片儿了。乳房从瘪着的胸上兀突地萌生出来，奶水常把胸前的衣服洇湿。在我家，她常坐在廊下撩起衣服奶孩子，露着白净的胸脯和孩子说话，说，长大后，就当个火车司炉吧。孩子还不会说话，吃奶吃得很猛，声音很大，咕咚咕咚咽着，使人想起团子的喝粥。

后来，我已离家，许久没有再见团子姐。一次，我回家时问我奶奶团子姐的下落，奶奶风趣地形容起团子一家的"幸福"日子，说，一次团子米了，和丈夫一起，丈夫十几岁了吧。儿子也不在怀里吃奶了，在院里拽着他爹，要爹追着他跑，他爹迎合着，一个跑，一个追，围着树转，从石板底下钻。团子坐在廊下观看，"过来人"一般。不一会儿，儿子失去了兴趣，又让他爹和他一起去追鸡，他爹扭着身子不愿去，团子就朝着丈夫喊："还不快去，叫你去哩!"丈夫这才不情愿地跟上去。团子对我奶奶说："管一个还不够哟，还得管俩人。"说时更像个"过来人"。

我又问我奶奶，"后来呢?"我奶奶说，后来团子的儿子没有去当火车司炉，当了瓦匠，学会了盘炕，他盘出的炕导热性能好，省柴火。儿子给人盘炕，带着帮手，帮手就是团子的丈夫、儿子他爹。他爹给他搬坯、和泥听任他支使。后来儿子又有了孩子，长大后做着一种以物易物的小本生意——以骨头换取灯（火柴），他推着一辆小平车，车上装着取灯和酸枣面儿，串着村找猪骨头、羊骨头，以物易物。

当了奶奶的团子坐在炕上问孙子，问他整天走南闯北见过火车没有。孙子说，远哩。

十三

这天临黑，我爹骑着他的白熊自行车从城里仁和裕办药回来，路过南街邮政局时，取回两个邮件，一件是一本硬壳的绿皮大书，还有一封寄自保定的信。他把自行车推进院里，打起车梯，从车兜里先取出那本书自言自语说："可惜了，可惜了。一定是从船上掉到太平洋里去了。"因为那书是来自日本的，我看见那书深绿色的封皮上泛着被水泡过的痕迹，那是日本出版的《皇汉医学》。父亲在必要时是要从日本订购书籍和用品的，他在世安堂为病人量体温用的体温计就是从日本寄过来的。

那封寄自保定的书信自然是我的祖父向大人寄给父亲的。他放下手中的《皇汉医学》，拆开信封读起来，他逐字逐句地研究着信的内容。我奶奶从正房走出来，发现父亲在读信，她已猜出那信大半是来自保定的。她站在廊下问父亲："你爹还好吧，好久也不打封信了。"

我爹说："好是好，就是……"父亲没有说下去。

奶奶说："怎么还就是就是的，有什么不能念的哟。"

我爹说："是这样，信中有和时局有关的内容，卢沟桥事变后谁都关心时局的发展。像我爹那样的身份……"

奶奶说："噢，这我就明白了。树大招风，也是个有头脸的人物。"她说的自然是我的祖父向大人。

我爹说："甘运来要回来了，他会说得更清楚。"

奶奶说："这个甘运来多日也不见个影。"

甘运来是谁？本村人，从前跟向大人在南方当马弁。也是宜昌兵变时幸存回村的。他能给向大人当马弁，因为是本乡本土的，靠得住吧。奶奶常说宜昌兵变时，甘运来是怎样保护了向大人官邸的，使官邸免遭洗劫。向大人还乡后，甘运来也保驾一起回到村。现在向大人在保定做寓公，又约去了甘运来，他就成了向大人的半个管家。目前常来往于保定和家乡之间。

我躺在枕头上问奶奶，马弁是个什么官？

奶奶说什么官也不是。听起来挺文雅，其实就比护兵高点，可是当官的都离不开贴身的马弁。

奶奶还在问向大人信上的事，有个年轻人风风火火地进了家门，他便是甘运来。身上铺满着道沟里的浮土，一脸疲惫，神情还有几分惊慌，手中提着一个柳编的旅行箱。他把旅行箱放在院中的红石板上，全家人都围过来。

我爹迎上来说："刚接到信，信上说你回来，怎么人就到了。看来这年月书信走得也不快。"

甘运来说他昨天马不停蹄地赶到保定火车站赶上了去汉口的夜车，今天上午在元氏下车，又马不停蹄地赶到家中。

甘运来先打开那个不大的旅行箱，把箱中的几件东西摆出来说这是向大人给家中捎来的。其中两篓槐茂酱菜，一盒稻香村的方酥和大八件点心，还有两盒西湖白莲藕粉，最后又拿出一本《看图识字》，甘运来说是向大人专给我买的。

奶奶先注意到两盒白莲藕粉说："老头子还有心思捎东西，这杭州的白莲藕粉怎么就辗转到了保定，真的假的？"奶奶说着脸上显出欣喜地把藕粉盒子捧起来，她不失时机地研究起纸盒上的图案。那是一幅采莲图：在三潭印月前有两个打着伞的美女，坐在船上采莲花。

奶奶是熟悉杭州西湖的，她说："这画得都不对，西湖里没有莲花，就有三潭印月和湖心亭，莲花都长在外西湖，杨公堤那边也有一小片。"我爹接过话茬儿说："杨公堤一带还是西湖十景之一景叫曲院风荷。"他接着说，"这东西倒假不了，保定人不做藕粉，虽然保定东边有个白洋淀，也种莲花出莲藕，但他们不做藕粉。只知道卖鲜藕，保定东大街大慈阁下，每天早市上都有卖鲜藕的。"

甘运来发现家人把话题扯到西湖和莲藕上，就把话题收回来，因为他还有重要消息要告知家人，他对父亲说："去世安堂吧，喝口水，一晚上口干舌燥的。"

我爹知道甘运来有话要说，就把甘运来引进世安堂，我娘就去为甘运来烧开水。

我跟我娘给甘运来送开水，奶奶也从正房里捧出来她不常用的细瓷茶碗，还把一个茶叶筒交给母亲，我和母亲走进世安堂便听见甘运来要说的正题了。甘运来和我爹在世安堂里间说话声音时而高声大嗓，时而又放低声音，显然是在传递着什么要紧的事。谈话中有个叫小坂的日本人常出现在他的谈话中，好像这个日本人经常来往于向大人家中，甘运来把声音放得很低，我爹不时打断甘运来的话，小坂的名字还是在世安堂里回响着，在他的话语里还不时飘浮着三个地名：保定、汉口、西安。

甘子明来了，一步跨进世安堂说："运来，都看见你进了村，我赶紧赶过来，怎么，你一定是个信使。向大人对时局有什么见解？"

甘运来又把刚才的话向甘子明叙述一遍。

甘子明说："文成，那天咱俩谈到宋哲元的长城抗战，他存在困难，《塘沽协定》①以后日本人又搞华北自治，这就是亡国的兆头，日本人绝不就此罢休，这不接着就是卢沟桥事变。目前向大人有何打算？"他问甘运来。

我爹插话说："这不日本人找上门了，有个叫小坂的日本密探，要老头子出任保定的行政长官，就是市长，你想我爹能接那差事吗？他必得躲避，就要离开保定，先选择了汉口，又想到汉口是兵家必争之地，才决定要远赴西安，运来就是回来送信的。还嘱咐咱们必要时也要躲避一下，也是免受他的连累。"

甘子明说："这时局一天一变，日本人对保定已是虎视眈眈，以下就该是正定和石家庄了。石家庄也联系着咱这一片，咱家树大招风，还有你家老大在邢台四师闹学潮，也是一只出头鸟。向大人的分析是有道理的，我看躲避一下也大有必要。"

我爹说："家人躲避一下是小事，日本人占领保定后向

---

① 1933 年中国政府和日军签订的停战协定，该协定默认了日本对长城以北地区的占领。

南推进是大事。其实日本人在占领县城之前，经济侵略早就开始了，县城里那个'棉产改进会'就已经证明日本的势力早就深入咱们这一方了，这也是武装占领的先兆。"

我在外屋听得似懂非懂，听大人说话，我不懂他们说的《塘沽协定》、"华北自治"，但我知道日本人要来。已是黄昏，我爹顾不得擦灯罩，也忘记点灯，我跟我娘走出世安堂，他们的谈话还在继续。甘运来的到来给家人带来了不安，他回了保定要陪祖父去西安，家里的一切像失去了秩序。晚上我爹也不再擦灯罩，我们也不再念书。

一天晚上，瞎话大伯来了。瞎话大伯大步流星地走进门来，站在院中喊我爹："文成、文成，递说你一件事。"

父亲从屋中走出来说："瞎话哥，可不许说瞎话。"

瞎话说："看你说的，咱哥俩谁和谁呀。"

父亲说："什么事？看你急赤白脸的。"

瞎话说："递说你吧。城里城隍庙里的城隍走了。"

父亲说："走了？一个泥胎。"

瞎话说："走了。一个泥胎。"

父亲说："瞎话哥，这件事我知道。不是走了，是十五中学生破除迷信，把城隍给搬走了。"

瞎话笑笑说："搬走了也是走了。都是实话实说。"

父亲说："瞎话哥，兵荒马乱的，少说闹着玩的话吧，说点正经事吧。"

瞎话说："就是来说正经事的。文成，保定丢了，石家庄丢了。我是说咱兆州早晚也得丢。吕正操吕司令虽然在藁城独挡着，能不能独挡住，一时也难说，事不宜迟是时候了。"

父亲说："瞎话哥，你是说……"

"躲躲吧！我知道咱家也早有准备，甘运来也传递过向大人的意旨。"瞎话说。

"向家进步的事也干了不少，树大招风，咱还是平妥点好。"

我爹说："瞎话哥，咱俩想到一块儿了。可我们这一走，家业交给谁呢？"

瞎话豪爽地说："这还用遭难，交给我。有我呢。日本人要是真来了，我瞎话实话一块儿说。看他们能把咱怎么样？"

我爹说："瞎话哥，把家业交给你，我一百个放心，可你有什么'计谋'能保住咱家呢？"

瞎话说："我先问你一句话，从今往后我是不是当家人？"

我爹说："非你莫属。"

瞎话说："当个当家人，头一条是什么？"

我爹知道这是瞎话在玩儿"深沉"，说："瞎话哥你说呢？"

"要我说头一条就是我说了算。"瞎话说。

我爹说："瞎话哥，你这是在向我要权力。"

瞎话毫不含糊地说："哎。"

我爹说："我既然把这个大家交付给你，你就有权力处置家里的一切。"

瞎话说："有你这句话，我也放心，你也放心。"

十四

瞎话的提醒，甘运来的到来，使全家陷入了忙乱，再加之石家庄已沦陷，我娘拿不定主意似的扔下厨房常在院里游走着，奶奶站在廊下却是一副见过大世面的样子说："也不必惊慌失措的，自古以来就有逃难的说法，该躲就躲躲，反正躲得过初一躲不过十五。你爹什么没有经历过？胜仗败仗都打过，世道再乱也赶不上宜昌兵变。"

辛子老姑来了，她知道甘运来带来了消息，也许是瞎话又给她透露了什么，她进门就说："文成，要走就快走。现在你就是出埃及的摩西，路是上帝指给你的。带上咱家这一干人，快去寻找有蜂蜜有牛奶的地方吧。这才真是天国近了时候到了。"父亲说："辛子姑，咱不找牛奶和蜂蜜，咱不吃那物件。我倒想到一个有柿子和黑枣的地方。"

辛子老姑说："我知道你早有盘算，那地方可好。茹说了，要跟你走，可别让大祥赶大车送你们，太显赫，就让二丑推辆小车，推上咱三羊。"

我娘说："可不能扔下大车，大车连着三羊呢。"我靠住我娘，用力拉住我娘的手，恐怕扔下我的大车。

我爹说："时局紧张，大车目标大，有二丑的小车就行了。"看来我爹是决心扔下大车的。

他又说："辛子姑，现在大车不重要，人最重要。我既是摩西，要领人出埃及的就不光是茹和二丑了。还有咱南屏，北院的宝韵。这些闺女们都得带上。"

我爹要领人"出埃及"已成定局，可蜂蜜和牛奶在哪里，显然不是西北的西安、中原的武汉，那里路途遥远，拉家带口的谈何容易？他经过再三考虑，终于认定了那个有柿子和黑枣的地方。那是离家乡百里开外的太行山东麓，一个叫杜家台的地方。那里三面环山，山上遍布山洞，洞前有潺潺流水，水旁就是柿子树。大革命低潮，白色恐怖笼罩时，他曾在那里躲过敌情。

按照父亲的计划、辛子老姑的形容，我们终于"走出了埃及"，奔向那个有牛奶（柿子）蜂蜜（黑枣）的地方。

逃难是灾难，难逃，也增长了我的见识。走出家门，我从大人传给我的惊慌中走出来，沿途的一切都丰富着我的记忆。这记忆是顽强的，直到终生。现在我突然成了"大人"。

我们日夜兼行，晚上我坐在二丑叔的双耳小车上，在铺天盖地的星空下前行。星星走我也走，又仿佛是星星跟着我走，在漫天的星空里，也有天河，现在我看天河，天河比在家中看要长得多。不用费力也能找到牛郎和织女。牛郎、织女也像跟我们一起走，跟着"出埃及"的队伍走。

我睡一会儿醒一会儿，当我再醒来时，车轮下有流水，月光把流水照耀得白花花。我听见家人蹚着水说话。是谁摔倒在水中了，坐在水里还咯咯笑，有人把她拉起来，原来是茹姑。大家在研究着她那被水浸湿的裤子。

"有的换吗？"

"还有一条在包袱里。"

"蹚过河去快换上吧。也是十月一该拾花的时候了。"十月一日是每年入冬的信号。

茹姑还是咯咯笑着不说话，一群闺女推搡着她，跑到河那边去了。

远处有炮声。

"听，听见了吗？"谁说。

"远哩！"谁说。

"再远也远不过栾城。"这是我爹。

栾城离我们县城四十里。

"日本人能过栾城吗？栾城可是吕正操把守。"

"吕正操也是孤军奋战，二十九军、三十军都扔下长城下野了。"

"吕司令可是一员猛将。不跟东北军张少帅撤退，生是留在咱这一块儿打日本。"

我姐姐和我母亲落在后面，姐姐对我娘说："从这儿走，这儿水浅。"母亲是一双"解放脚"。我猜她走在石子上东倒西歪，我猜她是和我姐姐互相搀扶着走过河的。

我在车上睡一阵醒一阵，又过了一个有星空的夜晚，当我再睁开眼时，我们在一个山洞前停下来。山里的太阳好像更亮，照耀着那城墙一样的黄土高原。

五十年过后，我曾重新访问过那里，那是太行山东麓的内丘县杜家台村。黄土高坡前，窑洞前有一条潺潺流水的小河，那窑洞还在，里面平台宽阔。这就是我们"出埃及"后，曾经居住过多日的地方。我还记得，晚上山洞的蚊子成群，享受着我们这些从"埃及"来的人的血液。我翻过手背看看，被蚊子叮咬过，感染过后的伤疤还依然存在，也证明着我确实在这里住过。

原来，这些走出"埃及"的难民在此并不尽是苦难，有时你会忘记眼前的灾难。我看见姐妹们常常爬上树去摘"树熟"柿子。农历十月正是柿子成熟季节。树熟柿子柔软得像一碗蜜，闺女们把摘下来的软柿子塞到谷面窝窝里咬着吃。她们都穿起厚厚的棉袄。靠在树上，心满意足地咬着谷面窝窝和柿子，说着和眼前生活相距甚远的话。

有人说："吃完这个柿子该谁上树?"

有人说："谁有了婆家谁上树。"

大家不约而同地把目光转到宝韵姑，宝韵姑是有了婆家的，但她推托着不上树，大家就追着她跑，宝韵姑就围着树转。互相捶打着。

宝韵姑身体单薄，平时少言寡语，但很早就有了婆家，现在人们拿她开心，都来抵挡了眼前的愁闷，我猜。

我爹站在远处，看着正在打闹着的闺女们说："不怕恁打闹，没人打闹咱这日子可怎么过。"

大家停下来不再追着宝韵姑跑，茹站出来说："别追宝韵姐了，还是我上树吧。"说完她选择一棵柿子树爬上去，用手捧下一个个树熟柿子往下扔，扔一个给宝韵，扔一个给我姐姐，又往下扔一个，对我姐姐说："这可是三羊的，可不许恁吃。"茹姑把树熟柿子一个个往下扔，闺女们接不住时，就掉在地下，变成一摊泥。茹姑在树上向下喊："看你们，看你们，连个柿子也接不住，白让我费劲巴力地给恁摘。"

茹姑从树上出溜下来，是谁又举给她一个谷米窝窝。她自己早把一个又胖又大的树熟柿子摁在窝窝里，柿子的汁液从窝窝里冒出来，冒在她手上，她用嘴嗫着手笑着。

闺女们打闹着摘柿子吃柿子。我爹正站在洞口等二丑叔，买粮食买菜是要靠二丑叔的，还是那辆推我用的小车，他常从一个叫柳林的镇上买回谷子和萝卜白菜，他和我娘一起在洞口旁盘了一个七印锅的大灶，二丑叔买来粮食和菜，还不忘上山去砍柴，供我娘烧火。我爹像个总理一样指挥着这一干人的生活。每当二丑叔买回谷子，我爹就动员闺女们到山那边碾子上推成谷面。原来这里吃水也方便，二丑叔用桶，从洞前的小溪里挑来清水。看来我爹对这里的选择是有过周密考虑的。

有一年我问父亲，是怎样带领大家度过那些日日夜夜的。他说："当个国家总理也不过如此吧。你辛子老姑把我比作摩西，我没有把大家带到有牛奶和蜂蜜的地方，也没有个合适的安置，再说牛奶和蜂蜜咱还吃不习惯的。那年头，有谷面窝窝就柿子也算是享清福了。"

瞎话大伯来了，推着一辆小平车走得风风火火，大家把瞎话围起来。闺女们七嘴八舌地向他问话，我爹说："瞎话哥，我还当你是给送白菜呢。咱南岗地里的白菜还没起呢。"瞎话说："送那干什么，咱回家吧，是时候了。"

他还说，吕正操吕司令在藁城梅花镇没有抵挡住日本人，日本人还是进了咱们县城。可暂时他们和老百姓还相安无事。

我爹说："日本人没有出过城？"

瞎话说："出过。"

闺女们抢着问："进过咱村没有？"

瞎话说："进过。"

我爹说："国难当头，可不许说瞎话。"

瞎话说："一句瞎话也没有，都什么年月，当着自家的老少妇孺。"

我爹说："这地方天高皇帝远的，七嘴八舌对形势都说不准。你还是给说说日本人进村的事吧。"

瞎话借题开始了他的一篇演说（如果那时候我懂得演说的话），他说我们走后不久，日本的飞机就先炸了县城大集，伤了不少人。城内守军保安队不战自退，一口气逃到了高邑、隆尧。日本人趁机骑着大洋马，吹着洋号从西城门进了城。

闺女们又迫不及待地抢着问"日本人到底进过咱村没有"，瞎话说："进过。村长马聋子听说日本人要来，吓跑了。谁来应付这场面，乡亲们找到了我。"

我爹说："也算是找对了人。"

瞎话说："我是摆出一副欢迎日本皇军的样式。你在心里可以骂他日本鬼子、倭寇，咱表面上还得做出一副欢迎大日本皇军的姿势。为什么？为的咱村不受伤害。"

我爹说："必要时也是聪明之举，也是万不得已。"

瞎话手舞足蹈地激动起来，自问自答地继续述说着他的功绩，他先让几个老人用净水泼街黄土垫道。诸葛亮迎接司马懿也派出过两个老军打扫西城的门脸，为什么？就是为了造成迎接司马懿的假象。现在瞎话说他还让丁酉从他铺子里搬出两张桌子，摆上卖不出去的两盘子大八件、小八件。又让团子烧上一锅开水，灌上两壶，蹾在桌子上。

奶奶插话说："抓上两把茶叶。咱家条几上茶叶罐里有的是老龙井，那龙井过了期咱不喝，拿它糊弄日本人。"

瞎话说："少不了咱家的老龙井。"接着，瞎话又说："日本人进村那可是浩浩荡荡，几匹大洋马膘满肉肥，蹄子都像簸箕大。一个当官的在丁酉铺前下了马。一群当兵的和他翻译官站在后面，倒也规矩。我迎上前，心里扑通通跳着，不知咱这阵势能不能被日本人认可。"

我爹插话说："我猜他们能认可，都是真真假假的吧。他们正讲大东亚共荣，也是为了笼络百姓。"

瞎话说："文成，算你猜对了。认可了。那个当官的朝我摆摆手，让我过去，问我'你什么的干活'。我说'老百姓的干活，大大良民的干活'。又问村长在哪里，我说明天寒食，给他丈母娘上坟了去的干活。他听不懂上坟，转过脸问翻译官，翻译官说上坟就是扫墓，他懂了。又问我，怕不怕大日本皇军。我说，没什么可怕的干活。后来他又问了我几句半懂不懂的话，没有吃点心，也没有喝咱家的老龙井，就开拔走了。末了，我倒还学会了一句日本话：'哈伊'。我看见日本兵都朝着当官的点头哈腰说哈伊。出村时，他骑在大洋马上说：'你的大大的良民，中日亲善的有。'我说：'哈伊。'"听了瞎话大伯的"演讲"，是回乡的时候了。

我奶奶问瞎话为什么不让大祥赶大车接我们。

瞎话说，咱们先上路，听我慢慢道来。

我们这支"出埃及"的队伍由瞎话带领日夜兼程还家，我坐在二丑叔的独轮车上，走过了一些山地、平地和小河，听瞎话大伯说着实话和瞎话。一路上，瞎话向我父亲交代着根据形势对我家的"管理"方式。瞎话走着走着冷不丁对我爹说："再买牲口，不买骡子了，买牛、买驴，骡子碍眼，日本人专找骡子给他们拉大炮。"这一定是瞎话把我家的骡子卖了。走着走着瞎话又冷不丁说："日本人进村专找挂匾的家主进，咱家门洞里那几块木板子太碍眼。"这是瞎话烧了门上的匾额。走着走着瞎话又说："你说墙上的字画有个什么用？这年头还讲什么文明？"这是瞎话把正房"云想衣裳花想容"的中堂字画烧了。走着走着瞎话又说杀了猪，埋了细瓷碗的事。父亲听明白了这其中的一切，他对瞎话说："要不说我的家就是你的家呢。"家人都记得我们离家前瞎话向我爹要"权力"的事。看来，瞎话大伯是充分运用了自己的权力的。

瞎话一路走着，仔细观察着我家人的表情，知道家人对他的"作为"是满意的，有时就哼起什么小调。

我们这群"出埃及"的人，走了一天一夜，又回到"埃及"，一家人进家后看见团子正站在扫过的院子里等我们，院子被她扫得精光，还洒了水。为迎接我们还家，她显得兴奋异常。搀扶过我奶奶，又搀扶我娘，把我从独轮车上举下来，又去卸东西，忙了一阵却又朝厨房跑去。原来厨房里正点着火，风箱又响起来，还是那么急促。现在锅里没有熬粥，是一锅面疙瘩汤。还卧了不少鸡蛋，白花花的鸡蛋在开着的锅里上下翻覆滚动。我娘到厨房帮忙，团子把她推出来，让她到院里等饭吃。少时，一碗碗白面疙瘩就摆上了石板桌。每个碗里都显现着几个鸡蛋。我奶奶看着碗问团子为什么这些天爷俩放着鸡蛋不吃，瞎话在一旁插话说："怎么不吃，俺爷俩儿每天都吃。一人至少一个。"我爹说："瞎话哥，你这可不是实话，才五只鸡，三只还是公鸡。两只母鸡下蛋，母鸡勤快点，一天才捡两个鸡蛋，你爷俩儿天天吃，哪还有我们吃的!"其实，刚才我娘就发现团子为我们攒下的一瓦罐鸡蛋了。

瞎话低头也喝疙瘩汤，碗里不显鸡蛋。团子碗里有一个鸡蛋，用筷子拨过来拨过去，给我们看。瞎话故意岔开话题，又说了日本人的大洋马蹄子有簸箕大，还说见了小孩就给糖块儿吃。父亲说："这都是日本人愚弄中国人的计谋，残酷的日子还在后面呢。咱们都别忘记梅花镇的惨案①。"

父亲说着梅花镇惨案，好像是对瞎话大伯言语的提醒，

① 1937 年，日本人在栾城县梅花镇村制造的千人遇难惨案。

但瞎话大伯对我们家还是显示了无比的忠心。还有团子姐，多少天来连个鸡蛋也舍不得吃，我想起她从前端着大碗呼呼喝粥的吃相，好像变了一个人。

当晚我和姐姐还是睡在奶奶的炕上，奶奶说，这爷俩儿可是让人想不到，显然她是在夸奖瞎话和团子姐的。

这时的团子姐还是出嫁前的团子姐，我不该再计较先前她在我家喝两大碗粥的事了。

十五

瞎话卖了我们家的灰骡子，当然他又不失时机地为我家又"说了"一匹黑骡子。这黑骡子和灰骡子相比，显得年轻好胜。瞎话说这骡子才三岁口①，急需调教。有个远门的爷爷叫喜来，是调教牲口的好把式，外号"三鞭子"。当牲口不听调教时，喜来爷三鞭子能把牲口放倒。牲口跪在地下，眼里还淌着泪花。事后村里人问喜来爷使了什么法术。喜来爷说，人身上有穴位，牲口身上也有，鞭子抽打的就是牲口的穴位。喜来爷调教好牲口，把牲口交给长工大祥，说："这牲口交给你了，牲口不调教，谁也不能使唤。"瞎话走过来说："先得有人'认'牲口，没有人认个好坏，你到哪儿去调教？"喜来爷兴高采烈地说："这世道再乱土地也得耕种，没有牲口生是种不了地。'认'牲口的，调教牲口的，都离不开人。"

我奶奶又对瞎话说："你可找到显示本事的时候了，认牲口就像认人。"

---

① 牲口的年龄论"口"。三岁口是一个适龄的牲口。

瞎话得意地说："认个好牲口，是成全咱家的一项，除了大门洞里那几块木板子（匾额），咱该找的都得找回来。"

我爹说："咱正房里那中堂呢？云想衣裳花想容。"

瞎话说："换了它，挂个扛大刀的关老爷。威风凛凛地，也能镇住日本人。我去趟武强，不年不节地赶趟集，集上有的是卖画的。"

奶奶说："瞎话，你越说越没边了。家里挂关公扛大刀不成了关帝庙？"

瞎话讪笑起来，知道说话"砸了锅"，推托有急事走出去了。

日子总要过的，生活要延续。但往日的景象，一去不复返了。晚上我们不再坐在院子里看天河，父亲的"纽约橡皮街"，奶奶的"牛郎织女定情物"也都成了过去。街里再没有卖烧饼和鸡蛋换葱的买卖人了。只有那个打洋油的不失时机地还做着自己的生意，他知道点得起灯的人家总要点灯的，但父亲却失去了擦亮灯罩的兴致。晚饭后，全家人都少言寡语，只听见锅碗瓢盆的磕碰声。

甘子明成了常客，他准时准点地来我家和父亲闲谈，但他总是迈着一副轻盈的脚步，显出一副半藏半躲的架势。进院后就朝着我家饭桌上的残局细声细气地说着只有父亲能听懂的话，家人也故意躲开他们。但我们还是常常能听见他们谈话中的只言片语，话语中总是夹杂着大丑叔的名字，还说什么那里可不是"水泊梁山"。梁山好汉是反叛王朝的，大丑他们走的另一条道。语言中还时隐时现地说着"绑票""说票"（做中间人，为两方说和）什么的。

我爹在一旁感叹着，感叹一阵说："这个大丑，像他爹喝点酒，玩钱赌博，也算见怪不怪，可谁承想入了这条道。"

大丑是辛子老姑的大儿子，近来很少出现在向家巷。他是一个为人孤傲、少言语像和亲人存有隔膜一样。辛子老姑常对人说"外人一样"，这是辛子老姑对大丑最准确的形容了。我还记得他结婚时的架势，那是我们逃难之前，他没有坐轿，骑一匹高头大马、戴一顶礼帽，帽上插两串金花。他不顾身后的丑婶子，也不顾相亲的存在，拍打着自己，自顾自地向家里走。大丑在平时就有冷漠一切的气质。

甘子明和我爹说着话，二人感慨一阵就迈着轻盈的脚步自己走出去。走向街里的黄昏中。

黄昏时，街里虽然没有了先前的快乐。而我们还是要寻找些自己的乐趣。

向家巷的闺女们也要打破黄昏中的寂寞，在月光下玩

"挤老米"，她们倚住我家砖墙的一角，贴墙站成一排，从一边向另一边用力挤，挤着、唱着："挤、挤，大家向着一边使劲挤，挤老米，把老米挤出家，不许老米再回家。"

总会把一个人挤出来的，被挤出的人就又排在后面继续向前挤，挤着、唱着："挤、挤、挤老米，把老米挤出家，不许老米再回家。"

团子姐总是会被挤出来，团子就不再排进去，站在一旁没事人一般看热闹。

团子失去了挤老米的兴趣，茹姑看见站在远处的团子说："团子过来，撞拐吧。"

我姐姐南屏也关心起团子说："团子来，咱俩撞。"她一定是想到团子为我们守家看户的忠诚。

宝韵姑说："撞拐不兴许谁让谁。撞倒谁算谁。"

茹姑说："我个儿最高，谁也撞不过我，这样吧，谁赢了再和我撞，我专撞能人。"

闺女们在月光下成双成对屈起一条腿和对面的人撞着，总有被撞倒的。茹姑就把胜利的一方拉过来，再和她对撞。她们撞得尽兴，欢笑声在月光下传递着，早已忘记前些时钻山洞时的苦难。

"挤老米"本是个新玩法。从前在村中不曾见过，我奶奶觉出新鲜，问我爹说："这'挤老米'是从哪一方传过来？"父亲说："很难说，任何一种孩子的游戏都连着一些社会事件。《三国演义》中常见儿童歌谣对现实事件的预判，庞统在死之前，儿童就唱起来：一凤并一龙，相将到蜀中，才到半路里，凤死落坡东！'凤'就是庞统的外号，叫凤雏。'龙'当是诸葛亮，他外号'卧龙'。我分析老米代表着英吉利国，英吉利的国旗是个'米'字，1840年鸦片战争后，香港划给了英吉利，中国人就有反英的情绪。挤老米的玩法，不就是要把英国人挤出去？"

或许父亲的分析有道理，但玩"挤老米"的闺女们不一定知道其中的含意，她们只在游戏中体会着属于自己的激昂和愉悦。

茹姑站在一旁等着和胜利者撞拐，我靠住她看热闹，她看见二丑叔从家里走出了，坐上了上马石，便对我说："三，快去找你二丑叔吧。他要讲郭三元偷白面了。"

听二丑叔讲郭三元偷白面，虽然已不新鲜，但我还是愿意凑近二丑叔，就像我愿意凑近茹姑一样。二丑叔来了，穿一身干净少见的黑裤子黑袄，头上箍一块羊肚手巾，大人一般，像个教书先生，又像个说书人。其实，他才是一个慈眉善目的大孩子，和他的哥哥大丑秉性相悖。二丑叔识字，在城里上过一年高等小学，赶上了那次逃难，学校停办，但他不忘念书，在辛子老姑院里，他自盖了一间小泥屋。自己用木板钉了一张小床，床头上常摆着一摞闲书。

二丑叔来了，"听书人"把他围起来：担子、罐子，总还有几位大人站在后面。

月光照耀着二丑叔，照耀着他脸上那永远的微笑，看到他我便会想起同样微笑着的辛子老姑。

当然，二丑叔不但会讲郭三元偷白面，还会讲傻女婿的故事，傻女婿的故事简短，像说书人的开篇，通常他都要先讲一个傻女婿吃柿子。说：有个傻女婿在岳父家吃核桃，不知怎么吃，媳妇就暗示他用锤子砸。后来丈母娘又送他一个软柿子，他又用锤子砸，柿子的软汁噗出，噗上了他的脸。回到家来，家人问他在岳父岳母家吃的什么。傻女婿就说："吃了一个硬，吃了一个软，噗嗤溅了我一脸。"还有傻女婿在岳母家赴宴的，傻女婿和岳父互相对峙闹出的笑话。这些故事都是让我们听起来不厌其烦。

当然，二丑叔枕边上既然放着《圣经》，讲《圣经》中的故事也是他的强项。他讲耶稣和五饼、二鱼的故事，说：

"耶稣将五个饼、两条鱼送给三千信徒吃，结果还没吃完。"

我曾把这个神奇的故事讲给我爹听，我爹说："这是一种精神，现在给你讲，还太深奥。了解《圣经》，了解这些深奥的故事可不是一时半会儿能做到的。"

二丑叔总要讲到郭三元偷白面的，那是他的压轴戏。说的是一个地主家，雇着一个年轻长工，家中有个美丽的闺女，和长工成了"相好"。地主家有仓房，仓房里有大缸，大缸里有白面。要过年了，长工要回家，与闺女相约要到地主仓房里偷些白面。晚上女儿把郭三元引进漆黑的仓房，替郭三元掀开大缸，让郭三元用个面瓢从缸中取面。哪知郭三元正在取面时，女儿的母亲也进来取面。郭三元顺势跳入面缸，把面瓢顶在头上。母亲走近面缸，见面缸里有一个不明物在左右摇晃发着叮咚的响声。那是郭三元正在惊吓中。这场景吓坏了女儿的母亲，便惊倒在地，郭三元趁机跳出面缸，于是一个白人跑出房间。

二丑叔讲郭三元偷白面如数家珍，可父亲总觉得这故事编纂得不合情理，他说："大缸里既然有一缸白面，郭三元怎么会跳进去？再说仓房里不是漆黑吗，找个地方躲起来很容易，郭三元为什么单往面缸里跳？再说，一个白面人从仓房里跑出去他又会遇到什么……"

但是父亲的分析并没有干扰到二丑叔讲故事的兴致，也没有消减我们听故事的兴致。向家巷闺女们"挤老米"、二丑叔讲郭三元偷白面，代替着从前那个神秘无限的黄昏。

十六

我爹把我领进世安堂，让我"认药"，他拉开一个"药斗"，随手抓出一把药放在药案上，让我说出药名，说我跟他去仁和裕见过的药材也不算少了，我说："这……是白术。"

他还让我说出这药的功能，我说不出，他就替我说，记住了，白术解表。他又随手抓出一把让我认，我说："这……是川芎。"他猜我说不出川芎的功能，就替我说，川芎理气。他又抓出一把，我说那是甘草，他说甘草是温和药，任何一个组方都离不开它。

有个人闪进世安堂，他人高马大个子魁梧，长一张云盘大脸，进门时几乎顶到门楣，用当地话说他长得很排场。正是夏天，此人穿一件经过漂白的洋布汗褂，敞着怀露出跨栏背心，跨栏背心很少有人穿，它代表着一个人的身份，下身穿一件黑色细洋布灯笼裤，扎着裤腿。进门转身时我还看见他腰里露出一截红绸子。我知道他腰里有手枪，这便是大丑叔，我们叫他丑叔。

父亲看大丑进了门，便说："好稀罕，你这风风火火、神神秘秘的，怎么还有空来世安堂？"父亲把他让进里间，两人分上下坐定，我不敢看丑叔，躲在案子后面，闻着案上的药味听他们说话。丑叔坐下来，先把世安堂用眼扫一阵，又从口袋里掏出一盒烟，抠出一根在桌上磕打一阵，才划火柴点着，一股青烟从他嘴里喷出又飘到外间，他开口说："文成哥，咱离得这么近，整天各忙各的事，也见不到个面。"父亲说："我猜你这是无事不登三宝殿。"

丑说："还真有个事，有人打听咱家呢。"

父亲问："好稀罕，现实咱家安生度日，与世无争，我净照顾世安堂了，谁还想到咱家？"

丑说："记得陈凤山吗？"

我爹说："名字好熟，没见过面。"

丑说："先前跟我舅舅向大人在宜昌十三旅当过差。我妗子认识他。他打听我妗子，也打听你。向你们问好。"

陈凤山，父亲想起来这个人，先前在十三旅是当过队官。宜昌兵变前，因为上司欠饷，陈凤山脱逃，跑回原籍，躲过了宜昌兵变，也躲过了孝感的惨案。

父亲说："怎么，他打听咱家为了什么事？"

丑说："也是先打听一下，他向咱全家问好，你一听就明白，他投了日本。现实日本人正组建皇协军，日本人知道他的从军经历，任命他为三中队的中队长，这也是经过日本人的审时度势请他出山的。第一他是本县人，第二他有从军经历。日本人讲究'以华制华'，就需要这样的人。"

父亲好一阵沉默不语。

丑接着说："文成哥你是明白人，你看我这身打扮就知道我也跟了陈队长。村里人都把这种人叫汉奸，我明白无误，可是人各有志吧。我舅舅向大人不听小坂劝说，下了西安当寓公，咱家的武备从邢台师范直接去了另一个方向，也让人敬佩，可我走上这条道也是经过三思的。兔子不吃窝边草，干这个不三不四的差事，你能说对咱家没一点好处？眼下日本人和咱相安无事，这也是一时的假象，明天呢，后天呢？明年呢，后年呢？有人喊着抗日，两边都有个杀红了眼的时候，我的话不知你听懂了没有？"

父亲说："没个听不懂，可是……"

丑说："我知道你该规劝我了，你是当地进步人士，当年咱县创立国、共两党，你也领过头。办洋校、号召妇女解放、让闺女们剪辫子，你也没有少操心，可你怎么也想不到，日本人就进了中国。高喊抗日的还少吗？北京的宋哲元、佟麟阁，保定的商震，都是带兵的名将，你可打呀。

你宋哲元不是有大刀片吗，你可杀呀。你当我就不盼望宋哲元多砍几个鬼子兵啊。我也会叫他们日本鬼子，可惜呀……文成哥。一瞬间咱们就成了亡国奴，咱家也不是钻过内丘的山洞吗？"

父亲说："丑，你越说我越明白了。看来你跟陈凤山是跟定了。你是不是来向我告别的？"

丑说："不跟你说一声，我是对不住你，自家的人。"

父亲说："你主意既定，我想拦也拦不住你，我辛子姑呢，怎么个主意？"

丑说："我娘好说，她有上帝，什么都有了。"

我爹说："三羊他婶子呢？刚娶过来才一年。"

丑说："有咱家哩，还能没个照应？咱这院也就是她家，替我文成嫂拉个风箱、喂个猪，她也不怵。"

我爹说："二丑呢？茹呢？都知道了？"

丑说："跟他们说不说的吧。"

我爹说："丑，我先递说你，根据目前的时局，咱们走的可不是一条路，你也是一个不听规劝，肚里自有主张的人。你也好自为之吧。"

丑的话好像没说完，站起来慌张着就向外走，他说趁着天亮还要赶回县城。

丑叔从世安堂往外走，我猜他看不见我的存在，我叫他叔，他从来都不答应，出门时我倒又看见他腰里飘出的红绸子，我知道红绸子连着手枪，他迈着大步，那块红绸子拴在枪把上向后面飘飘着。我爹也早已注意到了那东西的存在，对我说："那枪叫单打一，吓唬人可以，一次装一个子弹，也打不准。打出去的子弹没个准方向。"

丑走了，奶奶走进世安堂，她好像是来会丑叔的。

奶奶问我爹："走了？"

我爹说："走了。给你送信来了。有人问候你哩。"

奶奶说："谁会想到我。"

我爹说："城里的陈凤山，你准忘不了。"

奶奶说："陈凤山，临阵脱逃，老头子对他可不赖。隔过蓬头就升了队官，每个月的军饷也是六十两呢。在宜昌，王占元（时任湖北总督）欠了军饷，陈凤山知道当兵的要闹事了，他倒先跑了，现在……"

我爹说："现在投了日本，日本还给了他个中队长。也就是连长。日本人叫中队。丑投了他。"

奶奶说："陈凤山个兔羔子，你爹对他可是不赖，干了这差事，也不想想他的向大人。还有这丑，也不认个好歹人。那新媳妇呢，他丑婶子呢？可怜不待见的。可平时丑也没拿她当个人。"

丑婶子是一位不丑不俊的平常人，她个子偏高，扁平胸，走路时头向后仰着。丑婶子过门时没坐轿，只乘了一辆红帷子细车。细车跟在一匹高头大马后面，丑骑在马上，穿一件蓝布棉袍、戴灰呢礼帽，礼帽上插两串金花，宛若戏台上的"驸马"。但丑生得伟岸高大，现在丑骑在马上就更显排场，脸上且有一种说不清的神情，马也走得信马由缰。那马在丑家门前止住。丑不顾身后的细车和车里的丑婶子，更不和乡亲寒暄，拍打着自己径直向家中走去，这使人觉得他正冷落着后面的一切。

那时的丑就不和家人拉扯着生活，自有个人的生活情趣。人们猜，他对丑婶子也是少热情的。因为一个新鲜的丑婶子很快就成了我们家的常客。

丑婶子来我家不只为消愁解闷，她用干活儿充实自己吧。她手大脚大，干活儿麻利，且有眼力见儿。洗菜、烧火、烫面贴饼子、浆线子、待布……都不显出"力拔"（不地道）。就此，丑婶子得到我们全家的待见。再有，丑婶子来我家干活儿不取报酬，不吃不喝。饭熟了，她走了。这使得我们全家常存有歉意一般。每逢这时，我奶奶一个爱"絮叨"的人，常埋怨我娘没有"看住"她。我娘便试着为她设下"圈套"去挽留。饭将熟时，丑婶子刚止住风箱，我娘说："他婶子，再去喂趟猪吧。"丑婶子站起来笑笑说："赶明儿吧。"话刚落音儿，灶前便没了丑婶子。她小跑着跑出我家。我常看见她小跑着的背影。身子向后仰着，两只手梳理着她那并不显乱的黑发。

丑走了，跟了陈凤山，丑婶子的神情就显得十分落寞，我奶奶对我娘说："看，愣怔了。"愣怔是村人对于精神落寞、神不守舍人的形容。

离家后的丑叔对待丑婶子，很出人意料，没多久他把丑婶子接走了，她做了一个皇协军班长的太太。临走那天她来我家找我奶奶和我娘商量。我奶奶说："丑叫你去，你就去吧，一个女人家，男人名声再不济，女人也是他的人。"

我娘一时不知说什么，使劲拉着我的手，就像她自己要失掉什么。

丑婶子看见紧靠住我娘的我，没话找话似的说："三，我还是你婶子。"说完又和我奶奶、我娘对视一阵，谁也找不出要说的话似的。最后，丑婶子还是转过身向外走去，像从前一样小跑着，两只手梳理着她那一头黑发。

从此，向家巷少了丑，也少了丑婶子。

十七

　　我听我爹说过"旅行"两个字，说有一个叫哥伦布的人，从地球的一面走到另一面，发现一大块土地，就是美国。一位叫郑和的中国人坐船去了许多国家，他们的行动就叫"旅行"。

　　假如旅行没有里程长短的概念，从一个村子到另一个村子也算旅行的话，我也自有我的旅行。

　　我猜人的旅行是为了远离自己的那些司空见惯，去接近领略另一些新鲜吧，我不能整天就是当归、川芎，大丑、二丑，郭三元偷白面、傻女婿吃柿子。我要到距我们村子十里之外的另一个村子去旅行，那里有我姑姑的一家。

　　我沿着村中的街道向东走，走出村口，来到一个苇塘边，同是一个村子，我竟然还没有见过村东口的苇塘。或许这就像走出陆地见着大海一样吧。塘中有水，两边长着茂密的芦苇，水中有青蛙在鸣叫，几个孩子光着身子潜在水中，在做扦蛤蟆的游戏。我们管青蛙叫蛤蟆。他们在一根竹竿顶端绑一根铁扦子，自己在水中掌握着竹竿的漂浮游动，待发现有青蛙浮出水面时，便猛刺过去，青蛙被铁扦穿透，然后被甩出苇塘，他们就在水中嚷着，看"三道经"或"乌眉""癞家伙"。村东的孩子离苇塘近知悉青蛙的品种，我家在村的另一边，那里没有苇塘，只有一个干燥的柳树坑。我们就不知道青蛙还有那么多品种。

走过苇塘，便进入一个深深的土道沟，去姑姑的村子要沿着这条道沟走，道沟足有一"房"多深，我们那里论物体的高或深都以"房"论。一房大约三米，或许四米。我在一房多深的道沟行走，两侧是坚硬的黄土峭壁，峭壁常年被雨水冲刷，显出许多怪异的凹凸，面对这些凹凸，你就会展开许多想象，这想象又会联系起那些久远的故事和传说。我们的村子本是个千年古村。我猜刘秀就是沿着这条黄土沟逃出村子的，深深的道沟便于他的躲藏。现在我就是沿着东汉皇帝刘秀经过的路线走，我已进入了那个洪荒的远古年代。

刘秀躲过敌人的追赶，继续上马沿这条道沟前行，据说他的马不作美，这马是匹牝马，马已怀孕要生产，刘秀必须在此换马，啊，前面的村子就叫换马店。刘秀唯恐马再怀孕误事，就喝令那马从此不得再有身孕，于是那马遵循刘秀的旨意就变成了骡子，骡子至今不会生产。就此刘秀已显出了帝王相，话语已显出金口玉言之态势。

会调教牲口的喜来爷就常把骡子的来历讲给乡亲听。为此，长工大祥和喜来爷还常有争论。大祥说："也算一种说法吧，马就是马，骡子就是骡子，马怎么会变骡子。"喜来爷说："皇帝说的，金口玉言。"大祥笑了，对喜来爷的话仍存疑义。

过了换马店，就是那条没有水的洨河。洨河看起来很宽，但地图上没有。为什么地图上有长江有黄河，没有洨河。我爹说，那是地图的倍数决定的。洨河和长江、黄河相比较，长江像根大梁，洨河就像一根针；黄河像棵大树，洨河就是一棵小草。现在我站在洨河边上看洨河，还是觉得它宽大无比，现在宽大的河床内没有水，只丛生着杂草。我走上河堤，来到一座桥头，这是一座由青砖砌成的三孔桥，青砖被白灰勾缝连接着，只在桥面铺设着红石板。现在桥头已残破，我踩着残破的桥头向上走，一位在桥下放羊的老汉朝我喊："小孩，河里又没水，还用得着上桥，费那事干什么，看累得呼哧呼哧。"

跟"刘秀"走了一路的我，一定是显出累相，我朝老汉看看，继续上桥，我喜欢这座桥，它像一座植物博物馆，讲自然的老师在讲到一种稀有植物时说:"到洨河桥上找找吧,或许就有。"在这座被荒废的桥上,沟沟坎坎生长着数不尽的植物,棵状的、蔓状的、宽叶窄叶的、有花无花的。其中有不上档次的羊角蔓、婆婆丁、马莲、蒺藜、猪耳朵、米布袋、黑老鸹喝喜酒。也有上档次可入药的野生地、麦冬和百合。累累坠坠的野枸杞更显珍贵,我坐在桥面,嚼着野枸杞,吃着米布袋,再吸几朵黑老鸹喝喜酒,尽情享受着大自然给予的宽厚。这一切都是因了我的旅行。一时间我自觉也变成一个见过世面的人了。

放羊老汉在桥下朝我喊:"来串亲戚的吧?"

我答应着:"啊。"

"去谁家?"老汉问。

"彩云家。"我说。

"好家主,亏待不了你。"老汉说。

彩云是姑姑的女儿,我表姐,大我两岁,现在我九岁她十一岁。我离家远走旅行,为了看姑姑也为了和彩云姐见面。

在桥上我吃够了米布袋,喝饱了老鸹喝喜酒,跑下桥走进姑姑的村子,来到姑姑的家中。

姑姑家在村中算是富裕之家,有青砖墁地的院子,住室厨房分布有序，还有一个种植蔬菜瓜果的园子。

我站在院中朝一个屋子喊姑姑，姑姑在屋内听出了我的声音就说："这是三羊来了。"她从屋里走出来迈下几步台阶，手里还拿着一本正在读的什么书。姑姑早年上过县城的简易师范，也是"五四"新文化运动时剪辫子、放脚的带头人。她一向干净整洁，是长得精细的那种女性，假若人的面相有精细和粗糙之分的话。这样一位精细整洁的知识女性，本来应成为一位职业女性的。

姑姑放下手中的书，洁净的脸上绽放着温暖的笑容，她一面用手整理着自己稍显纷乱的头发，一面把老家的老人和姐妹问了个遍，然后就朝着房上喊彩云。原来彩云姐正在房上做着什么事，见我站在院中，便顺着一棵树出溜下来。彩云姐最爱登梯爬高，男孩一般。现在她不顾我和姑姑说话，拉上我就向外跑，我知道我们的去处是她家的园子。

姑姑家的园子毗连住宅，有人样高的土墙围住，彩云姐带我入园不走正门，向来都是翻墙而过，现在她先蹲于地下让我踩住她的双肩，把我送过墙去，她自己再像个功夫高手似的翻过墙来。

我们的村子本是个少瓜果蔬菜的世界，但姑姑家的园子却种植着许多奇菜异果。就蔬菜而言，莴苣、根达、豆角、小葱、韭菜、芫荽、水茄子、洋茄子，应有尽有。黄瓜、甜瓜、菜瓜、南瓜、北瓜、冬瓜随季节而种，而果树上，也随季节常是果实满枝。现在正值夏季，桃杏已过季，只有桑树上的桑葚正应时。我和彩云姐在园中调查盘桓一阵，吃完莴苣卷小葱，彩云姐就上树摘桑葚。她把熟透的桑葚摘下装入自己的衣服口袋，不顾桑葚的汁液对衣服的浸染，从树上溜下，我们就着园中一个麦秸垛坐下来，嚼着桑葚说"家常"。我们的嘴都被桑葚染成紫色，不知为什么，我倒喜欢彩云姐嘴唇是紫的，这和她的性格很般配。

彩云姐说："咱俩玩吧?"

我说："这不正在玩。"

彩云姐说："玩点好玩的。"

我知道她说的好玩是怎么回事，她愿意和我玩"结婚"，我从来不喜欢她这个提议，但有时还得附和着，不然她还会带我来园子吃桑葚、吃莴苣卷小葱吗?

我说："你说吧。"

她说："你娶我吧。"

我说："怎么娶? 没有车 …… 没有轿。"

她说:"你背我吧,不是有背媳妇的吗?"

我说:"我背不动,你那么高。"

她说:"当女婿的还能背不动媳妇?"

彩云姐说着话早把一束大坂花做了一个花环,戴在头上,扭捏着一副新媳妇样。

说实在的,我不喜欢彩云姐这样的人做媳妇,即使我长大了真娶也不会娶彩云姐这样的女人,我心中自有媳妇的标准,每逢在村里看人结婚,我常拿别人的媳妇做研究,我的媳妇应该是这样的不是那样的。而像彩云姐这样的女人早已被我排除在外。再说,我心里还有茹姑呢。我不能娶茹姑(她是我姑姑),也得找个和茹姑一模一样的。

现在彩云姐站着对我说:"快背啊,围着麦秸垛转一圈就到了家,那边有咱俩的炕。"我站起来,彩云姐热乎乎地扑在我背上,我背不起她,她就半背半就地两脚拖地促我向前走。我走到麦秸垛另一边,那边有铺散的麦秸,便是彩云姐说的炕了。她先从我背上跳下,往炕上一躺,闭着眼对我说:"快上炕吧,恁媳妇正等着你哩。"

我只站在一旁不动。

彩云姐很等了我一阵,看我是一位不可造就的女婿,也就打消了做媳妇的念头,她坐起来扔掉头上的花环,拍拍沾在身上的麦秸秆，自言自语说："看我这命，摊上这么个傻女婿。"

我并不在意这场不欢而散的婚姻，心里却有另外的期盼，我要去向姑姑告别，等待姑姑给我做一顿丰盛的晚餐。这比结婚更吸引我。

我和彩云姐从园中翻墙出来，一路无话，我猜彩云姐正在后面藐视着我。果然我的期盼没有落空，姑姑正在厨房为我务厨，为我烹制一顿待客式的晚餐。姑姑见我回来，从厨房迎出，摽着两只沾着白面的手说："天快黑了，还有十来里路呢。饭也快凉了，快来坐下吃吧。"我想都因为彩云姐闹结婚耽误了时间。

我来到姑姑的厨房内，只见一顿晚餐在饭桌上已摆放。这是一顿由姑姑亲手和面擀制的面条搭配而成的晚餐，在一只待客用的细瓷金边大碗中，容纳着一碗排列有序的洁白面条和它的配搭：面条以上显现着几片方方正正的、肥瘦有间的腊肉和几片黝黑的木耳。碗的另一边还有支棱着的碧绿的芫荽菜码。大碗一旁还有一盘黄瓜、萝卜相间的细丝。我低下头吃面，姑姑在一旁绽着笑容盼我多吃。显然姑姑给我的待遇是贵客中的贵客待遇了。

我吃着姑姑的丰盛晚餐，姑姑在一旁和我聊天。原来，她早已听说大丑当伪军的事，就说："真没想到，咱这家门还出这种歹人。我哥哥你爹没拦住他？"我说："他去过咱家，见过我爹，可……"姑姑说："自小就是个'别人'，由小看大和咱家谁也不一样。"姑姑说着长叹着。

接受过姑姑给予我的款待，彩云姐还是要送我还家的，我们在洨河边上告别，她没有计较我在婚姻事件中对她的冷淡，说："想来还来吧。咱不玩结婚了，玩别的。"说时她眼中浸着泪花，现在我只觉得很是对不住她，我想说句表示歉意的话，但什么也没说出。

我独自一人走过洨河，回头看看，彩云姐还站在河堤上朝我张望。

十八

我做过旅行家，旅行虽然好，可以长见识，可有时我又觉得最好的地方，还是我的家。

我喜欢在我家的大院子里四处游走观察。那时我是一位"研究"者。我研究鸡的下蛋，看蛋是如何从鸡的体内滚出来的，我研究公鸡为什么总是比母鸡神气活现、狗为什么不吃猫的食、蜘蛛是怎样把自己的网挂在墙上；马蜂的窝原来是用我家的窗户纸做成的 —— 它们叼走了我家的窗户纸，窗纸上才留下了一个个豆大的小洞。找游走着来到我家后院，一个被称作"居连"的大院子，这里有榆树、槐树、椿树，树下长着一人高的麻秸（芋麻），麻秸下有柔软的茅草。我坐在麻秸以下、茅草以上，等有鸟到来。鸟来了，家雀不稀罕，黄雀、靛颏不常来。在鸟中靛颏最稀罕，一只靛颏能换一头牛。靛颏来了，专在地下找活食吃，它们吃蚂蚁，吃蚰蜓，吃蚊子、蠓虫。有一种鸟叫小喳子，比家雀小，黑乎乎和谁都不合群，什么都吃，连土坷垃都吃。没有养鸟人养小喳子的。

鸟们不来，我就躺在麻秸以下、草地以上想事：前几天村里唱戏，有个叫大绿菊的坤角，人长得精瘦，大人们常躲在后台以外从席缝里看大绿菊换衣服。说是专看她的肋骨。我不知肋骨有什么好看。还有个叫白牡丹的坤角，长得又白又胖一身肉，反倒没有人对她感兴趣。跑野台子的坤角们也是穷人，外衣以下穿不起内衣，一脱一个光膀。大绿菊人很瘦，唱腔很响亮，能灌满半个村子，白牡丹人虽"肥"，唱不出声来。我就想应该给她喝点麦冬、菊花泡成的水。我的嗓子哑了，我爹总是让我娘用麦冬和菊花为我泡水喝。我不敢在后台看大绿菊换衣服，专看台上长胡子的人，黑的、白的、长长的胡子都护着嘴。有时我撇下一缕芋麻的皮，绑成一把胡子挂在嘴上，在芋麻地里自演自唱：我正在城楼观山景，耳听得城外乱纷纷 …… 此时我是《空城计》中的诸葛亮。唱完诸葛亮就唱司马懿：有本督在马车上传将令，大小三军听分明 …… 唱戏终有失去兴趣的时候。头顶上那棵大槐树又吸引了我，槐树连着大西屋，我便攀着槐树上到房顶 —— 现在我竟然会爬树了。我想站在高处"研究"更远的事。

我家的大西屋位于村子最西头，坐在房上四看，能看出好远。

　　我坐在房上向西看，西边六里就是兆州城的土城墙，城里有座古寺，古寺中有座塔，我们叫它"锥锥"，锥锥从城墙里边冒出来，高出城墙许多，顶天立地似的。城墙后面就是连绵不断的太行山。有个山峰像桃子，我们叫它桃山，有个山峰像磨盘，我们叫它磨山。

　　我看城墙、看锥锥、看桃山、看磨山。正看得出神，茹姑来了，穿着月白短袖布衫，海蓝半截裤，半走半跳地沿着我家的土墙走过来，像走钢丝一般。走近了，我看她光脚穿的布鞋有点歪，裤腿也短，露着小腿和脚面。

　　茹姑个子不算高，短发，圆脸，鼻子两侧有一小片星星点点的蚕沙（雀斑）。我常想，为什么有人长着蚕沙就难看，长在茹姑脸上，就不难看。要是她不长蚕沙，她一定就不是茹姑了。

　　现在我正坐在房上向西看。茹姑也坐下来栖住我问我在看什么，她身上冒着汗味。

　　我说："我在看城墙。"

　　茹姑也朝着城墙看，问我："你说城墙高，锥锥高，还是山高？"

　　我说："这三样，锥锥最高。"

茹姑说："一百个锥锥摞起来也赶不上西边的山高。"

我说："为什么看着锥锥高，山倒矬?"

茹姑说："我递说你吧，这都怨山离咱远、锥锥离咱近的过。"

我想了想，觉得茹姑说得对，东西们越远显得就越小，一头牛在近处看有半房高，在远处才像狗一样大。飞机在天上飞和一只鸟大小没什么区别，落下来也许有一间屋子大。我猜。

我们看了一阵城墙和山。我又"领"茹姑向南看，远处有棵柏树，远看像只鸡，人们叫它"鸡柏树"。柏树前有座老土窑。

我问茹姑："你说窑里能不能住人?"

茹姑说："能，王宝钏就住过土窑，薛平贵也住过。后来薛平贵从军走了，王宝钏在土窑里一住十八年，没吃没喝靠挖野菜过日子。"

我也想起王宝钏和薛平贵的故事，村里有个秧歌剧团，就唱《平贵别窑》，也唱《武家坡》。《平贵别窑》说的是薛平贵去从军和王宝钏分别的事，走的时候只给王宝钏留下五斗老米，十担干柴。我想五斗米才能吃几天，我家一顿饭就要吃两升米;再说十担柴火能烧几天。后来王宝钏才靠挖野菜度日。十八年后薛平贵又回到土窑搭救了王宝钏。薛平贵做了皇帝，王宝钏还做了娘娘。《武家坡》唱的就是薛平贵回家和王宝钏相认的事。

茹姑说："你盯住土窑和鸡柏树细看，窑前真像有个王宝钏，忽隐忽现。你看她在鸡柏树下，一会儿蹲下，一会儿站起来，那是她在挖野菜呢。"

我盯住土窑细看。

茹姑说："其实窑里窑外也许什么也没有，那是你觉得有。有时候你觉着有的事，或许就有，就能看见。真有的事，你倒看不见，人看见的事是少数，看不见的居多。"

我说："那是怎么回事？"

茹姑说："你觉得有的事，是你用了心，不用心，有的事你也看不见。"

我用心看了一阵子土窑，仿佛就看见了王宝钏在挖野菜似的。然后我又"领"茹姑向东看，就是十五里开外那个天主教堂。教堂里有座尖塔，我去接我嫂子常路过那里，我对茹姑说："天主教的牧师在花园里散步是不回头的，即使后面有人喊他，他也不回头。"

茹姑问："真的假的？"我说："真的。"

茹姑说："也许吧。牧师不是一般人，我佩服这种人，向前走，不回头。山牧仁和山师娘也散步，可不知道回头不回头，他们是基督教，不是天主教。你路过的那座教堂是天主教。天主教有高塔，基督教没有。基督教不讲声张。"

我们一齐向东看，也许都想着牧师的走路。直到有两只喜鹊从我们头上飞过。北邻居有两棵老榆树，树上有喜鹊窝。树下还有个大草垛，草垛挡住了我们向北看的视线。我们就躺下来看天。现在头顶上的大槐树正放花，一阵风吹过，槐花像雪片一样飘下来，撒在我们的身上，撒在我们的头上、脸上。茹姑说："快躺下，就让槐花往咱们身上撒，让槐花把咱们俩盖住。"

茹姑说着，先仰面躺下了，我也挨住她躺着，一阵风吹过，槐花飘下得更多，盖在我们身上，我们就盖着槐花看天。天很蓝，很高。茹姑问我，看见了什么？

我说："看见了天呀。"

茹姑笑了说："这还用说。天上有星星没有？"

我说："白天哪有星星。"

茹姑说："我教给你一个办法，就能看见星星。"

她信手从旁边揪下几棵星星草说："你叼住它，闭上眼，再看看。白天就能看见星星。"

我叼住茹姑递给我的星星草，闭上眼，我猜茹姑也叼着草闭着眼。

茹姑问我："看见星星没有?"

我说："还是没有。"

茹姑说："你准是没有记住我的话，白递说你了。你一面想着星星，一面看，用心看。有没有?"

我一面想一面看，用心看，仿佛真看见了星星。星星还不少，连天河都有。

我高兴地喊着对茹姑说："看见了，看见了。真有。还有牛郎织女呢。"

茹姑倒不说话了。我睁开眼看她，她还在闭着眼，槐花撒了她一脸。不知她又在想着什么。

我也闭住眼学茹姑。

半天茹姑问我："那天你找彩云姐了?"我说："啊。"

茹姑说："彩云好不好?"

我说："不好。"

茹姑说："怎么个不好法?"

我不愿意向茹姑说彩云姐。

茹姑又问我："怎么个不好，害怕我知道?"

我说："她和我玩过家家，非让我娶她。"

茹姑咯咯笑起来，朝我翻了个身，把一脸槐花打扫下来对我说："快娶她吧，还是你表姐哩，姑表亲。"

我说："才不呢。"

茹姑问我："为什么不，她是你表姐啊。"

我说："说不就不。"

茹姑又问我："为什么不，我非知道不可。"

我说："她像个假小子。"

茹姑迟疑一阵，仰过身，用手捂住自己的脸，问我："那……我问你一句话吧，那你要娶什么样的?"

我也捂着脸不说话，我猜我的脸很红。心扑腾扑腾地跳着。我怎么也说不出要娶就娶茹姑这样的。

茹姑看我不说话，猛一转身箍住我的脖子对着我的耳朵说："咱俩玩过家家你娶不娶我，小女婿有的是，没看见团子她女婿，小成个什么样。玩吧，咱俩。我不嫌你小，我教你怎么当女婿……"

我知道当女婿意味着什么。两个人脱了衣裳上了炕……我也看过医书上画的那些男人和女人的图画。想到这些，我脸更红了，身上冒着汗。

茹姑侧着身子使劲看我，大人一样。我从来没有看见过她那样的眼神，我猜只有大人才有那样的眼神。看来她执意要我当她的女婿。

"玩吧，半真半假的，我正等着你呢。"茹姑说着翻了个身，仰着身子闭着眼，脸上正有汗冒出来，胸脯一鼓一鼓的。

我心里很乱，只是躺着看天。我又看见了天河，看见了牛郎和织女。也许茹姑就是织女，我就是牛郎，茹姑正等着牛郎过河呢。

槐花还在飘荡着，飘在我和茹姑的脸上。看来她是失去了对我的耐心。半天，她好像从另一个美好世界中走出来，睁开眼，坐起来，掸掸脸上的槐花说："看我，说了些什么呀！都是不该给你说的话，《圣经》里说过，叫个什么，莫非这就是淫乱？"

我知道二丑叔不断给茹姑讲《圣经》。茹姑又说："跟我到教堂做礼拜吧。我还要受洗呢。刚才跟你说的都是些不洁的话，晚上我还要祷告，还要忏悔哩。"

茹姑没有和我玩过家家，她说完站起来，把身上的槐花打扫干净，把我也拉起来说："咱多识点字吧。现在我连《圣经》上的字也认不了多少，我说用心想事，也得先认字。文成哥说要办学校了，在怹家廊子底下，我先上。咱俩坐在一个板凳上，还有你南屏姐、宝韵姑都得来。没准儿你彩云姐也能过来，还有我说过的那个向梅，也是咱向家巷的闺女。鹿大娘家的孤女，在教堂里我见过她几次，她也经常想回咱向家巷。"

茹姑站在落花的槐树下，她不住拍打着身上的槐花，抻抻纵上去的衣裳，跺掉落在鞋上的花朵，对我说："可不兴你记住我刚才的话。看我都说到哪儿去了。"

茹姑又沿着墙头走了，我看着她的背影。那背影，那落满身上的槐花，那白天尚在的漫天星空，还有星空下的茹姑，成了我永久的记忆。因为我是用了心的。

十九

　　许多天以来，我总觉得我是"亏待"了茹姑。玩过家家一切都是假的，又不是真的，越想越对不起她。我想念她。

　　黄昏时，我坐在巷里的上马石上，盼望茹姑出来。

　　已是冬天，辛子老姑院中枣树的叶子已落尽，月光把干枣树的影子铺在地上。由于辛子老姑的好人缘，晚上人们都愿意去辛子老姑家闲坐。说些东西南北，像是按时按点的聚会。晚上，辛子老姑的家中是不点灯的，只有简单的桌椅和一盘连着锅台的热炕。黑夜下的热炕更增加了人们闲聊的"合理"氛围。

　　我在上马石上等茹姑，茹姑出来了，说："还不下来，也不怕冻着。你的脚都皴了。"说着把我从上马石上拉下来，拉我走上她家的热炕头。辛子老姑和茹同睡一个热炕，辛子老姑和茹各睡一边，当中空闲之地，随时有人暂住。

　　茹姑把我领上她的热炕头，她自己也脱鞋走上炕，拉出自己的被窝，盖上我的脚，她把脚也伸进来。她的脚挤

住我的脚。

我喜欢辛子老姑家的热炕，这炕温暖，我家正房的炕是凉炕。我也愿意听大人说话，东西南北的，我似懂非懂的。这时，连炕锅台里的火刚刚熄灭。余火星星点点不断从灶膛里飘出来。烟柴味儿笼罩着屋子。现在屋里黑暗，只待有人进门撩动门帘月光闪进来时，才能看见人的活动和存在。

辛子老姑袖着双手坐在炕上，因为没灯，手里也无活计。茹坐在另一边，黑暗中也没个抓挠。我依住她，她依住我。

门帘被撩开了，进屋的是五寅叔和他的女人，女人叫大芬。他们无子女，最爱出来闲坐。每晚，他们是老姑家必到的客人。五寅和老姑很近，是自家人，长相也酷似老姑，红脸盘，颧骨上的肉堆得很厚。大芬瘦小，脸上皱纹很多，像木刻画。五寅走进屋，径直朝方桌走，摸到上首圈椅坐下。方桌和圈椅那还是辛子老姑的嫁妆。大芬绕过桌椅朝炕走，一欠身，坐上炕沿。

院里又有脚步声，鞋底擦着地，步速偏慢。门帘随之被挑开，是一位大汉，坐在下首椅子上，是卯。整个夏天卯都光着膀子，冬天的衣服穿得也很潦草。脚上的布鞋常“张着嘴”。

又进来一位女人是荣奶奶，她矮个子，走路时脚向外撇得很。如果在白天，人们首先看到的是她那张时常噘着的嘴。她的到来，让屋里发生了言语。她进门还未坐定就朝着坐在下首椅子上的卯说：“卯儿，俺那铁火炉儿哩？”卯没有立刻回答，沉默片刻才说：“院里扔着呢。”

“给俺搬回来吧。”荣说。

卯没有说话，屋里很安静。

铁火炉是一种以煤做燃料做饭用的铸铁火炉，用时旁边安一风箱。炉上坐锅。只有烧煤的人家才用这物件，烧柴不用，柴要烧进灶膛。卯家有煤，他以推煤为生。两天一趟石家庄，一辆独轮车上装两块大砟，头天早晨出发，来日黄昏回村，红铜似的臂膀上搭着绊绳，还是脚上那双张着嘴的布鞋走得踢踢踏踏。大砟是上乘的煤，卖给后街的茂盛店，零散的碎块自己烧，可他没有铁火炉，就借荣家的。

老香大娘走进来，听到荣跟自己男人要铁火炉的事，进门就说：“恁又不烧煤，光烧柴火，恁又不使。”

荣说：“使不使也是俺的。”

现在老香大娘没有说给，荣没有再说要，沉默一阵，茹姑对于他们的对话似听非听的，只问我："脚还冷不冷？"我抵她的耳朵说："不冷。"又一阵沉默。炕膛里不断有火星跳出来。坐在上首椅子上的五寅冷不丁开了新话题，他朝着炕上说："姑姑，这耶稣为什么单把天堂的钥匙交给彼得保管？山牧仁递说过没有？"这种突如其来的问话在这种散漫聚会中常见。

"准是觉得彼得可靠呗。"辛子老姑说，"和人世间的事一样。谁可靠，就给谁。"

黑暗中你会觉出辛子老姑在微笑着。若在白天你会看见她颧骨上的肉堆起来，变得通红。

"天堂的门什么样，铁的还是木的，山牧仁递说过没有？"五寅又问。

"哈，你这一问可难住你姑姑了。"辛子老姑说，"牧师讲道可讲不到这一步。"

"你说铁的吧，天国还有人打铁？你说木的吧，天国还有树？"五寅思索着，问姑姑。

辛子老姑没有再做回答，她遇到了难题。沉默中，又有火星从灶膛中跳出，或许是火星的跳，又引出了炉子的事。

"卯儿，俺那铁火炉呢？"荣又问卯。

老香大娘替卯说："在院里扔着呢，赶明儿给恁搬过去。"

"再叫他使几天吧。"好心的老姑插了话。这也是躲开"天堂大门"的好时机。

荣不再说要。又一阵沉默。

又有几个人走进屋：五寅的堂弟外号三转，三转后面跟着担子、罐子和几个半大小子。三转进门用脚踢着找板凳坐。担子、罐子和几个半大小子零散站在黑暗中。

三转踢到板凳顾不得坐就迫不及待地对大家说："砸明火①啦，后街。"

"谁家？"有人问。

"老晌家！"三转答。

"嗬，算砸着啦。"五寅惊赞着。

人们在黑暗中变得眉开眼笑，他们是笑这盗贼的没眼力见儿。老晌家住村北，是村中一位有代表性的穷汉，但他粗通文字，生性幽默，憎恨贫穷，向往富贵。常以写对联的形式发泄着对日子的不满。比如，别人家过年门上常

---

① 砸明火：小偷入室抢劫。

贴"又是一年春草绿，依然十里杏花红"的春联，欢天喜地。老晌就写"一脚踢出穷鬼去，两手捧进富贵来"。别人家为"天地灶君"上供上猪头、年糕。老晌也上供，就在供桌上摆一碗凉水。盗贼偏偏翻墙越脊地跳到他家。三转说两个蒙面盗贼跳墙进院，在月光中和老晌站个对脸。老晌审视一下来人说："来啦?"盗贼不语。老晌又说："来吧，吃什么有什么，喝什么有什么。"盗贼推老晌进屋，审视一遍，发现炕上有条破棉被，当屋有个大水缸。此外几乎别无他物了。有个贼发现桌上竟有一块砚台，以为是宝物，拿起掂量掂量，想把它揣走。老晌说："那是块砖头，我刻的。"盗贼气急败坏把砚台摔在地上，一破两半，果然是块砖头。贼愤然而去。

三转把砸明火的过程叙述一遍，黑暗中便爆发出抑制不住的笑声，都笑这盗贼的失算，笑老晌的风趣。

"这下老晌又该编对联了。"谁说。

"准得编。"谁说。

"五寅，这怎么编?"辛子老姑在炕上单问五寅，刚才五寅向姑姑问天堂的事，现在姑姑就让五寅编对联。

"怎么编?"五寅问自己，他用心一阵思索，出口成章，"开门单迎强人进，缸里凉水敞开喝。"五寅自己答道，答得合情合理。

笑声再次升起、蔓延。这是在笑五寅的应对能力了。于是几位半大小子顺势就把激情朝向了五寅，他们要求五寅讲书。讲书才是五寅的强项，编对联是他的"捎带手"。五寅讲书有"瘾"，有时他的开讲靠人的激发，有时无人来"激"，他也要寻机开讲。现在他被人所激，就更增加他开局的合理性。

现在五寅开讲已不存在任何悬念，屋里变得鸦雀无声。五寅清清嗓子，拍打拍打身上，像位即将出征的将军提枪上马似的。他一旦开讲，便像将军策马下山，风急天高了：

"话说，圣上传旨，命施大人施不全寻找三桩国宝。那圣旨上写道：找到三桩国宝高官拣坐骏马拣骑找不到三桩国宝举家犯抄活灭九族连施不全的官职一抹到底。"

这本是五寅讲书时一段司空见惯的"贯口"，不算新奇，但五寅愿说，众人愿听，这贵就贵在五寅那一口气，他不换气，不打奔儿，一气呵成。然而，这毕竟是个小段，听完小段，众人要听的当是五寅的整本大套。在整本大套中，五寅最拿手的当是关公的"屯土山""挂印封金"直到护送皇嫂千里走单骑。对于关公这段故事，五寅一旦开讲是要全身投入的，可称得上口若悬河、高潮迭起，"贯口"处处见，段段有"包袱"。他所倾注的感情，不亚于关公保护二位皇嫂所倾注的感情，声泪俱下也是常有的事。

现在五寅的讲书，仍旧开始于施大人寻找三件国宝，结束于关公的过关斩将。人们受着故事的吸引，谁也没有注意到，有个人却冷淡着施大人和关公早已离席而去。这便是三转。只有离他最近的卯注意到了。现在五寅的书刚结束，屋内安静下来，卯自言自语地说："走了。"卯虽然说得轻，但人们还是听见了。大家也知道卯指的谁。

三转走了，又进来一个人，是个女人，这是三转的媳妇，她岔过人的空隙，摸黑走到炕前，姑姑已感到她的到来，赶忙在炕上为她腾出一席之地，这女人便欠身上了炕。

这是一位身材匀称、面容白皙的女人，满月似的圆脸，头发乌黑，嘴角以下长颗美人痣。在村子里应该算是最美的女人。这女人在炕上紧挨姑姑坐下，带着几分激动和恼怒拍打着自己的手对姑姑说："又去了！又去了！"她说话声音虽小，一屋子人还是听见了她的诉说。谁都知道"又去了"意味着什么。这关系着男人"串门子"之事，也关系着三转媳妇一个女人的无奈。人们想，还是换个话题给这女人以宽慰吧。

五寅朝着炕上说:"姑姑,那天使真有翅膀,山牧仁递说过你没有?"

面对这问题姑姑没有回答,她觉着"又去了"最为重要。她正在黑暗中拉着女人的手。"又去了"正在使屋内气氛起着变化。

"莫非这人……"荣说。

"和鸟兽一样,都有个性情。"卯说。

"俺家的公鸡,给一群草鸡'炸蛋儿'(方言,鸡的交配),按住谁是谁。"五寅婶子大芬才说今天第一句话,她是个"公鸭嗓",在黑暗中说话显得一惊一乍的。

"狗哩?前街老混家的狗一恋一条街,见谁日谁,母狗看见就跑。"谁说。

茹伸手捂住我的耳朵悄悄说:"别听别听,都是脏话。"其实我什么也没听见,我早依在茹的怀里睡着了。

"别拿鸡狗打比方了。"姑姑也说。

大家又安静下来,不再说鸡狗的性事。他们只在黑暗中研究,三转是何时离开这屋子的。就像三转是专来报告后街砸明火的,然后乘着施不全正在追寻三桩国宝关公还没有保护皇嫂过关,就悄然离去了。那么,这屋子里就在不知不觉中少了一个人。这里少了三转，另一个地方就多了三转，这就是三转媳妇说的"又去了"那件事。

三转去哪儿了，他去了一个叫四寡妇的家，这四寡妇就住在姑姑家斜对门，三转扔下自己的美人正苦恋着她。

人们不再拿鸡狗打比方，又开始了一些互不相干的话题，诸如，谁家的老人得了"水鼓"；牲口吃苜蓿为什么能上膘；也有涉及国家大事的：张作霖被炸死的那个地方叫"皇姑屯"还是叫"黄瓜屯"，少帅张学良下步该如何替父报仇……荣没有再向卯要铁火炉，天堂有没有树、天使长不长翅膀仍旧是悬案。这些悬而未决的问题，迟早还会提及。现在已是后半夜了，人们要各自回家。

是茹姑送我回家的时候了。茹姑领着我走过辛子老姑家的院子，月亮更亮，我跟着自己的影子走出姑姑家，对面有个白茬小门，小门关得很紧，有人指着小门说着四寡妇的长短。四寡妇是谁？是向家巷里一个伛偻胸、瓦刀脸的丑女人。无人会理解三转为什么会扔下自己的美人去找一个丑女人。

二十

晚上，我爹不去辛子老姑家扎堆闲坐，他有自己的去处。他说那里有"学问"，他也愿意我和他一起去感受那里的学问。有时我踏着月光跟他走，他是去会甘子明的。甘家街门上贴着上年的对联：忠厚传家久，诗书继世长。朝这里走着的人，虽然不尽是诗书继世家门的人，但识文断字的居多。

甘子明家里有油灯、有炉火。那炉子是用一只旧煤油桶制成，叫作"自来风"，若在白天，还可看见桶上凹下去的字"亚细亚"，这就是亚细亚油行装煤油的桶：炉子用几块砖支起，紧挨着炕。炉旁放一些成型和不成型的煤饼。炉火燃烧时，发着呛人的生涩味。甘家几位年纪不等的女人坐在炕上，有人手里有活计，有人手里没有活计。迎门方桌上点一盏带罩的煤油灯。每晚甘子明守着灯坐在方桌的上首等待来人。他手里常捧一个粗瓷小茶壶，嘴对着壶嘴喝茶。第一位客人进了家，便是我爹（还有我）。下首的椅子是甘子明留给我爹的专座。我爹眼神不好走得磕绊，迈门槛时，脚不由自主地踢上门槛。他径直向下首椅子走去，坐下。一只手神经质地在桌上乱弹起来，像钢琴师的指法练习。我靠在下首椅子的旁边。

厚重的门帘又被挑开了，他叫吉祥，是位三十岁开外的光头男人，双眼被一层厚厚的"萝卜花"覆盖，使人看不见他的目光。他不穿这村人常穿的紫花大袄，穿一身青布棉裤、棉袄，把手袖起来。刚才进门时，他是用肩将门帘拱开的。

吉祥走进屋子，不朝方桌走，他自有熟悉的路线，直奔炉子而去，在炉前伸出手，把手烤暖后，就近坐在炕沿上。炉中火忽高忽低，有火星从炉口噼噼啪啪地爆出来。

第三位客人进了门，这是一位黑瘦脸、嘬腮、两眼炯炯有神的男人。他进门轻巧，像钻进来一般。他外号叫"黄鼬"。黄鼬进门也不奔方桌，也不坐炕沿烤火，他有专座，那是立柜跟前的一只机凳。吉祥和黄鼬都不住向家巷，也不姓向，像是远道来的客人。

黄鼬坐在机凳上，屋内便生出言语。黄鼬朝着吉祥说："祥儿，小心烧了你的靴子。"自来风炉子有个下口，当火星正从上口向上爆时，下口常有余火跌下来。吉祥立时回答说:"远哩。"

一位女人从炕上下来,拿根通条向炉子捅捅,转手把几块煤饼掰碎,扔进炉子。一股生煤味从炉中冒出来。这生煤味使坐在上首的甘子明想起了什么,他朝着坐在下首椅子上的我爹问:"这栀子属什么药性?"我爹那只正在弹奏的手停下来,说:"属温和。"甘子明又说:"《实用国文》上说,这栀子还能染布?"我爹说:"染黄。"坐在炕沿的吉祥受了栀子药性的吸引,立刻参与进来,问我爹:"是温和药多,还是猛药多?"坐在机凳上的黄鼬说:"叫我递说你吧,这事还用问向先生?自然是温和药多,这药就像人,猛人多了,成什么世界。"

"你这比方也未必对,"吉祥说,"那日本国呢,在中国的日本人都属猛人,你看多不多。"

"日本,日本国小,人口也上亿。"黄鼬说,"在中国的日本兵不过几十万,按这个比例数,还是猛人少。就算这几十万都是猛人。"

现在吉祥和黄鼬接过的本是我爹和甘子明的话,甘子明和我爹倒沉默起来,吉祥就说:"咱俩白话个什么,还是听向先生的吧。"

现在该我爹解释猛药和猛人的问题了。我爹却绕开话题，早在酝酿了一个新话题。

又有几个人进了屋，其中有我二哥和甘子明的儿子，甘子明的儿子叫懋，我二哥叫庆。懋和庆交往深，同在县城上过简易师范，属于村中年轻一代的文人。现在屋内的人数差不多已接近平时的水平，显得很满，站着的人把灯光遮住，炕那边就黑起来。

果然，我爹没有说猛药或猛人，他开始了一个全新的话题。他想药和人自然还是温和的多，这还需要解释吗?

"我整天想一件事，"我爹说，"文治死前写对联为什么只写了一条，把另一条空下不写，你说，这是不是有意所为?"

文治就是鹿大娘英年早逝的大儿子，死于肺结核。他临终前在我家世安堂用两条虎皮宣写对联，只写了上联一条，把另一条下联空下不写。那空下来不写的一条就成了悬念。

这种急转的话题，在这场合中是常见的事。话题想转就转，想接就接，接与不接，由谁来接，要由形势发展而定。现在的问题是文治只写了一条对联就撒手而去，是不是有意所为。

"有意所为。"黄鼬说。

"这为哪般?"吉祥问。

"考考后人呗。"黄鼬说。

"考谁?"吉祥问。

"谁学问大考谁,反正不考你我。"黄鼬说。

人们的目光自然而然地转向我爹和甘子明。

甘子明思忖着显出些深沉,我爹也思忖着,手又在桌子上一阵乱弹。

甘子明沿着刚才的问题问我爹:"文治的上联是……"

"华岳西来云似盖。"我爹说,"'盖'是'华盖'的'盖'。"

"'华盖'的'盖','华岳西来',来来来,谁来对对?"甘子明朝着大家说,要考谁似的。

所有人将面临一次考验,吉祥不说话 ,黄鼬不说话,问题距炕上的女人更远。看来这问题将落在两位年轻义人身上。甘子明一向对儿子是夸赞有加的,儿子也愿意当众为父亲露脸。现在主人决定优先把机会留给儿子。他的目光在黑暗中一阵搜索,找到他的儿子懋。说:

"懋,你对对。"

懋是个矮个子,说话时,下巴极力上翘,要拔高自己似的,但他声音洪亮。现在父亲点了他的名,那就要当仁不让地证明一下自己也证明一下父亲了。

"叫我说,"懋说,"应该这样对:'华岳'应该对'太行',

'西来'应该对'东去','云似盖'应该对'峰接天'。"

懋说完努力观察甘子明的眼色，甘子明笑着，笑得有点讪，端起小壶就喝水，我爹接了话。

"懋，"我爹说，"你这叫齐不齐一把泥。你这里有两大错误，一是上联有山，下联就不能再有山，这犯忌。二是太行是南北走向，不能变成东西走向。峰接天嘛……"

"不行，不行！"甘子明也连着说，但没讲出原因。

对对联是一种文雅之举，也就成了少数人的活动。炕上的女人们也开始了另一个话题。

"你说，这剪子挑着眼也是百年不遇。"谁说，她说的是邻居家有位过门三天的新媳妇，纳鞋底子时用剪子挑一个错误的针脚，剪子挑在眼上，瞎了一只眼。

"生让一个新媳妇摊上。"

"黑水直流。"炕下一个人说。

"你看见了？"谁问。

"看不看的吧，明摆着的事。"谁说。

一个新媳妇伤眼的事很快被略过。

"前街的老白又杀了一只狗，哈，个儿可不小。"黄鼬加入了炕上的阵营。

老白是个卖狗肉的老头。

"你说老白煮肉真的放砂仁、豆蔻？"炕上有人问黄鼬。

"听他的吧。"黄鼬说，"砂仁多少钱一两，豆蔻多少钱一两。让向先生说说。"

我爹还在想对联，他叫着懋说："懋，再对对，再对对。"

话题将再次回到对联上。

懋没有立刻往下接。

"请于老调吧，准能对上。"有人说。

于老调是村里编对子的"能人"，但编的都是"歪"对子。

于是黄鼬就说："于老调那两下子，可登不了大雅之堂。光会编个穷对联：吃一升量一升升升得尽，走一步进一步步步难行。文治这对联可不是这等档次。"

"爹，有了。庆提醒了我。"懋对爹说。

"说说，说说。"甘子明说。

"我和庆两人研究，'华岳'应该对'黄河'，'西来'应该对'东去'，'云似盖'应该对'波浪翻'。这就成了'黄河东去波浪翻'。"

"接近了，接近了。"黄鼬兴奋着。

"差的都是关键，"甘子明说，"前几个字还马马虎虎，这波浪翻……"

"败笔，败笔。"我爹也做着评价。

"这样吧，"甘子明说，"把后三个字改成'波如山'吧，再把'东去'改成'东流'。"

甘子明说完努力观察着我爹，他希望我爹做出总结，此事才圆满。

我爹思忖片刻，不看主人，也不看大家，眼光跳动着朝着屋顶。他说："这就成了，'华岳西来云似盖，黄河东流波如山'。对法上不存在大毛病，不俗不雅。换个对法，兴许还有不同的结果。"我爹一定还会有不同的对法，但他没有再往下说，人们便也不再等待。于是有了新话题。

屋里一阵骚动不安，女主人又向炉子里添了几次煤。聚会终于散了，门帘被一次次挑开。人们踏着月光各自回家，后半夜月亮更亮，人看自己的影子看得更清楚。

我跟着我爹从甘家走在街上，我爹问我："知道为什么带你出来吗?"

我不说话。因为我不知道他们说了些什么，我听不懂，我就听见一个新媳妇挑了自己的眼，前街老白杀了一只狗，至于"东流去""云似盖"距离我还很远，但我爹还以为我从此长了多少知识。他踏着月光，深一脚浅一脚走着，还哼着"云儿飘，星儿耀耀 …… "，他一定以为我早已介入了他们的高深之处。

二十一

"该上学了。"我爹对我和南屏说，又说，"洋学堂荒废着不能用，上课得另找地方。"他说着，在甬路上踱着步，叹着气。

洋学堂是村人对村中那所新式学校的称呼。说它"洋"，因为它里里外外充满着"洋气"。它有着新式门楼，玻璃窗户的教室，宽阔的影壁，上面还书写着"总理遗嘱"。那是几年前，我爹和甘子明与恶霸学董打官司换来的。那校董租着学田四十亩，不修校舍，不请教书先生，我爹他们才和他对簿公堂，打赢了官司，收回校田，换来了这所"洋校"。那新式门楼和教堂，都是我爹模仿了保定育德中学的样式，村人才把它叫作"洋校"。可现在由于战乱的时局，学校荒废着。它长着荒草，麻雀在教室里做窝，乱飞。

现在我只看着我爹在甬路上走着说着："洋校不能用，把大西屋收拾一下吧。"他到底想出了主意。

他是要把学校开在我家被称作"大西屋"的闲置房

子里。

主意既定，他让我姐姐和茹姑去联合该上学的男男女女。

不几天这些该上学的学生从自己家中搬来各式桌椅，学生们不分男女孩围坐下来。我爹到处走走看看说：现在桌椅都有了，墙上还缺一块黑板，刷黑板得用"烟子"，可时下买不到这物件，我想了个办法，咱们用"锅底黑"，谁家做饭都用锅，都烧柴火，烧柴火就有锅底黑。每人回家刮一把刷黑板就够了。有了锅底黑，我爹又找木匠要来水胶，锅底黑和上水胶，大西屋的山墙上很快就刷出了一块黑板。

教室里有了黑板，我爹穿上漂白汗褂，站在黝黑的黑板前说：现在我是老师，你们都是我的学生，是学生就要跟老师念书。念什么，目前咱们没有正式课本，就先念《弟子规》《千字文》《三字经》，还有一本半文言的《实用国文》，也适用你们。念书怎么念，我主张要死背，死背是为了死记，记什么，记字，不是让你记讲究。有些书里的讲究也不一定对，就说《弟子规》吧，"弟子规，圣人训"，就值得研究。弟子们应该讲规矩，为什么非要圣人出面？再说这第三句，"首孝悌，次谨信"，是让你孝敬门第，这句话也不能深究，对什么门第也要孝敬吗？他家要是汉奸呢，要是土匪呢，难道也要孝敬？所以我说，咱们学它是为了识字。一本《弟子规》一本《千字文》总能让你认识两千个字，识两千个字也算是有文化了。这本《实用国文》更不错，不深不浅，是一本打基础的好书。他信手翻开一页念道："你看：'雁，候鸟也。'秋则自北而南，春则自南而北，羽翼甚坚，飞时极整齐，或如一字，或如人字。"讲的是大雁的习性。谁都看见大雁从咱们这里飞过，秋天向南，春天向北，再看见过雁，你就会想起这篇课文，知道雁属于候鸟，它还有守纪律的习性。这已属动、植物范围，也是文学。你们再看："曾参之子泣，参妻谓之曰，汝勿泣，勿厌而杀彘，曾参闻之随杀彘。"说得多好，彘就是小猪，说的是大人不要骗小孩，说得到，做得到。许给小孩杀小猪，就杀小猪。

茹姑爱提问，就问："文成哥，谁是曾参？他孩子为什么哭？"

我爹笑笑说："曾参这个人离咱们可远，有两千多年，是孔子的弟子，孔子有弟子三千，曾参是其中一个，至于他孩子为什么哭，准是嫌他娘不给他买烧饼吃呗。他娘就说：杀个小猪不比买烧饼强。"

大家笑起来，笑着又七嘴八舌问了不少问题，有人问，《三字经》上的"苟不教"就是狗不叫吧。大雁从咱这儿飞过去为什么落不下来。曾参为儿子杀了小猪，那小猪怎么个做法……

父亲想想说："我愿意大家提问题，你提出问题，证明离文化近了一步。现在大家坐在一起都是学生，可是程度有深有浅，有人要识字，有人的文化就深得多。比如坐在后排的宝韵就不是识几个字的问题了。她程度深，喜欢念诗，她念的诗有的连我都不懂，可人家宝韵懂。茹的程度不如宝韵深，可通过《圣经》也识了不少字，可见咱这个课堂是个多年级的大课堂。"

宝韵坐在最后，她个子偏高，父亲在课堂上夸她，她站起来对我爹说："文成哥，别光夸我了，臊得慌。我喜欢的那几句诗也是似懂非懂，先前武备在家光借书给我看，他的学问比我深。看的书也高深，我说我喜欢念诗，他就找诗给我看。就说那个叫应修人的诗人吧，他的诗我虽然似懂非懂，可我愿意念。他的诗上说：大风刮过饱育的大野。他为什么要这样写？我虽然觉得他说得神神秘秘，可我愿意念。念着又想着什么叫大野，还有饱育，我也不大懂。还有：道怪湖边花飞尽了。可我越念越离不开，越是似懂非懂我就越像变了另外一个人，好像我就要飞出咱骑下村，奔向苍茫的大野一样。"

宝韵说的武备是谁？是我大哥，从前在邢台四师上学，现在去山西投奔了八路军。

父亲说："写诗的人为什么叫诗人，诗人都有些云山雾罩吧。可没有云山雾罩你怎么就能飞出咱这村子？虽然这才是个比方。再者一个女孩子也不能光围着锅台转，上炕生孩子吧。"

宝韵说："文成哥，我懂了，我也知道写诗干什么了。"

茹说："你懂了，我们可不懂，快给我们念一首吧。让我们也飞出骑下村。"

宝韵说："好吧，念就念一首，谁愿意跟我一块飞咱们就做个伴。"

宝韵郑重其事地念诗：

不能求响雷和闪电的归去，

只愿雨儿不要来了；

不能求雨儿不来了，

只愿风儿停停吧！

再不能停停风儿呢，

就请缓和地轻吹；

但不要吹到我的家乡，

还不妨吹到我家。

宝韵念完，大家就七嘴八舌地让她讲诗。问她，雷和闪电到哪儿去了，雨儿到底来不来……

宝韵就说："我光会念，要讲还是让文成哥讲吧。"

我爹说："我讲个'松下问童子，言师采药去'还可以，讲个'白日依山尽，黄河入海流'也可以，讲新诗我可是外行，宝韵念的诗属湖畔派的诗，对这类诗我可能还不如你领会得深。领会就是和诗的'交流'。诗的行当多得很，有的还很深奥，我只能打个通俗的比方，就说那首《渔翁乐》的歌吧。歌词就是倒装句，倒装句的歌词也有诗的特点，你看，他说：'渔翁乐陶然，驾小船。身上蓑衣穿。手持钓鱼竿，船头站。'他不说渔翁穿着蓑衣，拿着钓鱼竿站在船头。他非倒着说。这类诗大体上都有这个特点吧。讲湖畔派的诗，还是让给宝韵吧。我看宝韵那么迷湖畔派，就改个名叫湖畔吧。"

宝韵说："文成哥，我早就想改名。宝韵太俗，讲诗讲不了。先得个湖畔的名吧。"

TY2022·8

151

大家一听宝韵有了新名，就撺掇她唱歌。宝韵说："我就唱《春归》吧。也庆祝咱们开学。"

宝韵会念诗，还会唱歌，听宝韵唱歌，像听"洋戏"（留声机），她家有"洋戏"，有"唱盘"。从前是她爹自宜昌拎回来的。

宝韵唱道：

春深如海，春水如黛，春野绿如苔。

白云快飞开，让那红球显出来。变成一个可爱的、美丽的世界。

风，小心一点吹，不要把花儿吹坏。

现在桃花正开，梨花也正开。园里园外，万紫千红一齐开。

桃花红，红艳艳，多光彩。

梨花白，白皑皑。

谁也不能采。

蜂飞来、蝶飞来将花儿采。若常常惹动诗人爱，那么，更开怀。

宝韵唱完《春归》，大家还让她再唱《桃花江》。她又唱了：桃花江是美人窝，桃花千万朵，比不上美人多……

宝韵唱歌眼里汪着泪花，就像还浸沉在《春归》和《桃花江》里。大家喊着："宝韵就是从桃花江来的美人。"我站在茹姑跟前，茹姑扶住我的肩膀问我："好听不好听?"

我说："好……听。"

茹姑说："好听咱也快听不见了。快娶的人了，又有了新名，就要飞出咱骑下村了。"她说的是宝韵姑要出嫁了。

二十二

一天，我们正在上课。茹姑领来一个"新"闺女，她身板瘦弱，佝偻着胸，脸上倒泛着桃花粉色，她靠住茹的肩膀，却显出茹姑更饱满英俊。

茹姑把她领进课堂，又领到我爹眼前说："文成哥，认识吧。你准能看出来这是谁。"

我爹看着眼前这个生里生气的闺女说："我猜也能猜出来，你是咱向家的那个向梅吧。"

茹姑说："你怎么一眼就能认出来？"

我爹说："都是自家的人。即使从小离家，模样再变也变不了小时候的模样。"

我爹认出向梅，可大家对她还是生里生气的，我们围住她，觉着这闺女跟谁都不一样。梅只低着头，把头靠在茹的肩上，坐在了茹姑旁边。

过后我爹对我娘说："一看就知道这孩子是鹿大娘家的人，文治的闺女，可是你看她脸上泛着桃红也暗藏着弱症的象征。还有她佝偻着胸，也是一种体型，外国人把这体型叫TB型。看到她就想起她爹文治，和她的两个叔叔文通和文华。你看现实她成了鹿大娘家的独苗。"

向梅确是鹿大娘家的独苗，一家两辈四口人都死于肺病，她娘像躲瘟疫一样，就带她离开骑下村在外婆家里长大。茹是在城里教堂巧遇她的，俩人说话脾气相投，没多久就像姐妹一样，现在茹把她又领回骑下村，也成了我们课堂上的学生。但她性情孤僻，一副凡人不理的样子。上课时似听非听的，但她热衷于她的信仰。每逢礼拜准时准点地和茹进城听山牧仁讲道。回到村里就和茹姑待在一起，不和其他闺女们合群。

晚上姐姐在炕上问我奶奶："为什么向梅显得和别的姐妹不一样。你想和她说话吧，她不理你。"

奶奶说："这孩子和你们都不一样，是个遗腹子，她娘怀着她六个月，她爹文治就过世了。生时也不够月，你辛子老姑好容易把她拉扯出来才三斤六两重，连个小猫小狗都不如。她娘也没奶，你鹿大娘也挺为难，日子过得紧巴，无奈她娘就把她带回了娘家，可怜见，可怜见。"

奶奶沉默一阵又翻过身来对姐姐说："都是姐妹哩，你们可别嫌弃人家。"

姐姐说："也没人嫌弃她，就是不知道她整天想什么。谁也摸不透她的脾气。"

没有人嫌弃向家巷的孩子，茹更不嫌弃她。每天俩人结伴上学。有时还结伴看稀罕、看热闹。有了向梅，茹姑好像忘记我的存在似的。

二十三

后街有位师婆，自称"三皇姑"转世，她家里供着神龛，常年香火不断，很受人尊敬。天旱时，师婆便带领十八位老龄妇女到村头"扫坑"求雨。每逢这时，她身穿"偏衫"，戴戏台上的"髯口"，手持"鹰肘"，在众人前面走。随行者扛着扫帚、笤帚，在师婆的带领下，来到村西干涸的柳树坑里，拉开阵势，用扫坑的形式求雨，在飞飞扬扬的尘土中边扫边唱。

师婆在前领唱道：十八个老婆来扫坑，扫一扫，泳一泳，不多一时下满坑。

众人合唱道：扫一扫，泳一泳，不多一时下满坑。

师婆反复吟唱，众人不停地呼应清扫。村人驻足围观，不时仰望蓝天，企盼天降甘霖。据说，有一年就在师婆吟唱时，本是晴空万里的天空，忽然乌云密布，下起瓢泼大雨。于是师婆名声大振。扫坑的形式也延续下来。但求雨大多是不灵的。师婆也自有说法，说：下雨都是天上的龙制造出来的，每年历书上都写着几条龙治水，龙越多就越犯靠，也就形成了旱年。也就有了"龙多犯靠"的说法。

我跟茹姑看师婆扫坑求雨，向梅也跟着，她单挤着茹姑走，把我挤到一边。可茹姑也愿意靠近她。向梅把我挤开，我就站到茹姑另一边，使劲攥住茹姑的手。向梅又故意转过来把我挤开。

我们站在坑边看十八个老婆求雨，却不见天上有雨，连块云彩也没有，就顶着太阳满头大汗向回走，我想起《千字文》上说过的"云腾致雨"，我爹常说有了云彩才会下雨。云彩是哪儿来的？是水蒸气所致，水蒸气遇冷就是水就是雨。看看家里做饭，锅盖上水和气的变化不就一目了然，天上哪有什么龙王。或许茹姑也想起了《千字文》上的解释，突然说："当热闹看吧，就像看戏一样。"不爱说话的向梅也开口说："我就相信天上有万能主宰，万能主宰才能可怜世上人。下雨不下雨也是主的旨意。"茹姑说："凡事得有个开头，不信主的人你再给他说万有主宰他也不会信。"向梅说："咱信主也是刚开头，阿拉法，俄梅戛；阿拉法，俄梅戛。"茹姑和向梅一面说着"阿拉法，俄梅戛"，一面向回走。向梅说："阿拉法才是首先，咱们信主现实也只是阿拉法。咱们还要受洗呢。受过洗的人才算是真正的信徒，也就是俄梅戛。"

回到家中我不敢和我爹说去看老婆"扫坑"的事，我爹倒先问我："知道你去看十八老婆'扫坑'了。"我靠在洋槐树上不说话，像犯了什么错。

"下雨了吗?"我爹对我说，也不看我，他在忙着什么事，我还是不说话。

"天上为什么下雨，你递说我，我听听。"我爹又说。

我知道"云腾致雨"的缘故，可我说不出。我靠住洋槐树，全身出着汗。每逢这时，都是奶奶救我。她站在廊下说："三羊，鸡下蛋了，还不快点拾。"

我摆脱了我爹的追问，去鸡窝捡鸡蛋，可是鸡窝里并没有鸡蛋。我才想到这是奶奶为了"救"我想出的主意。

二十四

瑞典牧师山牧仁的教堂就建在兆州的土城墙内。远看和农家大院没什么两样，也是一带土墙围绕着一排土坯房子，在土房子的墙上开一排拱形窗户，窗户朝着土岗以下的旷野。当地的窗户都是方形的。人们从这座有着拱形窗户的教堂跟前经过。常听见从里面传出诵经声和唱诗声。那"阿拉法"和"俄梅戞"就是从这拱形窗子里传出的。兆州人由此处还得知，基督徒过日子要用七天分割，七天的最后一天叫礼拜天，这天，信徒就要来这里聚会做礼拜。

我常跟茹姑去做礼拜。她一手拿《圣经》，一手拉着我，朝着黄土城墙走。细腻的浮土扑上我们的脚、我们的腿、我们的头和脸。

黄土路上不尽是黄土，路边还开放着各种野花。她说这花叫大阪花，这叫婆婆丁，这叫羊角蔓，这是茨茨果……也有黑老鸹喝喜酒，和姑姑村外洨河桥上的一样，花心里也装着"酒"，把花采下来，放在嘴里抿，就有酒味。茹姑信手掐下几朵对我说："快喝吧，真酒也是这个味。"我抿住喇叭花用力吸，问茹姑："能 …… 喝醉不能?"茹姑说："使劲喝吧，要是醉了咱就不走了。躺下睡觉。"我说："山牧师要找你呢?"茹姑说："就让我娘递说他，我娶了，走了。"

茹姑说着自己大笑一阵，笑声在四处回荡，我说："你 …… 可不能走，走了 …… 我呢?"

茹姑说："你还真信了。这黑老鸹喝喜酒还能真喝醉?喝不醉，我就娶不了。"

我们都没有把自己喝醉，我就相信茹姑永远是我的茹姑。我看见一片黄花，揪下一把问茹姑："这是什么花?"茹姑说："快扔快扔了，这是猫猫眼。猫猫眼拿到家里打了碗。"我和茹姑带着一路的浮土，带着满身的花香，喝了一路"喜酒"走进城门。在山牧仁的教堂前停下来，茹姑拍打着裤腿上、衣服上的浮土，把自己拍打干净，再把我拍打干净。

难忘的黑老鸹喝喜酒。难忘的茹姑对我的拍打。

可是人生有多少个阿拉法、俄梅戛? 茹姑不再拉我去做礼拜了，因为有了那个叫向梅的闺女，踏着黄土，和茹姑喝黑老鸹喝喜酒的不再是我，而是向梅。茹姑出村时，我还是追上去，希望她也把我带上。茹姑却转过身对我说："你那

《弟子规》呢，背熟了吗？你爹又要说你了。先去背书吧。"
我知道茹姑这是在打发我，虽然那时也许我还不知道什么叫
打发。我站在村头停下来，眼瞅着茹姑和向梅的背影，两人
搭着肩说着什么，可茹姑走着走着又转过身向我跑过来，又
嘱咐我要好好背书，还说她做礼拜回来再掐一把黑老鸹喝喜
酒，她和我再上到房顶上去喝。我觉得她说得很是心不在
焉，说着还是追赶向梅去了，把胳膊搭在向梅的肩上。

　　茹姑回来了，手里没有拿着黑老鸹喝喜酒，也没有
看见我正在门口等她。她是来找我爹的。向梅站在她身
后，羞答答的。茹姑对我爹说她们要受洗了，为了祝贺受
洗，山牧师还让教徒们演节目庆祝，茹姑是来请我爹为她
们编节目的。她说："文成哥，我知道你会编，你可不能推
辞，我还在山牧仁跟前提到过你呢。我说我有个哥哥有学
问，他会编戏。"我爹站在院里思考一阵说："茹，你可给我
出了一个大难题。受洗的事，你娘我辛子姑倒是跟我提过。
可你知道我对宗教的看法。"茹姑说："文成哥，你不是说
信则有不信则无吗？我、向梅还有宝韵都信，那就是有呗。
我闭上眼睛祷告，真能看见主在天上举着双手向下看，他
周围还放着光。我要是不信，横竖是看不见，这不就是信
则有吗？"我爹说："辛子姑早先也说过她闭上眼不光能看见

上帝，还能看见天使呢。天使长着翅膀，专绕着咱的村子飞。"茹又说："这不就是信则有吗？"

我爹沉默一阵。

茹又撺掇我爹说："满世界找也找不到文成哥你这样的能人。你来编我们演，受完洗我们就上台。我、梅、宝韵，叫咱南屏、三羊也参加。让教徒们看看咱骑下村这阵势，谁都比不上。"

茹姑看我爹还是不说话，就和向梅走了出去。我猜她们是找辛子老姑了，果然辛子老姑来了，进门就说："文成，这可真是天国近了，时候到了。《圣经》说施洗约翰在约旦河里施洗。咱城里没有约旦河，教堂讲台地下可有个大水池子。我就经过，孩子们也不小了，也应该从那个池子里走一次了。不受洗怎么能叫信徒呢？"

我奶奶听见辛子老姑在说话，就说："咱家人都知道受洗是怎么回事，可村里人都说受洗的时候让男女都脱光衣服披着包袱皮往水里跳，宝韵她娘为这事也问过我，孩子们受洗，可也得忍受着这些脏话。"

辛子老姑说："我受过洗，可不是披着包袱皮往水里跳，那是个文明举动。我去递说宝韵她娘，不兴她乱猜。一个订了婚的闺女，就更不能随人乱说了。孩子们叫你编个节目捧场，这事你不能推辞。"

我爹思谋一阵说："姑姑我就听你的吧。编节目离不开《圣经》，可是要编得和《圣经》有联系。我对《圣经》也是一知半解的。"

辛子老姑说："难不住你。你掂对吧。摩西领人出过埃及，那年逃难，你也是领人出过埃及呀。就编出埃及吧。"她说服了我爹。

我爹翻着《圣经》编节目，我做梦也开始演节目。

我梦见我老了，拄着拐杖走路。我弯着腰走上一座山，那不是山，是棉花垛。在棉花垛上碰见了茹和梅，问我："你是谁呀？"我回答不出来。我心里想说是摩西，说不出；想说是三羊，也说不出……

二十五

我爹要为受洗人助兴，他果真编了一出《摩西出埃及》的戏。

大西屋黑板上写出了演出人员名单：

摩西 —— 向三羊

耶和华 —— 向南屏

牧羊人 —— 向宝韵

随从众人 —— 茹、梅，自愿参加者数人。

演出要排练。一时间，大西屋成了排演场。桌椅板凳摆起来就是一座山，山顶是耶和华出现的地方。学生们都争着上台跟摩西"出埃及"。我爹站在"半山腰"（一张桌子）上说：当时和摩西出埃及的人不少。可据说教堂的讲台有限，除了茹和梅，再有三五人跟随就够了。又说：演戏要当真事演。现在眼前这些桌椅已经不是桌椅啦，那是山，是耶和华显现的地方。大西屋的地面也不是大西屋了，那是埃及的地面。那地方风沙多，行路就艰难，众人跟摩西走路也要考虑到这一层。我们按照我爹的指示一遍遍地排练。我一次次受着锻炼，在"埃及"的大地上，在"尼罗河"旁，被"大风"刮得东倒西歪。我大声唱着我应该唱的唱词。一连几天，全家人都在为这件事而兴奋，上台演出时，穿什么衣服也成了日常的话题。后来，还是听宝韵的，她说："我有教堂发的宗教画，穿着打扮都有。那边的人不分男女，都穿大袍子。咱们把床单儿、被单、包袱皮儿改一改就行了。"

"那……摩西呢？"我娘问宝韵，"摩西是个长胡子的老头，还拄着拐杖。"

宝韵说："咳，撕几个棉花瓣儿，粘在嘴上不就是胡子？拄个秫秸棍就是拐杖。"

全家人笑起来。

我想嘴上粘着棉花瓣儿，拄着秫秸棍，不知是个什么模样。

我爹说："舞台上的事儿都是假装的。再好的行头也不一定是好戏班。看戏看戏，看的是内容，是唱功。"

辛子老姑捧着几个包袱皮儿走过来说："听文成的吧，听文成的再难的事也不难。"我还在想我走上台到底什么模样。晚上我又做梦，梦见粘在嘴上的棉花瓣儿变成了真胡子，我变成一个真老头儿。走路也走不动，爬山也爬不上去。有人在山下喊：看你老成这样，还能带我出埃及？快换人吧。只有茹姑过来向着我说：他不老，他不老，都是假装的。她抱住我，撕掉了我嘴上的棉花瓣儿，扔掉了我手里的秫秸棍，我还是我。茹姑把脸贴着我的脸说："走，咱去找黑老鸹喝喜酒。"我又闻见茹姑身上的气味儿，我问她："向 …… 向梅呢？"她说："走了，回她姥姥家啦。"我在高兴中醒过来，身上手上都出着汗。

天亮了，几只麻雀在窗棂上嬉闹。

今天我们要去教堂演出。

二十六

寒露过后已是深秋，村子四周的大庄稼已收割，通往县城的大道两厢只剩下干枯的棉花地，花秸和花叶已由绿变成紫红，红铜似的秸秆儿上还残存着星星点点的雪白的花瓣儿。在秋风中飘飘浮浮，暗红的棉花地簇拥着大道两厢的光明小道，小道上走着几位去受洗的闺女和为受洗助兴的队伍。我兴高采烈地走在最前头，肩上的几根秫秸棍挑着一个大包袱，包袱里是"埃及人"的衣服。

茹姑、宝韵和梅穿着新买的洋布做成的衣服，把头发梳理得光光的。

茹姑在后边喊我："三羊，你的胡子呢?"

我摸摸衣服兜里的一把棉花朵儿，说："在 …… 在兜儿里呢。"

茹姑又喊："在台上可别忘了该说的话。"

我说："忘 …… 忘不了。"

"在台上我问你，看你走得辛苦何不歇歇再走，你说什么?"茹姑问我，她又考验我。

我说："现在不递说你，到……到时候你就知道了。"

宝韵说："别问他了，越问心里越慌张，他忘不了。"

梅也插嘴说："忘了，算咱们败兴。"

我不爱听梅说话，我心里说："跟你走才败兴呢。"

我败着兴举出《圣经》，走过城门，领头走进教堂里。

昔日的教堂为洗礼改变了模样。信徒们在院里兴高采烈地准备着一锅粉条，豆腐菜，一屉屉新鲜馒头。每逢受洗，教会都做饭菜招待大家。教徒们个个衣着新鲜，脸上充满着笑容，等待一年中这个最为美好的时刻。教堂里裸露的檩梁上挂起了用花纸做成的彩练，讲台上脚底下的木板打开了，下面是一个有炕大一人深的水池，平时水池上盖着木板，牧师站在上面讲道，只有在洗礼时被掀开。这时，有水正从墙上一个水道里流进来，水流很急。我知道水是怎么进来的，墙外就是山牧师的菜园，菜园里有个压水井。受洗时，有位姓黄的长老在墙外压水，水隔墙流进水池，水池里注满水后，黄长老就用个筛子，把漂在水面上的树叶、草秸打捞干净，一池清水，等待受洗者入浸。

洗礼开始，山师娘的风琴响起来，信徒们唱起《万有主宰可怜世上人》。

茹姑、宝韵、梅，在"下处"脱下自己的衣服，穿起专为受洗者制作的雪白的长袍，长袍宽大无比，拖着地面，只露着两条胳膊。她们赤脚走进教堂，在歌声和琴声中有人搀扶着她们走进水池。

我站在高处看她们入水，我看见水没了她们的脚、没了她们的膝盖、没了她们的胯、没了她们的腰、齐了她们的胸。我看见搀扶她们的人指示她们再下蹲，直到水没了她们的头。

当她们再走出水池时，已是一个个湿漉漉的人，衣服紧贴在她们精光的身上，隐隐约约显现出她们的身体。

三双浸着水的脚从青砖地面上经过，脚印浸湿了脚下的青砖。

歌声更高亢起来，唱着《荣耀归于真神》。

讲台又被木板盖起来，助兴节目开始。为了照顾受洗人改装，我们的"出埃及"被排在最后。

当茹姑、宝韵、梅脱下湿漉漉的受洗长袍，穿上"埃及人"的长袍时，便是我们的节目开始。"耶和华"（南屏）首先显现在台上，她站在一座山顶上，举起双手朝着台下呼喊着说：

我看到我的百姓在埃及所受的苦难，

我听见了他们的哀号，

我要拯救他们，

我要让他们离开埃及，

去有牛奶和蜂蜜的地方。

你们去吧，我时刻在照看你们……

我（摩西）出场了，我的嘴上和下巴上粘着几朵棉花。手里拄着一根秫秸棍，身穿一件紫花长袍，露着两条胳膊。我两腿弯曲，步履艰难，一瘸一瘸地开始在台上转圈儿。我后面紧跟着几个"犹太"伙伴儿，那是茹姑、梅、担子、罐子……他们也学着我的姿势迈着艰难的步子走路。我在台上拄着棍子转了一个圈儿，又一步步登上一座山（桌子），手搭凉棚东看西看，此时"尼罗河"的沙漠正眯着我的眼吧。我挥挥手，驱赶尽眼前的沙尘，就见有位当地的"牧羊人"（宝韵）走过来。

"牧羊人"（唱）：

行路客人你往哪里，

手持拐杖到何处？

站在山上的"摩西"听见"牧羊人"问他，也做着回答。

　　"摩西"（唱）：

　　　　我今远行离我本地，

　　　　遵照我主所吩咐。

　　"牧羊人"（白）：看你们走得辛苦，何不歇歇再走？

　　"摩西"（唱）：

　　　　不到天明不敢歇息，

　　　　直到荣华福乐地。

　　"牧羊人"（白）：你们不害怕走路吗？

　　"摩西"（唱）：

　　　　主在暗中时时看顾，

　　　　天使尾随常保护。

　　"耶和华"又在山上显现，他举起双臂插话道：说得对，我随时看顾你们，直到荣华福乐地。

"牧羊人"（白）：看，大风要起，你们可不要迷路呀。

"摩西"（唱）：

　　救主耶稣前面引我，

　　一路扶持无失措。

这时像有大风突起，大风把"摩西"刮得东倒西歪。"摩西"和他的同伴就趔趄着转起圈儿来。风却更大了，他们被刮倒在地，开始在台上打滚儿。剧情已进入高潮。

风终于停了。

"牧羊人"（白）：我还是不明白，你们这样艰难，为什么一定要离家远行呢？

"摩西"（唱）：

　　那里必得生命活水，

　　常与救主彼此亲近。

　　我必头戴荣耀冕冠，

　　为此必往福乐地。

"耶和华"又一次显现（白）：这就是他们的决心，有志者都跟上来吧。

"牧羊人"（白）：这倒是我事先想不到的。我也决心
与你们一同走出埃及。

"牧羊人"（唱）：

> 请问我可随你同往，
> 那里福气我也慕。

"摩西"（唱）：

> 请你快来我深盼望，
> 得一良知同进步。

"牧羊人"加入"摩西"的队伍，众人表示欢迎（合唱）：

> 快来快来休再迟延，
> 请和我们同进步。

"摩西"（唱）：

家宅早已准备齐全，

　　　快到荣华福乐地。

全体合唱：

　　　同心协力一起前进，

　　　我们必到福乐地！

　　"耶和华"在高处（白）：哈哈哈哈，这我就放心了，
我将扶持你们直到永远！

　　一出《摩西出埃及》结束了，"耶和华"也从山上走下
来，和众人站成一排，向台下鞠躬谢幕。

二十七

我爹给我们编"出埃及"，为茹姑、宝韵和梅的受洗助兴。但他还从没有进过教堂，没有和山牧仁见过面，我常听见他对我娘说："我不反对孩子们信教，对于《圣经》我也翻了又翻。可山牧仁之于我总还是个神神秘秘的人。我真想找个机会会会他。"

我见过山牧仁，见他在讲台上讲道，他看不见我，可是我能看见他，他是个外国人，长得像个鸵鸟，他腿长脖子长、头偏小。走路不东瞅西看的，就像前面有急事等着他。每逢我看见山牧仁，就想起庙会上的鸵鸟。城里过庙会时都有个卖药的大棚，人们叫它"大兴棚"，大棚的一张桌子上就站着一只鸵鸟。卖药人拿它当稀罕给人看，让人多买他的药，卖药人站在鸵鸟一边喊着："腰疼腿痛不算病，咳嗽喘管保险。"那只鸵鸟就在桌上捯替着脚步配合着主人的吆喝。

鸵鸟般的山牧仁是一位个子偏高、背微驼、谢顶的中年人，他那深陷的眼窝，高耸的鼻子，都引起兆州人的好奇。更让兆州人稀奇的是，他的鼻子上还能架起一副无腿眼镜。人们永远猜不透眼镜无腿是怎么架在鼻子上的。山牧仁的太太被当地人称为山师娘，兆州人更是拿山师娘当稀罕看。她那张毛细血管突显着的粉嫩的脸，她那高耸的足能冲击到你眼前的胸脯，她那两条又细又长的腿，以及走起路来那大步流星的步态，都能叫兆州人看得目瞪口呆。起初，兆州人真不知如何接受他们。山牧仁和山师娘的到来，为兆州人增添了许多谈话资料。有人说，山牧人和山师娘不吃粮食，专喝羊的奶；有人说，他们说话像鸟语；还有，山师娘无冬历夏不穿裤子，只用一条裙子把自己包裹，她是怎样耐得住冬天的严寒的。冬天，当兆州的女人们和山师娘擦肩而过时，便觉出自己腿脚的寒冷。然而兆州人接受了他们，山牧仁的夹鼻眼镜，山师娘高大的胸脯、细长的腿，久之也不再是稀罕。

礼拜天，假如你从山牧师的教堂墙外经过，就能听见教堂里的唱诗声。在众多的声音里有一位女人的声音最高亢、最尖锐，那便是山师娘。异教徒们说这声音像公鸡打鸣，教徒们很为此而不悦，虽然他们也听出山师娘的唱诗与鸡打鸣酷似。

为了了解山牧仁，有一天下课后我爹就把茹、宝韵和梅留了下来，他对她们说："你们都是受了洗的人，我虽然也给你们编戏助兴，可对山牧仁和他太太山师娘还是陌生，你们给我讲讲吧。现在你们仨人都成了我的老师，有一天我从教堂跟前经过，听见里面正在唱诗，好像正在唱：耶稣基督够我用。领头的一定是山师娘，咱中国人发不出这种声。从前我在汉口住，渣家路上有个英国咖啡馆，就常听到这种声音从里传出来，当然是外国人。"

茹说："都说人家山师娘唱歌像鸡打鸣，我就觉得挺难听。"

我爹说："鸡打不打鸣咱不管，后面的几句我没听清楚，宝韵给我唱一遍吧，让我也了解一下歌词的大意。"

茹对宝韵说："宝韵，快开'洋戏'吧。我们就爱听洋戏。"

平时少言寡语的宝韵说："文成哥愿意听，我就试试吧。"宝韵清清嗓子唱起来：

耶稣基督我救主，
够我用，够我用。
除非靠他无二路，
主真够我用。

仁爱喜乐兼和平，

良善信实主能行，

良善信实全在心，

主真够我用。

我爹说："这下我听明白了。可我要问你们一句话，心里有了主，你们觉得到底够用不够用？"

茹、宝韵两人抢着一块儿说："够用，够用。"

我爹看向梅不说话，就问她："梅，你说呢？整天也听不见你说句话。"

梅的脸本来就泛红，现在我爹问她她的脸就更红。一面向茹的身后躲，一面说："我也觉得够用，要不活着有个什么意思，家里就有个奶奶。"

茹说："文成哥，还是你那句话，信则有不信则无。你信了也就够用了。俺们还想问你一件事呢，我们整天解不清。"

我爹说："我知道你们还有事要问我，你们谁先说？"

茹说："还是我先说吧。你说这外国人为什么要散步，就说山牧仁和山师娘吧，整天手拉手在花园里散步，那是为什么？"

我爹想了想，说："这可是个难题。是啊，人为什么要

179

散步？我看是这样，也是一种休息吧。"

茹说："休息就是歇着的意思吧，那坐会儿不是更好吗，光来回走不是又累了吗？"

我爹说："休息和咱们说的歇会儿可不一样。歇会儿就是待着不动了，休息可不是只待着不动，从生理学上讲，是为了让身体的各个部位都活动着得到调节。"

湖畔（宝韵）说："咱骑下人为什么不散步？散散步，调节调节。干地里的活儿可使得慌哩，散散步不是就好了吗？摘一会儿花散一会儿步，掐一会儿谷子散一会儿步，翻一会儿山药蔓散一会儿步，有多好。"

这一次把我爹问住了。他想了半天答不上来，就说："这件事很高深，我得好好想想，容我个时候，我再递你说。现在我倒想到一件事，咱们整天把山牧师和山师娘挂在嘴边上。我倒想有机会见见他们，把我解不开的事也向他们请教。"

茹说："山牧师一定想见你，那天我们演'出埃及'，演完后，山牧师还问我们这是谁编的戏，可不像你们自己编的，这人对《圣经》可不陌生，虽然现在他也许不是教徒。我对山牧师说那是我哥哥。"我爹说："摩西出埃及，是《新约全书》中最通俗易懂的故事。可宗教本身却是高深莫测的。我还是想听山牧师讲'宗教'。"

二十八

大丑叔跟了陈凤山当了伪军，不久二丑叔也不见了，有传说二丑也去找大丑了，大丑当了陈凤山的班长，二丑莫非在他手下？

我知道二丑叔不会跟大丑，他不是那种人。可向家巷还是没了二丑叔，每逢黄昏我坐在上马石上，看看天上的月亮还是从前的月亮，天河和牛郎织女都和过去一样，天上的事也许一千年一万年都不变，可向家巷冷冷清清的好像就剩下了我一个人似的。姐妹们不知为什么也不再撞拐、挤老米，她们好像自有自己的去处。

我知道二丑叔去了哪里，他跟了山牧仁，跟他学会做饭，当了山牧仁的厨师。那次我演摩西时就看见他正在教堂大槐树下系着白围裙，守着两个大锅，为教徒做饭。一个锅正在煎熬粉条豆腐菜，另一个锅上是一摞大笼屉，大笼屉里在蒸白馍馍。每次信徒受洗后教会都要管饭，供信徒们就着白馍馍吃粉条豆腐菜。二丑叔正在两个大锅中间钻来钻去，他看见我们这一家人过来只举起一个马勺朝我们笑笑，就又游走在蒸汽里。他的围裙上还粘着白面，手上、袖口上也都是白面。只在这时我才想起郭三元偷白面的故事，但二丑叔不是郭三元，他身上的白面不是从面缸里带出来的，这里的一切一切好像都是上帝赐给的。那时他已经是山牧仁家的厨师了。山牧仁发现他的为人聪明和好人品吧。山牧仁教会了他做"洋饭"。

山牧仁有座四四方方的青砖房，可这房子和我们村子的砖房大有区别，我们的房子都是一面开窗户，室内讲究两明一暗。山牧仁这座四四方方的砖房都是四面有门四面开窗户，门前还有几级青砖台阶。台阶旁常种植花草，他的房子和花草由一带青砖花墙包围着，信徒们隔着花墙常"研究"这房子的特点，但谁也说不清山牧仁一家是怎样在这座"四不像"的房子里生活的。房中常飘出一些我们不熟悉的油烟味，房子以外还连着一个敞开的小房，那就是二丑叔劳作的地方之一。隔墙看过去，我常看见小房里的烟火把二丑叔的脸烤得通红，但他穿戴整洁，不再穿过去的青布裤褂，一件雪白的上衣尖领向外翻着，裤腿也干净平直。他常举着一个我们少见的平底锅站在灶前颠来颠去，里面常有大块的肉或大块的鱼在翻滚。有时他发现墙外的我就放下手中的平底锅跑出来，隔着花墙伸手摸摸我的头，笑笑也不说什么，就又急着去翻腾他的平底锅了。他身上那种我不熟悉的油烟味是香、是甜、是辣，是什么，在我眼前久久不散。二丑叔显然已不是从前的二丑叔，他离牧师近了，一定离上帝也近了。

只有圣诞节时，我才能近距离地和他见面，那时他是为山牧仁做圣餐的"把式"，人们不知他是怎么把白面烤制成面包的，然后把面包切成碎块，供山牧仁和山师娘在教堂把面包碎块（圣餐）分发给信徒。这时教堂里的唱诗班正在唱诗："圣诞节大福节，天使降临大喜悦……"后来受了二丑叔的推荐吧，我也曾站在唱诗班里唱过诗，那时的二丑叔替牧师和师娘做完了圣餐，只站在教堂门旁靠住那扇淡蓝色的门扇微笑。他的穿戴更加庄重。我知道他穿的上衣叫作西服，大翻着领，胸前还垂挂着一条飘带（父亲说那东西叫领带），他脸上的微笑是满足的，因为他是为圣诞节做过圣餐的人。

二丑叔做了山牧仁的厨师，平时不再回骑下村。一天正是盛夏，二丑叔骑着一辆自行车，穿一身我们不常穿的短裤短褂，一件雪白的衬衫还兜在短裤腰里。进村后便直奔我家，他放下自行车走进世安堂，我爹看见二丑叔说："看你风风火火的，准是有急事，平时你也不回个家。"

二丑叔说:"文成哥,还真有个急事,你还得辛苦一趟。山师娘病了,一会儿冷一会儿热的。牧师让我请先生,我就介绍了你。牧师还说你介绍的医生是不是编'出埃及记'的向先生。我说是,他是我的近门哥哥,还是一方名医呢。山牧师还说早就想见见你,你就辛苦一趟吧。"

我爹说:"也谈不上辛苦,我也早就想会会山牧师,可你知道现在日本兵把着城门,我进城恐怕不方便,你常来常往,我可是好久不进城了。"

二丑叔说:"文成哥,你不用发愁,日本人不盘问信耶稣教的信徒。你拿一本《圣经》朝他们一举,咱们就能过去。"

我爹想想说:"也是个办法,不过总还是有些冒险。我的身份和你不一样。"

二丑叔说:"你是医生,是给牧师家人看病的,不信让他们跟着去。"

我爹说:"我想这件事日本人也不会跟来跟去的,我还是冒一次险吧,为了山牧仁。"

二丑叔说:"那好,我有自行车,你再骑一辆,我给你的自行车打气去。"

我爹说:"要见山牧仁怎么也是一件庄重事,可你看我这身打扮，你得容我换身衣裳吧。"

我爹在家从不计较穿戴，现在大热天，我看见他穿一件旧汗褂、敞着怀，下身穿一件黑裤腿白腰的缅腰裤，裤腿一个高一个低。我知道他要进城就跑去后院告诉我娘，让我娘给他换身衣服。我爹放下手中的活计向后院走，二丑叔推出我家那辆白熊自行车，去给自行车打气。

我娘听说我爹进城换衣服，还说要穿得讲究，可犯了难。我爹穿着一向随意，不知这讲究意味着什么。我看我娘参着胳膊在屋里一阵乱转，不知从哪儿翻出一件白纺绸汗褂，举到我爹眼前说："就这件吧。"我爹抓住这件松软滑爽的汗褂说："不妥不妥，穿上准像茶叶店掌柜的。"

我娘又翻箱倒柜举出一件灰底团花长衫说："这件吧，又大方又时兴。"我爹说："更不行，像个新女婿。"

后来我娘找出了两件得体衣裳：一件漂白洋布汗褂，一条家织土布单裤。我娘还说，这条旧裤子是她刚拿煮青染过的，和新的没什么两样。我爹换好裤褂，脱掉脚上的家做布袜，换了一双白线袜，又费劲巴力地蹬上一双尖口礼服呢便鞋。这样我娘把我爹"打扮"起来，二丑叔给我家的白熊自行车打完气放下气筒对我说："三，跟我进城吧。我驮着你，让你也见识见识人家外国人的家。先前你光站在墙外向里看，这一回让你也进屋，见识见识外国人和咱们哪不一样。"我爹穿戴完后听见二丑叔给我说话，就说："去吧，也是一种见识。不跟着你二丑叔怎么能进山牧仁的家。"

二丑叔在前，我坐在他的自行车大梁上，我爹随后。两辆自行车在我们那条不陌生的路上颠簸一阵，来到城门前。我们听了二丑叔的嘱咐，从车上下来，二丑叔先举起《圣经》，我爹也把一本《圣经》举起来。我也拿着一个小本的《诗歌》，学着他们的样子往上举，一位日本兵看见我举《诗歌》，还冲着我笑笑说："小孩，吆西。"

后来聪明的二丑叔还特意把那辆日本产的白熊自行车指了指，说明是日本货。果然两位日本兵对我们显出了少有的和气，我们平安地进了城。

太阳偏西时我们进城来到福音堂，门口站着黄长老，他看到二丑叔和我爹下了车，赶忙走过来对我爹说："山牧师专门让我在这里等向先生呢。"

二十九

从前，我爹无数次从福音堂门前经过还不曾进过门。

福音堂的院子宽阔，东、西、南、北的平房把院子四周围得四方四正。几棵大槐树长得无比茂密，为这座教堂增添了几分幽静。院中有一眼水井，井上架着辘轳。一个围着围裙、伙计模样的男人正摇着辘轳打水，从哪个角落里还有羊的叫声传来。若不是门楣上嵌刻着"基督教福音堂"，你一定会以为走进了一个大车店。但有着拱形窗户的礼拜堂还是说明了这院子的"身份"。

我们由黄长老带领，穿过有着槐树阴凉的前院，通过一个涂着绿漆的栅栏门来到后院，后院才是瑞典人山牧仁的居所。这是一个有两亩地大的院子，院里种着各种花草和蔬菜。一条笔直的灰砖甬路把院子分成两半，灰砖甬路的尽头便是山牧仁一家的住房。

黄长老领我们踩着青砖甬路，闻着甬路两边的月季花香往前走，我想，这一定就是山牧仁和山师娘散步的路了。这时山牧仁迎了过来。他向前倾着身子，迈着鸵鸟似的大步走到我爹面前，伸出两条长胳膊就去和我爹握手。我爹本没有同人握手的习惯的，他正在不知所措，山牧仁已经抓起了他的手。他握住我爹的手摇晃着，按照中国人的措辞习惯说："久仰，久仰了。能为内人请来向先生，也是我山牧仁的福分了。这一切都是上帝的安排。"

山牧仁说出的中国话很是让我爹意外。而我倒听过山牧师用中国话讲道。先前我爹曾问过茹姑，问她山牧仁怎么用中国话讲道。他说："一个外国人，即便是懂几个中国字或许不难，可要把《圣经》传达给兆州人，是何等不易。"茹姑说："人家的中国话说得好着哪，谁都听得懂。"可我爹还是半信半疑。今天当他面对面地和山牧仁站在一起时，也许才完全明白了。面对山牧仁出口成章的欢迎词，我猜，我爹倒要费点脑子精心措辞对答了。我爹说："早有意来拜会山牧师，今日才得一见。牧师在这穷乡僻壤还习惯吧?"

山牧仁说："怎么是穷乡僻壤? 你看我这里又有蔬菜又有鲜花，生活像个贵族一样。等一会儿我还要请向先生喝下午茶。"

机敏的我爹说："敢问牧师，喝下午茶不是英国人的习惯吗?"

山牧仁说："在我们斯堪的纳维亚半岛，也有喝下午茶的习惯。"

山牧仁和我爹说话间已走到房门前，他为我们拉开了一扇淡蓝色的单扇门，进门是山牧仁的客厅。客厅的一切布置都有别于我们当地人。两个低矮的窗户上挂着洁白的窗帘，厅内也没有方桌条杌，居中只四边不靠地摆着一张长方形桌子（后来二丑叔告诉我那桌子叫餐桌），桌上的台布洁白，几把硬木椅子将桌子围起来。桌上有玻璃花瓶，瓶中插着刚剪下的月季花。我猜那是山牧仁刚从园中采下的。

山牧仁把我爹让在桌前坐下，从一个凉水瓶里为他斟上一杯凉开水，说："向先生喝杯白开水吧，大暑的天气。"

我爹接过白开水说："真没想到牧师不仅中国话说得这么好，对中国的事情也了解得这么透彻，连中国的二十四节气也注意到了，昨天大暑刚过。"

山牧仁也为自己倒了一杯白开水，习惯着先喝，这时山牧师也许才注意到我的存在。他问我爹："这位一定是你的公子了？"我爹幽默地说："你应该认识他，他就是那次演出埃及的'摩西'。"山牧仁显出惊喜地说："原来那'摩西'就是你家公子。"

我爹说："我家老三，叫三羊。上帝的羔羊。"

山牧仁说："那天，三羊嘴上粘着胡子，是摩西，现在少了胡子，认不出了。我还为'摩西'发过奖呢。"

我拘束着，不知所措地靠在我爹的椅子上。

山牧仁说："三羊也得喝杯凉白开吧，看头上的汗。"

我想，我不光头上有汗，浑身上下也都湿透了呢。我接过山牧仁递的白开水，不知如何下嘴，因为那杯子实在与我家饭碗、茶碗的形状不同。好在山牧仁好像已经忘记我的存在，又开始和我爹说话，他对我爹说："我觉得中国的二十四节气是个了不起的发现，而二十四节气在华北这一带更是准确无误。在中国南方就有不小的误差，我去过广州，立冬、小雪、大雪都过了，有人还穿着单衣，许多花还盛开着。"

我爹说："在东三省，惊蛰的时候往往还是冰天雪地。"

山牧仁说："说中国地大物博，一点也不夸张。"

也许我爹来会山牧仁之前，对他们的初次见面尚有几分猜测，猜测中还有几分紧张，他不知道和一个外国人初次相见怎样才得体。现在他喝着山牧仁的凉白开，听山牧仁述说着中国的二十四节气，才把心放了下来吧。他学着山牧仁也喝了两口白开水说：还是先给太太看病吧。说着起身就要往另一个门里走。他想，这位师娘一定也像他的许多病人一样，躺在一个什么地方，要么昏睡着，要么呻吟着。哪知，不等他迈步，这位病中的外国女人却从另一个门里走了出来。山牧仁起身上前一步拉住太太的手，引她到我爹面前。山师娘也朝我爹伸出手要和他握手，她那无拘无束的身体离我爹很近。她穿一条碎花无袖长裙，露着两条光胳膊，那紧束的腰带使她的胸脯更加高耸。她谦逊地观察我爹，脸上堆着温婉的笑容。山师娘这坦然举止，倒让我爹有些不好意思起来，当他伸出手和她握手时连我也觉出有一股热气扑过来。再看她的脸，格外红。显然这是一位正发着烧的病人。他握着她的手，估计着她的温度。本来中医诊病是不用温度计测温度的，但我爹不然，在他的出诊包里，常放着一支温度计。虽然温度计上微小的刻度使我爹看起来很是吃力，可他还是以它给病人测体温来作为诊断时的参考。

三个人在桌前坐定，我爹便从山师娘的体温开始询问她的病情。但山师娘的中文水平有限，她基本上听不懂我爹的问话，这时山牧仁便来充任翻译。我爹对山牧仁说："太太在发烧，我猜38摄氏度也许更高。"说话间他便去出诊包里找温度计。这时山牧仁已经从一个什么地方也拿出了一支说："不必再找，就用这支吧。"山牧仁把温度计夹在太太的腋下替我爹给她测体温，我爹就开始为她诊脉。原来山牧仁最好奇的莫过于中医的诊脉了，今天他终于有了向中国医生请教的机会。他等我爹腾下手，问："向先生，我有一个问题早就想向中国医生请教。"

我爹说："请讲。"

山牧仁说："我发现中国医生诊脉和外国大夫摸脉搏有着根本的区别。难道一个人的脉搏除了代表他的心率速度以外，还会有别的意义吗？我看过一本中医诊断学的书，很费力气，还是读不懂。书上把诊脉描写得像变魔术一样，甚至说脉还有沉和浮。我借此机会很想聆听向先生的教诲。"

我爹说："西医的摸脉和中国医学的摸脉意义是有不同。西医说脉搏的跳动只代表着心跳，我们中国医生却能从中判断出一些和病情有关的现象。比如你说的沉和浮，还有短和紧，涩和弦……这都是一些现象。但，我的观点是，只凭这些现象断病，还不能得出准确的结论，要综合地看一个病人，脉象才有意义。比如太太在发热，伴有干咳，头痛，食欲不振，体温又有准确的参考，这时我们再结合她的脉象就可以得出一个比较完整的结论。中国医生把这种综合诊断归纳为四个字，便是：'望，闻，问，切'。这里的'切'讲的就是切脉。现在师娘坐在我面前，我综合观察师娘的病况，应该属于少阳症，实际就是西医说的时疫。近来正值大暑，兆州一带闷热多雨，得少阳症者不乏其人。少阳症属外感。"

山牧仁听着我爹的解释，一边把我爹的话翻译给山师娘，一边在一个本子上记录着什么。他说："现在我开始明白中国医生的诊病理论了，因为向先生讲的是科学，不是玄学。从前我总以为中医的理论近似玄学。"

我爹说："我研究着中医的诊断学，也注意着西方医学的发展。国外的医学在诊断学和药物学方面对医界有着不可忽视的贡献。当显微镜和X光都在证明着一些不容置疑的现象时，我们光用一个人的脉象来解释一切，就显得很荒唐。"

山牧仁说："这么说，中医诊断也有一些不科学之处。"

我爹说："何止是有，应该说还不少。比如说一个人的'上火'，难道一个血肉形成的躯体，体内也会起火吗?"

山牧仁大笑起来，他把我爹的话翻译给山师娘，山师娘一时忘记病痛大笑起来。山牧仁大笑一阵说："中国有一句俗话，叫作'听君一席话，胜读十年书'。现在我也胜读十年书了。"

我猜山牧仁在中国不算短暂的日子里，还没有人用如此简明而科学的道理向他叙述中医治病的原理吧。

后来我爹问山牧仁，师娘曾服过什么药，他知道一个远在异国他乡的外国牧师，家里总要备些药品的。山牧仁告诉我爹，太太曾服过阿司匹林。昨天出了不少汗，可体温并不减。

我爹说："这就对了，少阳病就忌一味地发汗。我们的《伤寒论》上说：伤寒脉弦细，头痛发热者，属少阳。少阳不可发汗，发汗则谵语，此属胃。胃和则愈；胃不和，烦而悸。你看，可不能再发汗了，应该从治胃开始。这是中医治病声东击西的道理。我给师娘下药吧。"向文成让山牧仁取出一张纸，又用山牧仁的自来水笔，为山师娘开了药方，并嘱他要到南街仁和裕药铺抓药。山牧仁接过药方，说这张纸不仅是药方，还是向文成留给他的纪念，他要把它好好保存。又对我爹说："现在我们该喝茶了，今天要按照我们北欧人的习惯度过一个下午。我们先喝茶后散步，还会有许多话题交谈。"

山牧仁从餐具柜里捧出一件件专门招待客人的茶具，摆上餐桌，并说他家没中国式的条案方桌，只有这张餐桌。又捧出一只小铁桶说，这是他们过印度时买的印度红茶。

他说北欧人最喜欢印度红茶。他把茶叶徐徐放入一把镶银的茶壶，用开水冲上，他为我爹倒茶、茶里还要加奶。这时二丑叔走进来，端个托盘，托盘里是一碟碟花样繁多的小点心。他恭恭敬敬地把点心放在桌上，山牧仁说："看，这都是义民的手艺，他可是个聪明过人的好厨师。"二丑叔站在桌旁只是笑。

下午茶过后，山牧仁领我爹到园子的甬路上散步。没有实践过散步的我爹，开始不知如何对付这种不紧不慢的步伐，他时而一个大步迈到山牧仁的前头，一不小心又踩到了山牧仁的脚后跟。山牧仁只不动声色地走在我爹旁边。我在后边跟着想，原来这散步并不是乱走。走了一会儿，我爹才走出了门道，他和山牧仁肩并着肩，满脚落地地走到甬路的尽头，一个转身再往回走，如此反复。

山牧仁一边散步，一边给向文成介绍他的菜园，他说今年种的番茄已经成熟。他知道当地人管番茄叫洋柿子，可他不了解中国人为什么不喜欢这种洋柿子，他说这种东西含多种维生素，于人体大有好处。还有，兆州人也不种马铃薯，这就给他们的生活带来了许多不便。现在好了，他园子里有的是番茄和马铃薯。我爹就说："常说一方水土养一方人，兆州这一带人靠的是小米和萝卜、白菜。说到此，我又想到一个新话题，向牧师请教。"

山牧师说："请讲。"

我爹说："我家的茹和宝韵还有向梅都是你的教徒，她们教我一首歌叫'耶稣基督够我用'歌中唱道：耶稣基督我救主，够我用，够我用，除非靠他无二路，主真够我用。

"'耶稣基督够我用'从字面上讲，我可以做到片面地理解。我想向牧师请教的是，为什么一个人心里有了主就够用了呢？够用就是对一切的满足吧。"

山牧仁说："向先生，这个看似平淡无奇的问题很深奥，这也是一个传教士终生为教徒讲道的难题所在。而站在我面前的又多是向先生那些淳朴的乡里乡亲。他们虔诚地捧起我分发给他们的《圣经》，有人却目不识丁。我要使他们心中有主，首先要解决的不是他们对《新约全书》的背诵，而是要他们在意识上的坚信。有了坚信主就存在了，其实一个传教士的愿望是很微不足道的，仅此而已。我的成功便是他们对主的满足感，满足感便是'主啊，够我用'。我不知我是否回答了向先生的问题。"

我爹说："你已经回答了。可我的问题还存在，那么主真的存在吗？"

山牧仁从菜架上摘下一个有病的番茄扔掉，说："这是信仰的根本。你想，对于一个人类社会，对于一个国家，一个民族，主的存在于他们有意义，还是主的不存在于他们有意义？"

我爹机智地说："你是不是说，信则有，不信则无？"

山牧仁说："我只能按照基督教的教义回答你的问题，其实宗教无非就是一种文明。一个民族多一点文明，总不能说是坏事吧。"

今天山牧仁格外兴奋，兴奋中又带我爹参观了他的鸡舍、羊圈。一群来亨鸡摇动着鲜红的鸡冠正蹲在窝里下蛋，山牧仁信手捡起两个又大又白的鸡蛋说："明年我请向先生来拿小鸡，我还要再繁殖一些来亨鸡。我把它的蛋和本地鸡蛋做比较，它比本地蛋要大得多。"在羊圈里，一位当地牧羊人正在挤羊奶，牧羊人攥着羊的大萝卜一样的乳房，往一只铁桶里挤，羊奶从他手缝里滋出来。山牧仁说："这就是刚才茶桌上的羊奶。"

山牧仁站在福音堂门前和向文成告别，他还请二丑叔为我们准备下礼物，那是一个本地的大荆篮，篮子里有新鲜番茄、来亨鸡蛋和两瓶鲜羊奶。二丑叔把荆篮交给我说："提好了，都是好东西。这比郭三元的白面可珍贵。"

三十

我家在村中既是大户，土地多，不只有南岗二十亩高粱地，种高粱的土地是赖地，南岗以下有片好地，村人称它为桑园，传说古代（不知哪个朝代）时这里曾是桑田，当地人因地制宜种桑养蚕，更有传说种桑养蚕是给东汉皇帝刘秀纺织朝服所需要。当然这传说并不严密，刘秀在此登基却有记载，但东汉都城并不在此，而是中原的洛阳，但桑园地名却流传下来。现在，桑园当然不再种桑。但它土质肥沃，只种些珍贵的庄稼，比如棉花。

另一块土地叫孟家园，它的传说来历更具传奇性，据说孟子的哪位弟子曾来此游学，并带来鲁国的小米，小米在此种植成功，此地也因此得名，至今我家仍在这里种植小米。

也许一切传说均属传说，考证历史或许并不荒诞。

先前每逢掰高粱叶时，便呼唤众人到南岗二十亩地，但遇到侍弄棉花时却要到四十亩地的桑园了。种棉花要考侍弄，不似高粱泼辣皮实，棉花的种子下地后从"间苗""打花尖"掰花杈"需要侍弄的环节很多，直到摘花、拾花。

我们那里管棉花叫花，这里的花有三种：洋花、笨花和紫花。

洋花是美国种，一朵四大瓣，绒长，适于纺织；笨花是本地种，三瓣，绒短，人们拿它絮被褥，耐蹬踹。洋花传来前，笨花也纺织，织出的布粗拉但挺实。现在有了洋花，人们不再拿笨花当正经花，笨花成了种花时的捎带。可人们还种，就像抽烟人有了洋烟，照样还有旱烟。

紫花不是紫，是土黄，和这儿的土地颜色一样。土黄既是本色，就不再染，织出的布叫紫花布。紫花布做出的单衣叫紫花汗褂、紫花裤子，做出的棉袍叫紫花大袄。紫花大袄不怕沾土：冬天，闲人穿起紫花大袄倚住土墙晒太阳，远远看去，墙根儿像没有人；走近，才发现墙面上有眼睛。

五月、六月、七月，花地和大庄稼并存，你不会发现这儿有许多花。直到八月、九月，大庄稼倒了，捆成个子上了场，你才会看见这儿尽是花地，连种了一年花的花主们也像刚觉出花就在身边。花地像大海，三里五乡突起的村落是海中的岛屿。那时花叶红了，花朵白了，遍地白得耀眼，该摘花了。摘花是女人的活儿。花朵被女人的手从

"花碗儿"里一朵朵托出来，托进依在肚子上的棉花包。棉花包越来越鼓，女人们你看看我，我看看你，彼此都看到了对方的大肚子。一地大肚子，有媳妇的，也有闺女的。媳妇们指着媳妇们的肚子问："几个月了？还不吃一把酸枣儿。"闺女们扭着脸。雪白的花朵从女人们的花包里倒出来，花主们为她们称重、付工钱。

从前该撇高粱叶时家人都差我站在街上上马石上喊："撇高粱叶了，到南岗二十亩地里。"现在该摘花时，这位摘花的召集人却变成了我二哥，这也许因了棉花珍贵的原因，"花"不仅维系着全家的布匹、被褥和衣服，也是家中一切开支的来源。花可以卖掉换钱，总之吧，遇到棉花盛开需要采摘时二哥就会把我"甩"开，自己站在上马石上喊："摘花了，到四十亩地桑园里。"我只能站在一旁，"闲人"一般观看。我嫉妒二哥接替我的差事，再说现在的我个子长得也不似以前，早已高过了上马石，但二哥的位置是稳定的。

二哥是个聪明人，属于聪明加内向的那种，他学历背景不高，只在城里上过高等小学，但知识却"不浅"，枕边常有书籍堆放，除线装的"三言""二拍"，还有张恨水的应时小说，《北京小姐》《啼笑因缘》什么的，书中配有石印彩图，但他绝不许我翻看，我走近他的书，他会毫不客气地呵斥我："滚！滚！"我内心受着无比的伤害，浑身一阵阵战栗地跑出去，那时他已结婚，迎门桌上就摆放着新嫂子那个陪嫁的暖壶，壶上的牡丹花好像在朝我发着幸灾乐祸的微笑，这使得我更讨厌那个暖壶了，我跑出房门来到院中，二哥的房中又传出来一阵风琴声，他有一架踏板式风琴，我知道那个调子：云儿飘，星儿耀耀，海早息了风潮。只在这时我才感到二哥和父亲相似之处，但他和父亲的性格却也大不相同，他没有父亲那滔滔不绝的口才和做事时的过分敏捷，可他会弹风琴，这也许是父亲对他刮目相看的原因吧。他还有一把日本产的小提琴，父亲对于音乐只会用工尺谱谱曲，哼唱些或古老或时兴的曲牌小调，对于乐器他并不在行，而二哥的弹奏呢，以我懂些音乐以后的评价也只是土闹，他弹风琴右手指法混乱，而左手没有和弦的匹配。

当然，二哥还有在我家的"过人"之处，他的书写、绘画在我家也是独一无二，那次在甘子明家对对联，也显示着他的能力。

二哥代表家人号召乡人去摘棉花，也就成了顺理成章，再说对于桑园那片海洋般的花地，于他还有说不清的情感，他珍惜着它们、呵护着它们，从棉花的"立秋见花朵""处暑卖新花",再到霜降过后的"拾花"时节,他都表现出无比的兴趣。

二哥站在上马石上喊:"摘花了,到四十亩地桑园里。"他喊出了先前到南岗撇高粱叶的婶子、大娘、闺女们。我也借此站在上马石下(如果不是闲人的话),我在等一个时刻,等待茹姑,但茹姑没有出来,爱多话的五寅婶子问辛子老姑:"咱茹呢?"辛子老姑提着她摘花用的白包袱皮说:"跟梅走了,学绣花呢。看见山牧仁家里有洋式花样。"说时,却显出对茹的去向不那么赞成。

鹿大娘接着说:"俩人在屋里也不见绣什么,紧关着门。"鹿大娘好像话里也有话。

茹和梅的行踪近来是诡秘的("诡秘"是用我懂了形容词以后的形容)。

知趣的邻里们便没有人再问茹和梅的行踪。

二哥从上马石上跳下来,领大家向桑园走,路过另一条街时,又有些闺女、媳妇儿跟上了。从前摘花队伍路过这街时,总有一位叫美的闺女跟着来,她姓罗,叫美,她长得好看,她跟着队伍走,一街人都把眼光转向她,她脸上常施着粉,穿一件紧身小褂,箍在身上紧绷绷,下身的裤子也时兴,裤腿肥到一尺二,走起来飘摇摇地摆动着,现在时兴肥裤腿，但并不是所有闺女都敢穿，那是一种象征，什么象征？时髦的象征。

几十年后，我发现域外传来的喇叭裤，就有先前闺女们的肥裤腿的特点，现在看见喇叭裤我便想起美和她的肥裤腿。

我姐姐不穿肥裤腿，连向往文明的宝韵姑、爱打扮的茹姑和梅都不穿，她们都说什么人穿什么衣裳。话语里显然对那存有贬义。

但美不在意乡人的眼光和褒贬，她穿。

后米美不再摘花了。她自有自己的去处，花地里像少了一景。但人们摘着花，手里托着雪白的花朵还在谈美。谈论着美的去处。对美的"消失"说得神秘莫测。

我二哥给摘花人倒花、过秤，听见人说美好像没听见什么。使人想到二哥和美联系着什么。

只有长工大祥嘴快，说："快摘你们的花吧。想打听美，这还得找'糖担儿'问，他知道美的事，美正'钻窝棚'呢。"

三十一

拾花时节，我们那一带有"钻窝棚"的风俗，人们谈论它时的口气，激发着人的没边没沿的猜想。因为其中包含着那些无边无际的黑夜，和黑夜里的男女之事。大祥提醒大伙了解"钻窝棚"找"糖担儿"，糖担儿是谁？糖担儿是一个小生意人，专在黑夜里游走着做窝棚里的生意，其实他并不挑担，他扛一个大荆篮，拿一面小糖锣敲着，糖锣发出暗哑而神秘的响声，篮子里自然有糖块，还有香烟、花生、大鸭梨一类。黑夜里糖担儿可任意出入花地里的窝棚，不论什么时刻，窝棚里正在发生着什么事也不为过。有人把糖担儿形容成旷野里的灯笼鬼（又称"鬼火"，黑夜里在田野飘动的一团火种，实际为古坟地里生出的磷火），因为他手里都提着一种忽隐忽现的手提灯。

转眼"钻窝棚"之事已过去几十年，但仍然存在我的记忆中，它吸引着我想去做些深入了解。几年前我走进了生育我的那个村子，行前听说当年的一位"糖担儿"还健在，就决定专程去会一会他，听听他的亲眼所见。

这位糖担儿大名叫马万金。现在适应着形势的发展，马万金在村口开了一间小卖部。经过几个小时乘车的奔波，我在村口下了车，从车窗里早就看见马万金的小卖部了，店面敞开着，门楣上赫然写着几个朱红大字：马万金农具杂货食品小卖部。小卖部门前摆放着农用的权耙、扫帚、钢精锅盆、草席油毡，货摊前站着一位敦敦实实的比我年龄还大的老人，他上身光着膀子，裸露着下垂的胸大肌，下身穿一件半截军用迷彩裤，嘴里叼着香烟，拿一把蒲扇站立门前，悠闲地拍拍打打。这就是糖担儿。我一眼就认出来他，论个头比从前没长高多少，只是身上多了些赘肉，从他的体态和神情可以看出他的日子过得轻松自如。

我走上前请他辨认，糖担儿很快就认出了我，叫着我的小名说："这可是个稀罕，多年也不见你回来，头发白了不少，可头发再白模样也变不了。也闹不清你是个什么官。"

我说："我不是什么官，我和你一样都是劳动人民，靠两只手。"

"可不一样，"糖担儿说，"看我这架势，生意比干糖担儿强点，可看你这打扮，看我这寒碜样。"他拍打着自己的显突的黑肚子和胸脯。我就势说："敢情你还记得糖担儿的事。"

糖担儿说："那还能忘得了，那是我的历史。当个大老板我也是糖担儿出身。再者没有干糖担儿的经验咱哪懂什么生意经。"

糖担儿和我搭着话自然要把我引到他的门市里。门市里自然有柜台有货架，柜台上下还堆积着货物难以下脚。它们大、小包装各异，上面有字显示着"史丹利""奥利奥""美味多"什么的……靠墙还有个大冰柜嗡嗡作响，他打开冰柜举出一个冰冻的棒状物给我说："先落落汗吧。"我接过来，一股怪怪的香精味扑过来：菠萝？香草？草莓？……

我坐下来举着冰棒和他说话，必然先要说起村里的变化，他说我家的砖房和土院都已不存在，"大跃进"时村子里用砖垒大炼钢铁的高炉，拆了砖房，又一年闹水灾，大西屋的土坯房也倒了，街里的上马石也被砸碎炼了石灰。说，你家那棵枣树倒还在，每年还开花结枣。

糖担儿说着我家的变化，脸上显出一阵阵的惋惜表情，叹息着也算是对我的安慰吧。

话题总要转到哪个"钻窝棚"的细节，糖担儿又点上

206

一根烟想想问我："听说你是个摆弄文字的，莫非你听这件事还真有用处？"我朝他点点头算是对他的答复。下面我记下的是糖担儿对于"钻窝棚"的一段亲身经历。他讲得绘声绘色，其中都是他的亲眼所见。

村中有个叫明喜的。他家有花地，他要去看花，媳妇知道窝棚里的事。可她又拦不住明喜八月抱走被褥去看花，十月才回家。

花主们都有这么个半阴半阳含在花地里的窝棚。搭时，先在地上埋好桩子，桩子上绑竹弓，再搭上箔子、草苫，四周摆起谷草，培好土。里面铺上新草、新席和被褥。这窝棚远看不高不大，进去才觉出别有洞天：几个人能盘腿说话，防雨、防风、防霜。

糖担儿说，花地里有个窝棚，也就有了他的生意。黑夜里他提着马灯打着糖锣开始串窝棚。那时他的篮子里除了糖块、鸭梨、花生，香烟种类也多，除了普通的"双刀""大孩儿"，还有上等的"哈德门""白炮台"。

糖担儿每天都光临明喜的窝棚，他的窝棚里

每天都有一个叫米子的闺女。糖担儿来了，挑帘就进，糖担儿对我说："人若不挑开窝棚门帘，并不知里面有举动。"糖担儿挑开了明喜的草苦儿，他的泡子灯把窝棚里照得赤裸裸。明喜正和米子"钻窝棚"。他在被窝里骂："狗日的，早不来晚不来。"他用被角紧捂赤身露体的米子。米子说："不用捂我，给他个热闹看，吃他的梨不给他花。"糖担儿掀掀被角，确信这副溜溜的光肩膀是米子的，便说："敞开儿吃，哪儿赚不了俩梨。"他把一个凉梨就势滚入米子和明喜的热被窝。明喜说："别他妈闹了，凉森森的。"米子说："让他闹。你敢再扔俩进来？"糖担儿果然又扔去两个，这次不是扔，是用手攥着往被窝里送。送进俩凉梨，就势摸一把长在米子胸口上的那俩"热梨"，热咕嘟。米子不恼，光哧哧笑。明喜恼了，坐起来去揪糖担儿的紫花大袄。米子说："算了，饶了他吧，叫他给你盒好烟。"明喜说："一盒好烟，就能占这么大的便宜？"米子说："那就让他给你两盒。"明喜不再说话，明喜老实，心想两盒烟也值二斤花，这糖担儿顶着霜天串花地也不易，算了。哪知米子不干，冷不丁从被窝里蹿出来，露出半截光身子，劈手就从糖担儿篮子里拿。糖担儿说："哎哎，看这事儿，这不成了砸明火？"米子说："就该砸你。叫你动手动脚，腊月生的。"说着，抓起两盒"白炮台"就往被窝里掖。糖担儿伸手抢，米子早蹴到被窝底，明喜就势把被窝口一摁，糖担儿眼前没了米子。他想，你抢走我两盒"白炮台"，我看见了你的俩"馋馋"（方言，乳房），不赔不赚。谁让你自顾往外蹿。我没有花地，没有窝棚，不比明喜。看看也算开了眼。

明喜见糖担儿不再动手动脚，说："算了，天也不早了，你也该转悠转悠了。我这儿就有几把笨花，拿去吧。"明喜伸手从窝棚边上够过一小团笨花，交给糖担儿。糖担儿在手里掂掂分量、看看成色说："现时笨花没人要。还沾着烂花叶。留给你媳妇絮被褥吧。"明喜说："算了，别来这一套了，我不信二斤笨花值不了仁梨、两盒烟。"糖担儿不再卖关子，接过花摁进篮子，冲着被窝底说："米子，我走了，别想我想得睡不着。赶明儿我再来看你。"明喜说："还不快走。"糖担儿这才拱起草苫儿，投入满是星斗的霜天里。明喜披上衣服跟出来，他看见糖担儿的灯顺着干垄沟在飘。看看远处，远处也有灯在飘。他想起老人说的灯笼鬼儿，他活了二十年还从来没见过灯笼鬼儿什么样。可老人们都说见过，说那东西专在花地里跑。

糖担儿用糖锣敲着花点，嘴里唱着《叹五更》。

明喜见糖担儿已经走远，钻回窝棚。米子在被窝底蹳着。明喜掀开被窝对着里面说："米子，出来吧，糖担儿走了。"

糖担儿讲完米子和明喜"钻窝棚"的故事，对我说："这可是我亲眼所见，现时人家米子和明喜都不在了，我才敢讲。"

讲完明喜和米子。我又向他提出新要求。

我说："有个叫美的闺女，你还记得吧?"

"你怎么专提美?"糖担儿问我。

我说："我还找她换过花生呢。她不光'钻窝棚'挣花，还趸花生换花。记得她也很美。"

糖担儿说："美，仙女一般。全村人就我看见过美美成什么样。全身上下一片雪白，灯一照白得直晃眼，我看得也仔细，身上哪有个痦子我都知道。可人家在窝棚里不像米子那么疯。也不给你打闹，也不抢你的烟卷和鸭梨，可斯文哩。坐起来不捂不盖的，可也不给你多话。越这样咱自己就越臊得慌。"

"听说，她一晚上挣不少花?"我问。

"那可是真事，从这个窝棚出来没准儿又钻进了那家的窝棚。对，先前恁家桑园花地里也有窝棚，也没少挣恁家的花。"糖担儿说着看看我，觉得言语有失，"看我说到哪儿去了，都是过去的事了……"他一定想到我二哥也曾是我家的看花人。

我不再提美"钻窝棚"挣花的事，只说:"我记得美后来嫁了一个日本翻译官。就不见了。"

"对，对，没过几天，八路军端了那个炮楼，翻译官被打死了，美一阵风一样，也就不见了。"糖担儿说。

说到美和她的消失，糖担儿好像对美存有惋惜之情。我也觉得美的美确给人留下了不少怀念。糖担儿抽了一阵烟问我:"我倒想问你一件事，你是有文化的人。"

我说:"好啊，就怕我回答不了。"

糖担儿说:"你说'钻窝棚'是好事还是歹事? 你说好

吧，咱不敢肯定，你说它不好吧，那可是一道风景。你说，现在少了花地，少了这一道风景，这黑夜就剩下看电视、广告上明星们卖奶粉，小孩们卖酱油 …… 哪样好。这问题我早想问问有学问的人。"

糖担儿的问题简单而深奥。我说："这里的学问深奥，我的学问还没那么深。"

糖担儿说："这学问越深的人说话越谨慎吧。"

我说："再吃你一根冰棍儿吧，要草莓味的。"

糖担儿说："不给你吃了，我可赔不起。"他笑着，笑得前仰后合。就去开冰柜。

三十二

我家桑园的棉花地在村里每年都属上乘，处暑之后、霜降之前棉花盛开，需要看管。二哥便成了看花最合适的人。

要看花了，二哥也像要出门远征似的，二嫂明白看花的含义，还得为他准备被褥，她一面为二哥整理被褥，一面垂着脸向二哥说些不三不四的话，二哥站在一旁也不言语，心中有数似的。他一定在寻思：随你说，看花你还能管得住？花是家中生机的命脉，我不看管谁去看管？至于窝棚里的事，那是前人传下来的，莫非你还能管得住？

二嫂还是垂着脸，在不三不四的话语里总是联系着一个人，一个叫"美"的人。

他们说到美，声音高起来，从屋内传出来。

二哥说："你见过？"

二嫂说："还用见？都说。"

二哥说："都谁说？"

二嫂说："谁都说。"

二嫂和二哥在屋内争吵一阵，二嫂就去找我娘告状。

我娘拉不下脸去管二哥的事。二哥 —— 一个大人。

美姓罗，住前街。没出嫁，和她爹在家度日。美的爹叫印，是个杀猪把式。美的美牵动着全村人莫名的情致：男人心跳，女人嫉妒。美的美也就搅动着二嫂的心绪。总之美的美是全村一个离不开的话题。美的美是一个村子的"茶余饭后"。

美的美是神秘莫测的。于是便有人专门研究寻找美的出没规律：黄昏后，美要出现，她要向夜幕中、向花地里走。这时看美，看得模糊。在夜幕中她闪出街门，闪出村口，转眼就消失在夜幕中，只有她围在脖子上的那条月白色围巾，飘逝在最后。美出门总要围一条月白色线围巾。她一只手攥住围巾的一角，把半个脸和嘴遮起来。只在月色好时，你才会看见她那得体的腰身和摆动着的肥裤腿。

也有人看见美，是等到鸡叫三遍、东方出现晨曦时。这时，大地会被一层霜雪覆盖，四周如同白夜。美这时要向村里走。她走得很快，半个脸还是被围巾遮住。走近了，你会发现她的眼光一闪一闪，那眼光特别，像是"嫌"你，又像告诉你，这有什么可看的，一次平常的归来罢了。如果不是她肩上那一包袱花作证，你怎么也不会认为，美是钻了窝棚的，说赶集、串亲戚归来都可以。美迎着看美的人走过来，看美的人倒有些自愧地躲进一个黑暗角落，开始研究美肩上那一包袱花的分量，计算着这一夜美曾和几个男人幽会过。有人或许还会对美生出疼爱之情 —— 好大的一包花。

我也愿意看见美，我看美不在黄昏，也不在晨曦中，我到美的家中。美的父亲替村民杀猪，逢年时美家那个不大的院子里，就会支起杀猪锅。喂猪的人家把猪四蹄捆起，抬到美家，等待宰杀。

我家过年时要杀猪，我便有了走进美家的机会，家里养了一年的猪，被杀时长工大祥就会喊上二哥把猪的四蹄捆起，二人再用个木杠抬起来，抬向美家。我就会跟他们走进美家。

一只猪要配上两捆烧柴，或秫秸或花柴。给猪煺毛要把一大锅水烧热。有时猪和烧柴要在院子里排起队来。村中并非只美一家杀猪，印杀猪的手艺也并非上乘，有时一刀捅不死一口猪。捅猪像表演，猪就在杀猪把式的表演中，瞬时结束自己的生命。那时，猪被按在一块齐腰高的石板上，把式一手扳住猪的拱嘴，使猪的脖子朝天，把式的另一只手操起柳叶刀，刀尖直逼猪的脖子，然后一刀下去，刀尖穿过脖子还要直捣猪的心尖。猪血泉涌似的从刀口喷出，猪弹动几下，转眼间活猪变成死猪。印捅猪有时捅得准，有时捅得不准，那时猪会带着柳叶刀从石台上蹿下，在院里疯跑，把人们冲得四散。这时人们一面躲着猪一面笑话印的手艺。印也讪笑着用两只带血的手和两条带血的胳膊去追猪……也有人说，印杀猪连猪头猪腿上的毛也刮不干净，白搭了两捆柴火。但村人还是往美家送猪的最多。这自然和美的美有关。人们守着猪等杀，也在等待一个时刻，等待美的出现。印终有喊美的时候，美从屋内一闪出来。这大半是印要什么家什，美现在只是个送家什的，对院里的猪和人像是视而不见。但一院子人都兴奋起来，顿时忘掉印的手艺，眼光便从死猪和活猪的身上转向来送家什的美。原来这猪到底没有白白送给印宰杀。有多事者一面拿眼光瞟着美，一面又拿眼光忙不迭地在男人群中开始寻找。他们寻找的是谁在窝棚里和美有过欢乐。要找到这人也不难。不是正有人低下头，红起脸了吗？美不在意眼前的一切，她放下手里的家什，低着头还是踏着猪和柴草的空隙，跳跃似的向屋里走去。人们以自己的观察和猜测验证了该验证的一切，相互传递着眼神。几个该红脸的男人，脸更红了。我不由自主地看二哥的脸，二哥也低着头，脸上一红一白的。便想起二嫂和二哥的争吵。

这时的我站在我家的猪前，假装不去看美，我看美还有更属于我的时刻，那时我可以和美站个脸对脸。

美和花的"交道"不只是靠了窝棚里的"事业"。她在家里还做着和花有关的生意 —— 她用花生换花。或者说别人用花换她的花生。从摘花时节起，美便把逻来的花生装在一个大布袋里，再把布袋戳在她睡觉的炕上。有人便拿着花来找美，来者大半都是些男孩，大人不来，倒避起嫌疑。我常从家里"偷"出两口袋花来找美。我把花从口袋掏出来，在美的炕上堆成一小堆，美走过来把花用手拢一拢，估摸一下分量，掐起来扔上她的花堆。美的炕上有个齐腰高的花堆。花很杂，洋花、笨花、紫花都有。使人浮想联翩。她把我的花扔上去，就去布袋里捧花生。花生被她捧出来，也堆在炕上，让你自己去收，一个交换过程完成。双方没有任何争执和计较。我也相信像美这样一个美人是不会骗人的。

我离美很近，我看见美的手很粗糙，手上还有零零星星的裂口，不似她的脸白净细腻。还闻见美头上的油味，美头上是要使油的 —— 棉花籽油。

我已经把花生装进口袋，手摸着口袋里的花生，心怦怦跳着，想着赶快离去，却仍站着不动。这时的美就把眼光直指向你。那眼光似善似恶，好像在说，还不快走，花生还少吗？又像在说，知道你不单是来换花生的，别看你是个孩子。

可我从未听见美说话。

后来形势紧张了，村里养猪的少了，种花的不再有心思去侍弄花。美也消失了。有人说她跟一个女干部走了，投了八路；也有人说她被炮楼上一个翻译官领走了。直到抗战胜利后，美的下落才得到证实：她做过翻译官的太太。1945年日本投降后，八路军大反攻，拿下了那个炮楼。有个翻译官被打死，这个翻译官的遗孀果真就是美。之后，美只在骑下村出现过一次。她黄昏时进村，在头发上绑了一个白布条，美和那个白布条一闪即逝。再无人知道她的去向。也有人说那是随风而化。再后来美那位杀猪的父亲印也死了。

美家的窗户少了窗纸，美睡过又存放过棉花和花生的那盘炕上，还有残存着的零星花瓣。

三十三

近来向家巷又出了奇事，村人对茹和梅有了议论，那议论内容诡秘，还显出津津有味，有的还带出污言秽语。连我也像是受到这言语的牵连，每当我从街里走过，他们正在议论的话题会戛然而止，接着就把目光转向我，我被村人的注意是前所未有的，我低着头。

我常为此事羞涩，不知在茹和梅之间发生了什么，茹已不再和我亲近，只在山牧仁来主日校上课时，她才和梅同时出现在我家的人西屋。俩人找个僻静角落坐下，没有人和她们搭话，她们自然也不和人做交流。有人只会拿奇怪的眼光打量她俩，我很不愿意看到现在的茹和梅。

主日校是山牧仁前不久来村开办的。由于抗日时局的紧张，给信徒们进城增加了困难：日本人不再相信拿《圣经》的就是真正信徒，也有爱国志士手拿《圣经》假扮信徒进城刺探情报的，这才引起日本人的注意。山牧仁便在我家设立了主日校，主日校的上课形式是背诵"金句"。金句是一张巴掌大的画片，画片正面是《圣经》故事的精美图画，背面是选自《圣经》的一两句文字。这种句子标明为金句，比如"神爱世人，甚至将他的独子赐给他们。叫一切信他的，不致灭亡，反得永生"。比如"你们或以为树好，果子也好，树坏，果子也坏。因为看果子就可以知道树"。上课时，山牧仁先让学生背诵上一课的金句，谁能背过，就再发给一张新的。村人把这种教学形式叫作"背片儿"。但是片儿上的图画更吸引我，下课后我常走过去，就片儿上的图画问茹姑，这时她好像不嫌弃我。她知道我喜欢图画，她知道过年时街里灯笼上的灯方、灶膛前的灶王、门上的门神，集市上、年画摊上的戏出，都吸引着我。先前过年时茹姑常和我一起站在街灯下研究灯方上的故事，猜测灯方上的谜语，她曾告诉过我，一口吞个牛尾巴谜底是个"告"字。油煎豆腐的谜底是"黄盖和李白"，还有《连环计》那个女子叫貂蝉，那个威风的男人叫吕布，还说你看貂蝉比咱村的美还美。

想想从前，我便不顾梅的存在走过去，问茹姑，画片儿上的人是画出来的还是照出来的？茹说："是人画出来的，那种人叫画家。你也当个画家吧，准也能画成这样。"只在这时我才恢复了从前和茹在一起的自然，我便得寸进尺地问茹姑："这张《最后的晚餐》是怎么回事？"茹姑说那是耶稣受难前和他的十二门徒分别时的情形。有叛徒出卖了他，叛徒就在这十二个门徒当中。耶稣摊开手说，你们当中有人出卖了我。十二个门徒非常惊讶，相互打问着这坏人是谁，原来这个坏人叫犹大。后来茹姑让我猜哪个人是犹大，我就在十二个门徒中找，我找到了犹大。说："就是他。"茹姑说："你猜对了。你看他手里攥着的是个钱袋，他收了人家的钱，出卖了耶稣。"

我和茹姑谈论画片儿，又恢复了从前和茹姑在一起的好心情。谁知梅在一旁似听非听似的，不断捂住嘴咳嗽着，咳嗽一阵又扒住茹的耳朵小声说点什么。茹便失去了和我讲画片儿的兴趣，说："三，梅该喝水了，她要回家喝水。下次吧，下次再给你讲。"

梅要喝水，我便想起以前她的爹文治蹲在西岗喝水吐痰的情景，这里一定存有什么"遗传"，那时我不懂遗传，我们说病的传染叫"招"。谁的病是被谁"招"的。像梅的父辈四人的死都是人招人的结果。父亲说现代医学叫传染。

梅要回家喝水，不顾我的存在，起身向外走。茹跟上去，只拍拍我的脑袋，一副心不在焉的样子，这时她的心分明是在梅的身上。

晚上，辛子老姑来了，显出不同以往的慌张，从院里拉起我爹就向奶奶房里走，我正在奶奶房里灯下拿毛笔写字描红，用九宫格描写：松下问童子，言师采药去。辛子老姑像没有看见我似的，便和我爹我奶奶说起茹姑和梅，说茹好像是得了什么病，还说："几个月不来了！（指女人的月事）无缘无故地咳嗽，身上一阵冷一阵热的。"她让茹姑找我爹看病，茹推托着不来，在她的言语里还不时提到梅以及乡人对梅和茹的议论。她对着奶奶的耳朵说："这莫非真招上了。咱又制止不住俩闺女的来往，整天一个人似的。这才是天国近了时候到了。我白天黑夜为她们祈祷，盼望耶稣能拯救她们。《马太福音》上说耶稣连得大麻风的女人都能治，莫非上帝还不关照世人。世人有罪咱们要诚心忏悔，她们也会被赦免的。"

辛子老姑不停地说话，奶奶只是叹气，叹着气拍打着炕沿、拍打着炕席，朝我爹说："文成，文成你也不说句话，看把你辛子姑急得。"

我爹好一阵沉吟，说："我预想过这件事，可面对俩闺女，这里不光是谁招谁病的事，单说这病，外国人叫传染，俩闺女的事还有咱解不开的生理知识呢。村人的议论我也听见过。怎么办，怎么办？目前将俩闺女拆开好像谁也做不到。"

奶奶又拍着炕席说:"俩人都嫁人,快找媒人。"

我爹说:"谈何容易。"

辛子老姑又说:"莫非真是天国近了时候到了?"

我趴在桌子上习字,虽然听不懂他们说的内容,只觉得一阵阵恐怖正在笼罩着我,我不想再听下去,收拾起我的笔墨跑出去,当晚不敢再回奶奶炕上睡觉。晚上我战战兢兢在我娘的炕上,挤住我娘。

很晚我又听到我爹在他的床上对我娘说:"不容置疑,茹被梅传染是定而无疑,可还有一件是难以解开的事,就是两个闺女之间……我常说,异性相吸、同性相斥的道理,可有些道理也有被颠覆的时候。这事在国外并不新鲜,许多国家还在争取它的合法性呢。"

我娘问:"早先听说咱们身边也有这种事,都当怪事听,谁信呢?"

我爹不再说话,不停地在床上翻身,用扇子拍打蚊子。

又一个主日,山牧仁推着他那辆老凤头自行车进了院,我正在枣树上用竹竿梾枣,他的人和车都风尘仆仆。但他服饰整齐,一套浅灰色的西服敞开着,胸前飘着领带。山牧仁到骑下村布道一向穿戴整齐。与往常不同的是,在他自行车的后架上拴着一只奶羊。山牧仁进了院，把自行车打起车梯，从车把上摘下一个布道用的布兜子。他看见我正在树上打枣，便站在枣树下说，他发现今年枣树上的枣要比去年少，不知为什么。我爹听见山牧仁进了院，连忙从大西屋里出来说："枣树本来就有大年小年，今年正逢小年，又赶上这世道，枣树也摆了邪。"

山牧仁说："怨不得。"

我爹说："没想到山牧师连'怨不得'都会说。'怨不得'可是这一带地地道道的方言。"

山牧仁说："'怨不得'发音并不难，还有许多兆州方言我就是发不出音来。掌握一门语言并不容易！"

我爹注意到了山牧仁身后的奶羊，说："牧师今天真是个牧羊人了。"

山牧仁说："我今天出城牧羊，不为别的，只为了给这只羊找个新主人。我知道向家人喜爱奶羊，今后的牧羊人大约就是这位三公子了——噢，就是这位摩西。"山牧仁边说边把羊从后架上解下来，交给我说："摩西先生，这只羊一定喜欢你。"

我把两只手在裤腿上擦擦，郑重其事地把奶羊接过来。

我爹欣喜地说："没想到牧师想得这么周到。"

山牧仁说："并非想得周到，也是形势所迫。走，我快去教学生背片儿吧。"

我把奶羊拴好，也去大西屋背片儿。

山牧仁发现来上课背片儿的学生比从前少了许多。下课后就对我爹说："我知道并不是孩子们对信仰失去了热情，一切都是因为形势所迫。爱国志士们的抗日热情越是高涨，日本对中国的政策就越残酷。我主持的教堂也一样，从前信徒们举一本《圣经》就可以进城做礼拜，现在不再适用，连我出城他们也要盘查。"

我爹又借此和山牧仁分析了当前抗日形势。他说："我分析今后我们见面的机会也会越来越少。"

山牧仁说："这是我最不想看到的。"

山牧仁发现今天来主日校背片儿的人还缺了茹和梅，下课后他问我爹为什么今天不见茹和梅。我爹迟疑一阵对他说："茹和梅的身体状态大约你也有所发现，这种病中国人叫女儿痨，实际就是肺结核，梅家有这病源，几代人曾死于此症，目前中国尚无药物治疗。听说德国有种叫作雷米封的新药已用于临床，可远水又不解近渴。据我分析，茹和梅的病已到了三期。"

山牧仁说："我也注意到了这两个孩子的身体，今天我送只奶羊，一是为了给向家做纪念，还可以为茹和梅增加些营养。"关于雷米封他说他可以托在德国传教的朋友打听一下，只是现在战事紧迫，邮路不通，目前只能算是一种愿望吧。山牧仁还表示必要时他会把茹和梅接到教堂。那里除了羊奶还有来亨鸡蛋，和许多新鲜蔬菜。他的厨师益民还可以为她们调剂出合理的膳食。山牧仁最后说："愿上帝保佑她们早日脱离苦难吧。"

山牧仁要回程，推车要走，看到我刚才上树梆下的红枣，转过身对我说："还叫你摩西吧，再送给我些枣吧。"

三十四

我喜欢当个牧羊人。我在我家"居连"牧羊，居连内生长着高高的芋麻，苜蓿草是牲口最好的食物，现在高高的芋麻秸底下长着星星点点的苜蓿，我把它们拔下来，送到奶羊的嘴边，果然它像遇到什么美味，吃得格外香甜。有了香甜食物的喂养，只几天它那两只粗壮饱满的大奶便充满起来，可谁会下手挤出呢？

我娘早有准备，把挤奶的活儿交给了我二嫂，她说你二嫂村里有天主教堂，教堂里也有牧师也有奶羊，她准见过牧师们挤奶。

二嫂说她在娘家真见过天主教牧师挤奶。

我家有了羊奶，家人争先恐后地品尝，可我倒想起山牧仁送羊时说过的一句话，羊奶也是茹和梅的需要。原来我娘也早已想到了为茹和梅送奶之事，她为此早已把奶煮熟，又手忙脚乱地找器具，最后从世安堂捧出一个瓷罐，把它洗净，再用开水烫过，把一罐鲜奶交给我说："三，该你去了。趁热快去送给你茹姑。茹姑准在梅家。"

给茹姑送奶我是最好的人选，正值夏天，光着膀子的我，连忙找出做礼拜时穿的短袖尖领上衣，前面开口的西式短裤，还不忘穿一双织花长筒袜（袜子还是山师娘送我的），虽然这种打扮大可不必。

我打扮好自己，捧起一个白地蓝花的细瓷罐，带着罐子的温暖和我全身的温暖（应该叫热情），小心翼翼地走出家门，向鹿大娘家也就是梅的家走去。走过向家巷，我不在意巷中人的眼光（我想总会有些眼光投向我的），只注意到这天的好阳光和一街的好树荫。连街上的猪狗鸡鸭都和善可爱地看着我，我从容"潇洒"地走进鹿大娘的院子，这是一个不大的青砖四合院。大娘和她的瘫痪婆婆住正房，东房无人，梅住西房，西房就是她娘生育她的地方。后来她爹文治去世，她娘带她离家，房中常年无人，一盘大炕倒也干净利索，现在炕上只有一面阔大的竹制凉席，茹和梅就常常"就伴"在此。

我走进院子，再挑开西房的竹帘，一步迈进房内，在一间四壁空旷的屋内，我的视线很快就转向了炕。

我不知我看到了什么，炕上有两个人，像人又不像人。像两团白云，相互地缠绕、挤压、滚动。再细看原来那不是白云，是人。是两个无衣物遮拦的人在炕上的滚动。是茹和梅。我一阵昏厥，手里的羊奶罐跌落在地下，我不知我身在何处，不知我是站立着是蹲坐着还是跌倒在地……

当然，我的"失闪"还是惊动了炕上的茹姑。当我再睁眼看她时，她只胡乱用件衣服缠在腰间。她扶住我，抻出衣服的一角胡乱掸着我身上的羊奶，说了不少我听不懂的话，我只记住了两句："三……可不许你递说别人……记住了。"我不知是怎样离开她们的，更不记得我是怎样回到家中的。

那天的一切是惊心动魄的，足够我一生中的"惊心动魄"了。那是什么，是两个人的纠缠、是缠绕、是倾轧、是折磨、是分享……多年后我学习艺术，在国外一些大师级的艺术作品里，不断看到这种描写，比如毕加索和罗丹的一些作品。原来这种纠缠、缠绕、倾轧、折磨、分享也是人类之常情。

回到家来，我病了。昏倒在我娘的炕上，什么也不说，什么也不吃。躺着、昏迷着。虽然旁边摆着我娘为我卧的荷包蛋，奶奶为我冲的西湖白莲藕粉。我只是昏迷着。要么梦见我坐着大车向前走，长工大祥说："又要埋你

229

了，给你找个好地方。上南岗吧，找个高处。"我坐在大车上，看着天，天上有两朵白云，拥挤着，跟着大车一起走，那不是茹姑和梅吗？……家人都不知道我害了什么病，我爹早已猜出了大概，他知道那天我去送羊奶，他对家人说："这孩子一定是看见了他不该看见的事受了惊吓。"

三十五

我躺在我的大车上看天，不说话，不思饮食，只是仰着脸看天，决心忘掉我的遭遇。我愿意天下只剩下我和我的大车。偏偏天上不断有白云飘过来，一团、两团，那是什么，又是两个人的追逐，亲近……

我跳下大车，向内院跑去，决心不再看天，我惧怕白云。我坐在红石板上看枣树，原来枣树开花了，是春天了。花香把一个院子笼罩起来时，我娘开始上机织布，枣树连着她放织机的西房。我看见我娘顶着一头枣花上机，房中便传来织机声，两只燕子随着机杼声顶着飞扬的枣花飞进院落，飞进西屋，找准它们的老巢，开始打理自己的家什。

燕子来了！

燕子来了！

来了，来了！

家人传递起这个早已等待的信息，脸上带着无比的欣喜。燕子也会鼓动着自己，在空中在梁上鸣叫。这是一个院子的欢乐，是一年的开始，你会觉出眼前的日子，还是从前的日子。我并没有遭遇过不该有的遭遇。

我不记得燕子是哪年入住我家的，我只记得它们的模样，它们一公一母，公燕毛色发灰，脖子底下是一片橘红。母燕黢黑，脖下红红地发紫。飞行时，它们叉开剪刀似的尾巴，或一上一下，或一前一后，相互关照。我认识它们，我家的燕子飞到哪里我也认识，它们顶着枣花，从院里飞出又飞回，是为的寻找新泥修补上年的窝，窝被修好，它们就会在窝内亲密嬉戏并繁殖它们的后代。

修窝要用嘴衔回新泥。

大祥要赶大车去桑园浇地，对我说："三，走，跟我去桑园浇地。"大祥一定发现了我什么，于是我又回到我的大车上和大祥一起去桑园，在田地里，在淋沟旁，看燕子落在湿润的淋沟边衔取新泥。这是我家的燕子，是它俩。我家的燕子看到我，便骄傲地仰头鸣叫，似在告诉我，我知道你认识我们，这泥是咱家的。

每当母亲的一匹布下机时，母燕也在窝内哺育下一代了。只见它们的后代从窝内伸出羽毛不全的头，大张着嫩黄的嘴，迎接衔食的父母到来。这时一个两口之家已经变成了四口。

春天过去，已是秋天。乳燕的羽毛丰满了，它们要离去了，它们要去南方寻找温暖。

春天，燕子的到来使沉睡了一个冬天的家庭活泼起来。秋天时，燕子要离去，又会给人带来一丝丝惆怅。年复一年，日子就在欢欣和惆怅中循环。

又是一年春草绿，枣树又扬花了，我自信也忘记了该忘掉的一切，也许那天我在梅家看到的一切，是我的幻觉吧，那两团"白云"就是"白云"吧。我决心按照我爹的安排，做自己该做的事了。但环境残酷了，日本人的"扫荡"开始了。母亲不再上机织布，燕子也没有回来，家中少了织机声，少了燕子的归来，家中就像失落了什么。

三十六

那天我和我爹把山牧仁送到村外，在柳树坑前分别，甘子明从村中风尘仆仆赶了过来，他在柳树坑前截住我爹，两个人在坑旁找个树荫处蹲坐下，我故意爬上一棵柳树为他们放哨，我知道他们有重要话要说。

我爹说："几天不见你，知道你去了'东边'。"

目前"东边"两个字在我们这一带有特别含义，包括了东边几个邻县，那里抗日政权已建立，群众的抗日热情高涨，如火如荼。"东边"如同西边的延安吧。

甘子明说："你猜对了，是去了'东边'，了解了不少对咱们意义深远的事，有件事正要通知你。"

甘子明和我爹说话有时候说"告诉"，有时说"递说"，有时就说"通知"。告诉、递说大多是闲话，通知就不再是讨论"鸡兔同笼""华岳西来云似盖"似的闲话了。通知里暗藏着秘密。

我爹说这几天一直等他回来，他不回来我爹就成了闲人，就剩下看山牧仁教孩子们背片儿了。

甘子明对我爹说："东边开了一个会，成立了冀中分区，从现在起，咱这里属冀中，咱们总算有了归属，有了归属你我的心里就踏实多了。要抗日没有归属就会陷于盲目，现在军头不少，都打着抗日的旗号，鱼龙混杂。还有重要的消息告诉你，吕司令吕正操已从延安回来，他的人民自卫军已正式成为党领导下的正规部队。成了咱们冀中抗日武装的中坚力量，这次开会我不是正式代表，是列席。过几天要有一位正式代表来会见你，你就回家等着吧。我还得问你一件事，山牧仁的主日学校呢，还能不能办下去？"

我爹说："已正式停办了。你不在时，山牧师来过咱村，就是向学生告别的。"

甘子明说："你那几间大西屋就不再有人来往了吧？"

我爹说："眼下不会有人再来往，看来一定还有什么需要吧。"

甘子明说："来人可能要在你家住下。"

甘子明看见我在树上，就朝着我说："三，转眼你会上树了，不久你这上树的本事一定能用得上，将来你们这些会上树的孩子也会成为抗日的力量，我去东边开会沿途总要遇到孩子们的盘查，人家叫儿童团。等着吧，三，没准儿咱村的团长就等着你呢。"

我从柳树上出溜下来，甘子明又摸着我的头说："儿童团的差事非你莫属。"甘子明和我爹又边走边说些什么。回村时甘子明故意和我爹分开走，他点上一袋烟，叼起烟袋，没事人似的绕到村后。

一天晚上，我们全家又在月光下吃晚饭，伴着丝瓜架上的蝈蝈叫声，一时无人说话。有人敲门，我娘放下饭碗去开门，原来敲门的是我二哥。

二哥进了院，这又是看花的季节，此时他应该在花地里，不知为什么要回家。二哥进门后他身后又闪进一个人来，此人是一位红脸大汉，穿一件紫花大袄，身背一个荆条大筐。看上去和当地百姓没什么区别。

二哥把来人领到我家饭桌前，还没有向我爹介绍来人，来人却放下粪筐，上前拉住了我父亲的手说："是向先生吗？"我爹听出来人操一口东边口音，想起甘子明前些天带来的消息就说："叫同志，叫同志。叫先生就拉开了距离。"来人说："'先生''同志'都适用于你，刚才进村前先走进你家窝棚，认识了你家老二，你家老二把我领回家的。"

来人和我爹说话间，我娘就从厨房为来人盛上热粥，拿上两个二八米窝窝。我娘还让我为来人端出一盆洗脸水，看起来来人是经过长途跋涉的。他浑身覆着浮土，来人发现我给他端来洗脸水，却先问起我的名字。我告诉他我叫三羊，今年十岁。他蹲下来洗了两把脸，抬起头突然对我说："我给你改个名吧。"我爹一听来人要给我改名便说："一进门就给三羊改名，这里定有什么典故。"来人说："我看见你家门上那副对联，刚才我趁着月光看了半天，说来也巧。"我爹一听就反应过来连忙说："莫非这副对联和你的名字有关？"来人说："正是这样。这对联的上联是'处世无奇但率真'，我就叫尹率真。下联是'传家有道惟忠厚'，你家这位三羊就叫忠厚吧。"他说着笑着，抚着我的头。

尹率真的几句话，使全家人都觉得他随便又可亲，尹率真又对我爹说："文成同志，你说这件事巧不巧？在你家的门上生是看见了我的名字。"我爹说："这就是不是一家人不进一家门。"很少说话的二哥在旁边也插话说："尹……率真同志是区长，尹区长。"尹率真说："你家老二说得对，我是来开辟工作的。开辟工作就要先找基本群众，找的就是自家人。我虽然是区长，你的革命事迹也早已名声在外。

从大革命时期我就听说你领导着这一带的革命行动。大革命失败后虽然一时断了线，这和上面的'左'倾领导也有关联，并不意味着咱们的意志消沉。"

我爹说："你一过来这线不就接上了?"

尹率真笑着，饥不择食地咬着二八米窝窝，喝着小米粥。他吃了两个饼子，喝了两碗粥。我爹就把他引进了大西屋。甘子明也进了院，三人一起走进大西屋里。

尹率真在大西屋一住几天，全家人都为他保守着秘密，白天我娘总用几捆秫秸把西屋的门堵住，谎称是怕鸡进去吃里面的什么粮食。其实西屋并没有粮食，晚上我娘把秫秸挪开，便有人来来往往，从屋里出出进进，我二哥带领来人也显出从未有的欢喜。一时也忘记了花地里的窝棚。后来在来人中我知道他们都是在尹区长领导下的区级抗日干部。我二哥也被吸收进来做了一名区助理员，在助理员里有老范、老李，还有一个叫小程的人。他们各有各自的分工。几天后尹区长和我们全家告别，摸着我的头说："忠厚同志，等着吧，以后小程就是你的联系人。你可成了你们村的名人。"

三十七

一天太阳落山时，二丑叔突然来到我家，推着山牧仁那辆老凤头自行车。见我正在院中喂羊，只不在意地笑着摸了摸我的头，我猜他并没有在意我和那羊，他先奔向正房向我奶奶问了好，接着奶奶就让我到世安堂喊我爹，其实我爹在世安堂早已发现二丑叔和他的自行车，他顺势赶到内院进到了奶奶的正房。

我知道二丑叔有急事才回骑下村的。果然他带着一封山牧仁写给我爹的信，我娘为二丑叔倒水，我爹接过二丑叔递给他的一个白色"横开"的信封（这样的信封只有外国人才使用），我爹读完信对二丑叔说信上的意思他早已知道，山牧仁上次来主日学校上课送奶羊时就提到过。看来这已既成事实，这是上策。

信上说的是茹和梅的去处，山牧仁已决定把茹和梅接到教堂调养。山牧仁在信里还写上"事不宜迟"四个字，说二丑叔就是来接她们进城的。我爹问二丑让茹和梅何时进城。二丑叔说今天黄昏就走，咱家要套车送她们进城。黄昏进城这也是山牧仁的主意，为这件事进行得安全，山牧仁还让他去请求大丑的帮助。大丑倒也痛快，因为今晚是陈凤山的三中队在城门站岗。大丑为此已说通了站岗的兄弟。

我爹思考一阵对二丑说："也是上策，事不宜迟。你赶快回家，让辛子姑去告诉她俩。顺便也告诉鹿大娘一声。"

我奶奶在炕上插话说："哎，俩闺女自找的。大晚上出门也好，遮点羞。白天走，人多嘴杂的。"

我爹说："我看山牧仁选择此时此刻也有这个意思。"

二丑叔回家去找辛子姑，我爹就让我娘告诉长工大祥套车。

不多时，辛子老姑在前，茹和梅每人提个小包袱在后。鹿大娘也磕磕绊绊地跟进来。

茹和梅已知道她们的去处，走到车前，梅把包袱扔上车，先爬上去，坐下来，把头埋在自己的怀里。茹好像有话说，张张嘴，眼巴巴地看看大家，也爬上车。待大祥轰赶牲口要上路时，我不自主地跑上前去，早已忘记那天的惊吓，叫了一声茹姑。茹抽咽着对我说："三，离我远点，离我远点……"她抽咽得更加厉害，朝着车前的乡亲说："我喜欢咱村的黄昏，我愿意挤老米。可我罪恶太深，耶和华是不会赦免我的……咱村黄昏里以后不会再有我，时候到了，我要远离黄昏了……"茹姑语无伦次地述说，梅像一只受了惊吓的小动物，缩在车厢里，也发出一阵阵的抽咽声。鹿大娘赶到车前说："梅，你倒是说句话呀，这都是你的亲人。"梅这才抬起头来说："奶奶，我……说不出话，叫我走吧!"鹿大娘喃喃着："走吧，还回来，向家巷才是你的家。"我爹看见茹和梅痛苦得不成样子，说："目前你们养病数第一，山牧师的考虑是周到的，养好病比什么都重要。我也递说你们，向家巷永远是你们的家。"

长工大祥轰动了牲口，车动起来，茹突然转过身又对我说："三，这本《圣经》你留着吧，上面有我的名字，别嫌它脏。"她说着把那本《圣经》为我举出来，我跑过去不自主地爬上大车。大车上的我不知如何伸手，现在大车上的我不嫌弃我的茹姑，大车上的我还想和茹姑亲近，像在屋顶上看星星一样。茹姑却用力推开我朝我喊："离我远点。快躲开我。"

大车摇动着出了门，二丑叔推自行车紧跟上去，一家人把他们送出门口，我却跟着大车跑，跑出村。茹看到在黄昏中跑的我，又朝我喊："三，离我远点，离我远点，快回去……"

月亮升起来，大车在月光照耀下越来越模糊。

我送走了茹姑，也送走了永远不会再现的此刻的黄昏。

三十八

尹率真来了，抗日区政府在我家大西屋里成立，我爹成了抗日政府的督学，大家叫他向督学。

抗日政府的督学，督管抗日战时的教育吧。他模仿着东边先组建抗日小学，抗日小学简称"抗小"。抗小要建在村中的"洋校"中。我爹决定重新把废弃的"洋校"收拾起来。

我爹向督学找村长瞎话发动群众献计献策献物资，现在为形势的需要，村人选举瞎话出任村长。瞎话大伯当了村长，瞎话实话一块儿说。只几天抗小就在洋学校里举行了开学典礼。典礼仪式上尹率真领来了两位老师，一位姓武，一位姓柳。尹区长介绍说他们都来自东边"抗中"，具有高度的抗日热情，两位都是多才多艺的全科老师。武老师擅长音乐戏剧，柳老师擅长美术。其实武老师进门时我们就发现他除身背自己的行李外，手里还提着一把乐器，就是戏台上常见的那种京胡。武老师果然能拉能唱。抗小开了课，几年来的失学儿童少年拥在教室中，学校既有抗日政府发下的课本，也有两位老师自编的教材。课本中有抗日英雄少年王二小的故事，也有白求恩不远万里来中国帮助抗战的事迹。武老师有口才，讲课生动，还痴迷京剧。每当下课后他自己就搬把课凳坐在操场的树荫下自拉自唱，招来学生和村人围观，很快就成了村中的一景。但武老师并不满足于自己的自拉自唱，他还要建立起能上台演出的剧团。他试验学生们的嗓音，教学生唱腔，还教学生一些简单身段。不久为剧团规定出演出剧目，便是《打渔杀家》。他对学生说:《打渔杀家》这出戏是延安传过来的，看似是一出老戏，它是反恶除霸的一出有进步意义的戏。他按学生的长相特点和嗓音，分配角色，亲自操琴让演员调嗓练唱。晚上在那间有着圆拱窗户的教室里点上自制的花籽油灯，油灯从梁上垂下来，高灯下明。他说白天我在课堂是你们的老师，现在我是你们的导演。他分配我演萧恩，有位叫雁的女生演我女儿桂英，向担子演李俊，向罐子演倪荣。有个叫酥瓜的"坏小子"演恶霸丁世燮。大家在武老师的指导下硬胳膊硬腿地走过场，说一口不三不四的韵白。但武老师还是让我们按韵白的规范说话，他把我叫过来说:"向三羊，你唱'昨夜晚喝酒醉和衣而卧'，其中的'和'不能唱'和'，要唱'活'。就是'活衣而卧'。""'架上鸡惊醒了梦里南柯'，不能唱成'柯'，要唱成'廓'，就是'梦里南廓'。"他又把演"卷毛虎"的向罐子叫过来说："你那句'定场诗'，'足踢北海蛟龙'，其中的'北'不能念'北'，要念'波'。就是'足踢波海蛟龙'。"他又对演桂英的雁说："在舞台上你和向三羊不是同学关系，是父女关系。是父女就得像个父女样，不能羞羞答答，躲躲闪闪。你爹唱到'桂英儿，捧茶来，为父解渴'，你就得大大方方地把茶递过去，不能羞羞答答。"他又叫过担子说："你是个唱花脸的，你那个开场动作叫'拉山膀'，你要拉不开胳膊就像个操刀卖肉的。"

武老师说一遍自己上台走一遍。他装男像男，装女像女。我们一面欣赏着武老师的表演，苦笑着自己不三不四的动作。

《打渔杀家》还是演出了。武老师让我们从"东边"他的母校借来服装行头，在学校门前高台上拉起幕布点起汽灯。演出时引起台下一阵阵哄笑。我想那不是夸赞的笑声，是笑我们四不像的表演。

回到家来，我爹若有所思，他看过我们的演出，反而不提演出，只问了我一些不重要的闲话，问我行头从哪借的，你那个髯口太大，脸太小……

一天，我爹又问我："对于文艺方面你武老师往下还有什么打算?"我告诉他说，武老师下次还要排演《黄金台》，让我演伊立。

我爹说，你武老师热情不低，但这里还存有问题。你们是抗小，应该在抗小的名下做点文章。目前咱根据地流传着那么多和抗战有关的文艺作品，你们也得接触接触啊。我说："武老师告诉我们，《打渔杀家》也是延安传过来的。"我爹说："延安传过来的不假。《打渔杀家》也是一出惩恶除霸的戏。可《水浒传》里的人离我们毕竟遥远，你们的学校叫抗小，不是个戏班子，有关抗战的文艺作品多的是，我去东边开会，还见了你姐姐（我姐姐南屏现在在东边上抗小）。她替我抄了不少'歌片儿'。咱村抗小那么多学生，热情都应该调动起来，紧跟抗日形势，不能光是萧恩、桂英、李俊和倪荣的事。我倒想出适合你们的节目了。先排几首合唱吧，大家都能参与，我在东边听过一首叫《群雁飞》的歌。为什么让你们排《群雁飞》? 那是个不大不小的节目，《黄河大合唱》阵势太大，你们排不了，一些小鼻子小眼的抗日小调，规模又太小，《群雁飞》这首歌里边有合唱，有领唱还有朗诵，行当齐全，也大有你武老师发挥的余地。"我爹很快就和武老师商定排演《群雁飞》。

武老师把全体学生集合在油灯下说："向督学建议咱们

排《群雁飞》，这首歌行当齐全，合唱就是全体都有，不分男女，其中的领唱是一位女生，还是让雁领唱吧，她演过桂英，声调合适。至于其中的朗诵对我们来说还是个新鲜，就让向三羊试试吧。不明白的地方就去问向督学，向督学在东边看过演出。熟悉这里的一切。"

回到家我问我爹，朗诵什么样，他说："你要提高嗓门，不紧不慢。不能像平常说话一样，讲究抑扬顿挫，也不能像你演萧恩时拉着长声说话。反正朗诵就是朗诵。不是说平常话，你记住就可以了。"

《群雁飞》在武老师的指挥下又在学校门前的高台上演出了。演出前柳老师还为演出绘制了一块大幕布，上面用美术字写着"骑下村抗小俱乐部"。演出那天武老师先用它的京胡独奏了一段《霸王别姬》里的《夜深沉》。武老师演奏完《夜深沉》扔下他的胡琴，站到合唱队前，把手一举，雁的领唱声从合唱队中飘出来：

　　群雁飞，滹沱河水寒

　　敌人打到娘子关

　　坏官旧军齐逃跑

　　留下人民多苦难

合唱：

　　群雁飞，滹沱河水寒

　　敌人打到娘子关

　　坏官旧军齐逃跑

　　留下人民多苦难

合唱停止，该我朗诵了。我从队伍中一步跨出来想着
我爹说的"抑扬顿挫"，开始朗诵：

　　老乡们，不要伤心

　　只要我们大家团结起来

　　同鬼子拼命才有出路

　　依靠那些贪官污吏是没有用的，听吧——

武老师把手一举。合唱再次升起：

　　黄河呼啸，滹沱河水几涨

　　日本强盗杀到我家乡

众家兄弟一齐武装

拿起炸药背起枪

展开游击战

三五出没在平原

雁再次领唱道：

黄河呼啸，滹沱河水几涨

日本强盗杀到我家乡

合唱再起：

众家兄弟一起武装

拿起炸药背起枪

展开游击战

三五出没在平原

我再向前一步，朗诵着：

看哪，众家兄弟一起武装

他们已经拿起炸药背起枪

展开游击战

三五出没在平原

合唱再起：

自卫队伍旗正飘

群众的军马威武又坚强

看来《群雁飞》的演出比《打渔杀家》要成功，台下的掌声不断。之后武老师和我还有那位叫雁的女同学，便成了村中的名人。

雁姓张，她爹在后街开饭馆，卖些烩饼、炒饼，从前雁只是常悠闲地站在门前，端碗吃着炒饼。她穿着干净，就很引人注意。现在因《群雁飞》的演出，雁更迎来了同学们这样或那样的眼光。她成了村中一个新鲜闺女。

我爹对我的朗诵常有些微词，说："也算是朗诵吧。听听人家《黄河大合唱》里的朗诵你就知道什么叫朗诵了。不过多朗诵对你也大有好处，能克服你的口吃，也总算为抗战出了力。"

多少年过去了。《群雁飞》的演出总在我眼前闪现，我实在想不出我是怎样做那位朗诵者的。每逢想到我从队伍中一步跨出去，双手垂立着，怪声怪调地说："老乡们，不要伤心……"自己就会暗笑起来。可我总还重视着我跨出去的那一步，我跨出去的不是合唱队，不是那个舞台，也不是我们的"抗小"，也许那是跨入人生的第一步。当然，如果人生跨出的还有第二步的话，便是擅长美术的柳老师对我的启蒙。

三十九

柳老师叫柳野青，一个文雅潇洒有别于乡人的名字，一副白净的面孔，性格也有别于武老师，平时他不多言语，当武老师在指挥我们唱《打渔杀家》《群雁飞》时，或许他正在教室一旁的小厨房里操持他和武老师的饭食，但他自有"内秀"，长于美术。

我爹也很看重他的特长，对我说："武老师的热闹也是抗日的需要。可是柳老师的特长也许更适用于你。画画不需要口才。"我爹显然是针对我的口吃而言。当然，就我的本性，我也喜欢柳老师的美术课，柳老师也非常注意我对美术的兴趣。

柳老师上美术课，要先在黑板上画范画，画鸟兽花卉，尤其擅长画菊花。

柳老师有一盒多色蜡笔，以铁皮盒包装，盒上印有日本文字。据他说，那是一盒战利品，是一位八路军战士送他的，是从一个战死的日本士兵身上所得。他把范画悬于讲台上，让学生用铅笔或毛笔以"双勾法"临摹，当他发现哪位同学的临摹可继续造就时，就会把他的蜡笔"献出"，让你着色。能得到柳老师蜡笔者却无几人，而我每次都能得到此待遇。我用蜡笔在勾好的黑白稿中着颜色，柳老师举着我的作业给大家看，说我画得好，好就好在有层次。

后来我画菊花变成了"雕虫小技"，柳老师又带我画领袖头像。那时解放区盛行的是那张毛主席戴八角帽半侧面的头像。柳老师教我画像先从眼睛开始，再向外扩展，最后是帽子和衣服。我常做柳老师的下手，也背会了柳老师作画的套路，竟具备了代老师作画的本领，常答应着各公共场所的"订件"。我爹说："这都是柳老师的内秀影响了你，也对了你的路。唱京剧、闹朗诵不是你的长处。"

当我长大成人后，总觉得到柳老师说的画中的"层次"或许并不只意味着几个花瓣的错落有致。人生就是伴着"层次"成长的。

那天我们在台上唱《群雁飞》，台下还站着尹区长。一天他把我叫过来说："忠厚老弟，你能朗诵就不怵说话，该成立个组织了。东边叫儿童团，你就领个头吧。目前抗战形势越来越残酷，日本的'五一扫荡'开始了，各种惨案一个接一个。抗战进入一个新阶段，咱们各种力量都要参加进来，你就先组织起你身边的几个人，像混江龙李俊、卷毛虎倪荣、你女儿萧桂英，还有那个坏人丁世燮……"
原来尹区长还看过我们的《打渔杀家》。

我开始考虑尹区长的话。

从前我常常"消失"在我家的庭院中、房顶上，及废
弃的菜窖里、放杂物的旧厦子、后居连的苎麻地，后来我
又有了新去处，便是后居连那座又高又大的谷草垛，那里
常年堆放着谷草秸秆。成捆的谷草叫"谷草个子"。那些
码放整齐的"谷草个子"像一座城堡。我钻进去又扩大了
一个无人知道的"密室"。在那里我可以"静心"想自己
的事。后来担子和罐子他们发现了我的秘密去处，也常常
挤进来和我在一起"海阔天空"地说些连自己也虚无缥缈
的话。自从《打渔杀家》和《群雁飞》演出之后，这里更
成了我们扎堆的聚集地。坏小子酥瓜来了，我本打算在我
们扎堆的时候把尹区长的指示告诉大家，可刚入少年的我
们受着性情变化对我们的挑拨，海阔天空吹起牛来就难以
停止。晚上我们踏着月光穿过苎麻地神不知鬼不晓地钻进
垛内，你挤我我挤你地躺下，搬几捆谷草把门堵住，连月
光都照不进来。大概人越是在黑暗中，思想就越千奇百怪，
于是海阔天空吹牛就成了我们的自然，吹什么，先从狗的
热恋、牛的情致、驴马的亲近接触开始，直到对于人……

男人和女人，又以女人为主。

谁都不相信谁，谁都愿听命于自己的那些不相信，谁都把不相信当真实听。

有人说自己看到过女人的这个、那个，这样、那样。在哪儿，在磨道里。谁都知道，磨道是个最出故事的地方。谁说，有一次有个女人"叫过他"，他就要和她这样那样了，偏偏没有这样那样。在哪儿，在大庄稼地里，大庄稼地里也不乏故事。我家南岗二十亩高粱地，不也是大庄稼地吗？我就想到掰高粱叶时，有人说的那些关于男女的不雅小调。

谁说，大庄稼地算什么，还不如"钻窝棚"呢。咱这里就是一个窝棚。

谁说，咱这窝棚里没有米子没有美钻，"窝棚"有个什么钻头。

于是"美"一"出来"就是个更新鲜、无穷无尽的开头。

谁说："美长得美，不看不知道，一看才知道。"

谁说："美叫你看过？"

谁说："美就叫我看过。"

谁说："看过哪儿？"

谁说："傻小子，哪儿？那儿。"

谁说："美为什么单让你看？"

谁说："不为什么，就是愿意让我看。"

谁说："美不光'钻窝棚'挣花，还在家里用花生换花。谁去拿花换花生，美就揭开衣服让谁看。可不让你白看，为什么，为了她多要你的花，少给你花生。"

谁问："哎，咱这窝棚里谁找美换过花生？"

一阵沉默，你推我我推你。显然这话是朝我说的。找美换过花生，不就是指我吗？

也许坏小子酥瓜看见过我找美换花生，故意怪声怪气地说："哎，换过花生的人怎么倒不言语了？快给我们说说啊。美什么样，叫俺们也见识见识。"

我转过身自不说话。

又有人问酥瓜："哎，你说的是谁呀？"

酥瓜说："算了吧。有人不好意思了就饶过他吧。"

每当一个话题继续不下去的时候就会出现新的话题，一阵沉默过后，话题突然拐到雁身上。

谁说："美离咱远，说半天也够不着，说个离咱近的吧，雁跟谁好。唱《群雁飞》那工夫。"

有人自告奋勇说"俺俩好"。

马上有人开始反驳："算了吧，我和雁是同桌，早交换了信物。你吹什么牛。"

谁说："跟女生同桌的人最好吹牛。"

又一阵沉默，又要等待一个新话题，总有新话题开始。

有人说："哎，谁知道新媳妇和新女婿第一天上了炕怎么开头。"

有人问："开哪个头?"

有人说："你说开哪个头? 傻小子，反正不是碾米磨面的事，也不是喝酒吃肉的事。开那件事的头。"

于是便有了争论。有人说，这样开头，有人说那样开头。也有人说，怎么开头并不重要，要紧的是开头以后的事。

关于开头以后的事，分歧会很大，总会出来"权威"的。他就把开头后的"程序""规则"以及"结果"，明白无误地"图解"给大家。于是今天的胜利者终于有了人选。

美、雁，男和女都出场后，原来还有更具"分量"的话题。这是坏小子酥瓜的主意。他说："哎，咱们说了半天都是一男一女的事，一男一女还用问，男的多一块女的少一块 …… 要是两个女的呢，怎么'弄'? 俩女的怎么弄?"

"真有这事?"有人问。

"有，咱村就有。"

"有人见过?"

"有! 快给俺们说说吧!"

又是一阵沉默,这次的沉默时间超过以往,在黑暗中我感到有人正把目光转向我。我身上开始冒汗。显然我在经历着一次"审判"。这审判决定着我的人格的坦诚与否。我决定结束这个话题。让我从被审席上走下来。

我鼓鼓勇气说:"咱还是说些正经事吧。"我的心更虚了,好像我故意要躲开应该我回答的问题。

有人替我说,像故意使我获得"解放":"说正经的。咱不说两个女人了。还说新媳妇和新女婿上了炕,怎么开那个头吧。"

但我还是鼓鼓勇气想说点正经事,想起尹区长的指示我说:"咱还有更正经的大事呢!"这时大家才从"吹牛"的氛围中走出来,知道我说的正事已经超过了男女之事。我向大家介绍了尹区长的指示,我才从一个被审席上走下来。

四十

二丑叔又回了村。骑着山牧仁的老凤头自行车，二丑叔这次回村又带着山牧仁给我爹的一封信。他进门很显慌张，脸上的肌肉一阵阵抽搐着，旁眼看去心里一定有不寻常的事。他把信交给我爹，信的内容如下：

向文成先生大鉴：

今有一事急需告知先生，虽然我正怀着极不寻常的悲切。这悲切也不得不传播给你。你已猜出了大半。是的，是关于上帝的忠实信徒茹和梅。茹和梅在我处休养以来，我按着欧洲人对待此病的调养习惯为她们提供了上好的休息环境和营养。但由于此病的顽固，加之她们在感情上的"维系"不能实行更严格的隔离，使得病情日益恶化。几度走上危险边缘，就在昨天她们不幸离世。我为她们做了最虔诚的祈祷，祈求上帝赦免她们的罪恶，接纳她们进入天国。现请我的厨师益民将此信转你，余事他也会再做详尽交代。

即祝大安。

山牧仁　敬上

1942年5月6日

二丑叔将茹和梅的养病过程以及离世经过复述如下：

山牧仁接纳茹和梅后，为她们安排出适合此病的疗养条件，他了解新鲜空气对于此病的意义，便把花园里的一间不小的花房改造成两间居室。居室内阳光充沛，且有多种绿色植物包围，从春至秋多种鲜花盛开，山牧仁还在花丛中再置下桌椅，供她们享受更充分的阳光。在饮食方面，山牧仁亲自为她们制定食谱，让二丑为她们烹制。膳食中包含了丰富的蛋白、钙质及多种维生素。二丑又根据茹和梅的口味，用中西法变化为她们烹制。充足的奶食、肉类和多样的蔬菜、水果都是平常百姓难得一见的。当膳食烹制完后，山师娘有时还亲自为她们送到房中，并把一些她们不习惯的吃食方法亲自教授她们。不仅如此，当她们心情郁闷时，山师娘还陪伴她们在花园中散步唱诗。而山牧师本人每天都专为她们做早晚祈祷，祈盼她们早日脱离苦海。

功夫不负有心人，茹和梅的病情一度好转，但又出现反复（山牧仁和山师娘都归结于二人生活不规律所致）。近来，她们的饮食锐减，对散步、唱诗也失去了兴趣。每日只坐在门前的两把椅子上，咳嗽吐痰。这又引起了牧师和师娘的忧虑。

山牧仁的一只大黄狗图米倒成了她们的伙伴，它常蹲坐在茹和梅的跟前，不叫不闹，和她们一起郁闷度日。

二丑有时为她们送饭，安慰她们好好调养。

茹在一阵阵咳嗽后说："二哥，主早就为我做好了安排。主要让我一天比一天好起来，我就会一天比一天好起来。主要对我说天国近了，我就会高喊时候到了，感谢主！咱娘从前总说天国近了，时候到了。那时我不懂，现在我才明白其中的意思了。"

二丑说："茹，牧师托德国人找的药说不定哪天就会接到。我不愿总听你说天国近了。"

茹说："二哥，说说算了，兵荒马乱，邮路不通，没个接到。可药和上帝比较，我还是信上帝。你看，天国就在我头上，你看天上白云后面就是天国，白云后面还在放光。那不就是天国？在花园里看天国，就觉得离天国更近。"

二丑看看天，天上果然有朵朵白云飘过，他心中突然升起从未有过的难过。便转过脸去，偷偷抹干自己的眼泪说："茹，咱还要回家呢，回咱村。家里人都在想你们。"

茹说："二哥，你不用糊弄我，没有人在想我，我是个罪孽深重的人，刚才我说上天国，那是妄想。我在教堂里看见过一幅叫《最后的审判》的画，其中有升天的，也有下地狱的。我就在下地狱的当中。惨着呢，头朝下……"

梅不说话，只咳嗽，叩着胸看天。大黄狗图米依在她身边，看着她咳嗽。

茹说："二哥，不会太久了。我心里有数，我们的寿数只有我和梅知道。可我心中还是有基督的。我给你唱一首歌吧。还唱那首老歌《耶稣基督我救主》。"她唱道，声音显出喑哑：

耶稣基督我救主

够我用 够我用

除非靠他无二路

主真够我用

忍耐喜乐兼和平

良善信使主真行

良善信使全在心

主真够我用

......

茹说:"真的,够我用。只要基督在我心中,不论上天国还是下地狱,我都已不在话下。"

二丑不忍心再听茹的歌唱,跑出了花园。可谁知,这就是二丑兄妹的最后一面。当第二天二丑再去给她们送饭时,在烤过的面包上还加了奶油、热羊奶里还放了麦片……可茹和梅俩人就那样并排躺在一起,失去了呼吸,身上已冰凉。此时大黄狗图米也躺卧在门前唏嘘着喘气。一天后,图米也死去。山牧仁说:"那是图米吃了她们吐在地上的痰被感染致死的。"

大黄狗图米是山牧仁从他的国度带来的一只牧羊犬,跟山牧师一家走过中国不少地方,最后来到这里。图米极通人情,茹和梅来后,图米很快和她俩待出了感情。她俩也和图米一起消遣日子。

余下的事是山牧仁还出资为茹和梅买来杨木棺材两具,二丑还叫来当伪军的大丑和丑婶子,为她们入殓盖棺。至于何时将茹和梅运回村中安葬入土,也是二丑回村要和我爹商量的一件事。

原来回村入土这件事并不简单，按村中丧制，一位未婚的年轻女子早逝入土不能名正言顺埋入祖坟。她们应该被暂时掩埋在坟地一个角落，等再有死去的男人要"成家""迎娶"她们时，这种单身女子才能被起走另入她的归属之地。现在茹和梅的丧事均属此项，但她们还被不利于她们的坏名声所牵扯，这便成了难上加难。茹和梅能否回村安葬要由全体向姓人决定。于是，我爹便将向族人召集到我家大西屋进行商量表决。当然大多人都反对她们在向家坟地入土，主张把她们的棺木扔在村东的乱坟岗上。一场争论难倒了辛子老姑和鹿大娘，她们跪在众乡亲前开始求情。最后还是我爹做出决定说："各位长辈、各位兄弟姐妹，咱向家处事一向都是以仁义为重，不能单按祖制处事。我们要是把两个闺女扔到乱坟岗上，才会引人笑骂的。我主张还是按常规在咱向家坟地开辟一角，容纳俩闺女的棺材入土。我写两块砖，写上俩闺女姓名生卒年月，放入棺木上掩埋。等待有一天有人来'迎娶'她们，也不会出现差误。如果再为此事争论下去闹得风风火火，被人耻笑的是我们向家。"

我爹的一席话，才使大家安静下来。辛子老姑和鹿大娘才从地上站起。

第二天还是由长工大祥套车，将两具白茬杨木棺材从县城拉回村来，我爹让我找来两块新砖，他用毛笔写上"林茹之墓"，茹姑姓林。另一块写着"向梅之墓"。以砖代石。

茹和梅入土时，只有我不忘带上茹姑送我的那本《圣经》，那天我看两具棺材入土，没有人为她们入土做祈祷，默念《马太福音》上的两段文字。只有我掉着泪默念着：

　　　　主要为你吩咐他的使者。用手托着你，免得你的脚碰在石头上。

　　　　温柔的人有福了，因为他们必承受地土。

四十一

我们办完了茹和梅的丧事，不久却迎来宝韵姑的喜事。一天，宝韵的爹惊慌失措地跑进我家，对我爹说："文成，可不得了啦。"

我爹说："怎么了，你这是？"

宝韵的爹说："宝韵领来了一个人，穿着洋服，进门也不说句客气话，还用咱们的洗脸盆洗脚。"

我爹说："你说什么？拿洗脸盆洗脚？"

宝韵爹说："宝韵拿给他的。进门宝韵用洗脸盆给他倒水洗脸，这人洗完脸就着脸盆又洗脚，咱也不能上前制止。"

我爹说："我倒要去看看这位拿洗脸盆洗脚的人。"

我爹跟宝韵爹往他家走。我跟在后面。我们走进屋。果然看见有个男人坐在迎门桌前挽着裤腿在洗脸盆里洗脚。他上身穿西服，胸前还飘着领带，留着分头，脸很白，眉毛很黑。宝韵看我们走进来就说："文成哥，我来介绍一下吧，这是韩先生，先前家里为我说的婆家，原来是他。他叫韩世昌，是教友，现在又都是山牧师的教徒，世昌现在在县里棉产改进会任职。"

我倒见过这位韩先生，在教会做礼拜时，总有这位穿西服显得与众不同的人。募捐时，也总比别人捐得多。现在我爹和他说话，他就把脚踩在脸盆边上。信徒们都知道他是本县一位姓韩的公子，他爹目前在一个"大乡"里任乡长。向家人早先就知道宝韵的婆家姓韩。

我们都知道"大乡"是怎么回事，那是日本人占领县城后，对一个县的地域划分。一个"大乡"管许多村子。大乡长由日本人选定。

我爹对正在洗脚的韩先生说："我怎么称呼你，也叫韩先生?"

宝韵姑就抢先说："可不行，你就叫他世昌。"

韩先生也说："叫世昌，叫世昌。湖畔怎么叫我，你们就怎么叫我。"

宝韵姑插话说："对，文成哥，我认识世昌后，已经改名叫湖畔了，还是你给我起的名，文明。"

我爹说："也好。"

后来宝韵递给韩先生一块擦脚布，韩先生跷起腿擦脚，我爹就和他说起了保定。原来韩先生在保定师范念过书，我爹对保定更不陌生。后来我爹又问到韩先生任职的那个棉产改进会。韩先生说，棉产改进会，与时局无关，虽然是日本人办的，但只对老百姓有好处，它倡导棉农改良棉花品种，还给棉农贷款、贷"洋泵"、贷肥田粉。我爹问，它对日本人方面呢？韩先生说，想必也有利益。我爹说，这就对了。

我爹和韩先生说话，宝韵就去给韩先生倒洗脚水。我看见盆里的水很浑，浸沉着黄土道沟里的浮土。这是一个藕荷色的脸盆，雪白的里子，底上画着黛玉葬花。现在黛玉已被淹没在盆底。

我们两家都有这样的洗脸盆，那是我爷爷从保定买的。

宝韵把盆倒干净，她爹连忙把盆接过去，拿进里间，他在意这个搪瓷脸盆。

韩先生说话，带着京腔，还夹杂着洋文。我大都听不懂，我看宝韵姑也常显出几分不自然。大家一阵阵"冷场"。

韩先生洗完脚，喝完水，走了。我爹把宝韵叫到我家，宝韵说："叫我湖畔吧。"又对我说："三，以后叫我湖畔姑，记住。"我爹说："好，从此就叫你湖畔。"还说，"自由恋爱我不反对，大城市早就时兴着。可韩先生一家都跟日本人做事，这就有些门不当户不对。"

湖畔对我爹说，韩先生那个改进会，是提倡让老百姓用新办法种棉花，他做的也不是和亡国有关的事。

我爹说，听起来是为了中国老百姓种棉花，实际是为了日本人的利益。日本那么小的一个国家，什么都缺，棉花也是一大项。他说让中国棉农"改进来、改进去"，实际上是为他们侵略中国多积攒物资，再说他爹那个差事，更非同小可，那是个地地道道的……

我知道我爹是想说"汉奸"的。但他面对湖畔姑没有说出口。

湖畔沉默一会儿，就说："我祷告吧，听主的吧。我已是受洗的人。我的身心都是主的。《使徒行传》上写着：到了天亮，但见一个海湾，有岸可望，就商议把船拢进去不能。于是砍断绳索，抛锚在海里，同时也松开绳索，拉起头篷，顺风向岸驶去。文成哥，就让我向岸驶去吧。"湖畔姑两眼泪汪汪地看着我爹，像求情。我爹沉默了。

后来湖畔走了，我爹一个人坐在椅子上，只是叹气。

半年后，湖畔姑还是"砍断绳索，顺风向岸驶去"。他们在山牧仁的主持下，文明结婚。我做伴郎，穿着教会为我做的礼服，参加了他们的婚礼。我头上使着油，拽着湖畔姑的婚纱，倒也神气。湖畔姑和韩先生在山师娘的风琴伴奏下手拉手，走到讲台前，山牧仁为他们交换了戒指。

参加婚礼回来，我把文明结婚的新鲜，点点滴滴地告诉了家人。我爹说："这形式和湖畔的名字倒也相符合。你说真要是用花轿把湖畔抬到别人家里，似乎倒不合情理了。"

湖畔和韩先生文明结婚，一时间成了全县的重要新闻。从此宝韵姑用"湖畔"的名字离开了我们村，成了棉产改进会韩先生的太太。她和韩先生手拉手去教堂做礼拜，身上裹着旗袍，头上使着油。他们手拉手从人前走过，教徒都悄悄说着韩太太。作为韩太太的湖畔脸上总是挂着笑容，和教徒们打招呼，一副满足相。那时我不会说幸福，只觉得他们过得"不赖"。

我还在唱诗。湖畔看到我，把我叫到她身边，让我挨着她坐。她一边是韩先生，一边是我。我很拘束，一身不自在。

四十二

抗战形势日益紧张，日寇正在疯狂地推行"三光政策"，他们制造的惨案不断传来，村人听起来心惊胆战。内奸、暗探，趁机作乱的坏人游走在村镇之间。他们或为日寇探听抵抗运动的信息，或趁机做着不正当的生意，比如把毒品传播于村镇，用于削弱群众的抗日志气。

按照尹区长的指示，我们的抵抗组织儿童团终于成立了。武老师安排我做了骑下村儿童团团长。站岗放哨是儿童团的重点任务。村西口直通县城，来往行人混杂。我们把岗哨设在村西柳树坑。柳树坑是个干坑，坑里还有几棵半老不老的柳树，只有坑边几小片芦苇倒茂盛。

柳树坑的老柳树上又贴出了"天皇皇、地皇皇"的告示："天皇皇，地皇皇，我家有个夜哭郎，远来君子念三遍，一觉睡到大天亮。"它告示着村中又一个新生命的诞生，又是一个爱哭的新生命。于是过路行人（识字的和不识字的）便停下来念。谁都愿意因了自己的念，让那个小生命一觉睡到大天亮，也愿自己是位君子。识字的人念，还会发现帖子上的书写错误。"天皇皇"本是"皇帝"的"皇",这帖子却写成"红黄"的"黄";"夜哭郎"写成"夜哭狼"。不识字的人也能"念",因为他们已背熟了上面的字。他们的上辈乃至上辈的上辈已经念了无数个年头。

我们也常围住这柳树看,猜着这是谁家又贴出了告示。但上面的字以及君子不君子,对我们已不重要。从前为了我的哭,我爹在柳树上也贴过告示,他说贴告示是个形式是个希望,过路君子念一念,孩子能不能一觉睡到大天亮,是另一回事。

现在我们在"天皇皇"告示下站岗。今天我和酥瓜、担子是一班。酥瓜在树上,我和担子在树下。有个女人正向村中走来,走近一看原来是丑婶子。她穿着很新鲜,头上还使着油。头上使油是有别于村人的标志,可丑婶子还是关心村里,村里有位卖花椒、大料的小贩,常在城里看见丑婶子,她常常问他日本人进村村里损失大不大。还问过我家受过损失没有。我奶奶对丑婶子头上使油另有看法,她说:"一个太太哩,还能和平常百姓掰高粱叶、摘棉花打扮一样?"但村人对于丑婶子的打扮还是褒贬皆有。现在她突然站在了我面前,叫着我的小名说:"三,我知道你们这是在站岗,不盘问你婶子吧?"一时间我真不知道如何回答,看看站在我身旁的酥瓜和担子。担子悄悄推了我一下，我猜他这是让我放丑婶子进村，而我还在犹豫。酥瓜也把我拉到一边悄悄对我说："她不是你婶子吗?"我想到她过去的好处，我决定放丑婶子进村。我走到她面前说："都说叫你过去哩。"丑婶子脸上显出些欣喜地问我："我哥哥在家呗?"她说的哥哥就是我爹。我对她说，我爹在家。她向村里观察一阵，似有警觉地走得小心翼翼。我想起有人说丑婶子头上使油的事，果真有一股油脂味从她身上飘过来。我还看见她脸很苍白，眼圈也黑，神情恍惚不定。

我放丑婶子进了村，还必须对她做些跟踪调查 —— 对这个从另一个阵营来的人，这是我的责任，我紧跟了上去。

丑婶子进村后，左顾右盼地走着。她不进她家却进了我家。在我家前院，径直走进世安堂。

我对我爹说："丑婶子来了。"我爹看看已站在对面的丑婶子说："这可是个稀罕，你这是无事不回村。"丑婶子看看站在旁边的我，似乎有话不方便说。我爹看看我说："三，快去站你的岗吧。"心想，我爹把我"支"开，丑婶子一定有话不能当着我说。我走出世安堂，只隐隐约约听见丑婶子才开始向我爹诉说着什么，我猜她不是什么奸细。

我放心地赶快跑回柳树坑，看见酥瓜和担子正在说

"嘎"话，继续着晚上各草垛的话题。酥瓜横跨在树上朝树下问："哎，伙计，"他常管我们叫伙计，"我还得问你们，新女婿和新媳妇上了炕吹了灯第一句话说什么?"我们谁也不理他。他又朝树下的担子喊："哎，伙计，说呀。"我们不理他，酥瓜又在上面喊："莫非还得我递说你们。就这么点事。"这时我却发现了新情况。我朝着酥瓜说："别闹了，有情况，注意!"这时有个女人正朝着村口走过来。她不像本地人，穿着打扮和本地人也不一样。她在路边上看看走走，走走看看。

酥瓜早已从树上蹿下来，站在了柳树下。遇有情况他比谁都机灵，这也就是我们愿意和他一块儿站岗的原因。

担子也从坑里出来，那女人已经站在我们面前。

"哎，哪村的?"酥瓜截住那女人便问。

"太平庄的。"那女人说。

"到哪儿去?"酥瓜又问。

"到 …… 堤下。"女人打了一个奔儿说。

"到堤下干什么?"酥瓜问。

"去 …… 看俺姥姥。"女人说。

其实我们早已听出了问题，堤下村在城西，我们村在城东。再说，我们这里管娘的娘叫姥娘，不叫姥姥。

那女人好像知道自己说错了话，显得有些局促不安，两只手抻抻衣服，捋捋头发，原来她头发上也是使过油的。再说她的衣服也不一样，当地妇女的衣服都模仿八路军，很长。常言说"二尺半的小袄子"。这女人的上衣很短，齐着腰。我拍拍担子的背，他心领神会地就去村里报告民兵了。

儿童团站岗就要学会对于行人的认识和判断。前几天有一个卖花椒、大料的小贩，在花椒底下就藏着烟土。有一天还查住一个要饭的女人，蒸饼子里包着一个鞋油盒，盒里就有"白面儿"（海洛因）。这些人都是从石家庄过来的毒品贩子。还有的人什么也不带，那是专来打探八路军情报的。

我们不放那女人过去，女人就向酥瓜赔起笑脸，还扭扭捏捏不住往酥瓜身上靠（因为酥瓜长得比我们高大）。酥瓜看看那女人又看看我，看看我又看看那女人，意思是对我说：看见了吧，这女人还能好得了？

民兵来了。几个人都拿着枪，有快枪也有土枪。民兵们又朝那女人问了一些话，那女人越说越不对，民兵就要搜她。民兵搜人不管不顾，搜到哪儿是哪儿。我们也要被撵到一边儿，我和担子就跑上就近一个土岗。酥瓜不走，民兵也不撵他。

我和担子站在土岗上看柳树坑，民兵把那女人围在芦苇中。酥瓜在人后挤来挤去，探头探脑朝里直看。看了一会儿就朝我们跑过来。

他呼哧带喘地跑过来，兴奋异常地说："哎，伙计，搜出物件来了。知道藏在哪儿吗？就藏在那儿。"他朝自己的腿裆指了指，还怕我们听不懂，就说了一个"脏"字。酥瓜得意地、嘎笑着说，民兵从"那儿"拽出一截一拃长的自行车内胎，胎里装着"白面儿"，是他给民兵们指出来的！酥瓜强调着这一点。

酥瓜立了大功似的，跑过去又跑回来，一趟一趟，兴奋着自己。我浑身冒着汗，自己倒有几分羞惭难忍似的，就像我们做了什么坏事。

一场搜查过去，那女人还是成了这场战斗的"战利品"。之后的事是民兵们将那女人光着下身绑在老柳树上示众，她头上顶着"天皇皇、地皇皇"。远来的"君子"驻足下来，不再念那告示，只盯着眼前。当不当君子已不再重要。也有的君子就君子般地掩面而去。酥瓜在那女人面前比比画画说着什么。

我在远处看那柳树、那告示、那女人，都很模糊，只觉出那告示、那女人都很白很亮，影影绰绰，兴许是后面的柳树太黑了。太阳也毒。

天黑下来，那女人还和"天皇皇"在一起。没有人去解救她。第二天柳树上才没了那女人，对此酥瓜又有了调查。他说，黑夜有个"假"民兵解下了她，当然要讲些条件的。假民兵把那女人解下领进庄稼地，女人就在庄稼地里和假民兵"办了事"。走时因为没有裤子，假民兵就把自己的裤子递给了她。她自己说："一个男人好说。"

酥瓜是怎么察觉那女人下身有藏着东西，又把那地方指给民兵的，他没说过。他又是怎么了解到假民兵和那女人的一切的，也没说过。酥瓜是有"侦察"能力的。

事后我们追着酥瓜问，问他是怎么发现那东西的。酥瓜嘎笑着朝我们说："告诉你们？还要我酥瓜站岗干什么？"

晚上我回到家中，知道丑婶子和我爹见面后，又去见了我奶奶和我娘。但她没有提到她找我爹看的什么病。现在我奶奶问我爹，他婶子得了什么病这么躲躲闪闪的，来无影去无踪的。

我爹说："花柳（对性病的俗称）。"

我奶奶说："快叫丑遭天打五雷轰吧。"她知道丑婶子的病是丑招给她的。

四十三

一天，深更半夜，村长瞎话把一个抗日女干部领到我家，他对我爹说："老向，认识认识吧。这是黑同志。东边过来的。"

我爹在灯下正教我念《实用国文》，他见有人进屋，合上书连忙从椅子上站起来说："黑同志姓黑还是叫黑？"黑站在灯下只笑不说话。村长就替她说："都这么叫她哩。"

我就着灯光看黑，黑，不能说黑，也不能说白，平常人吧。她个子不高，长圆脸，下巴偏尖，没穿八路军军装，也没戴八路军帽子，腰里只系着一条皮带，她摇着一头齐肩的长发，头发还有点自来弯，眼光在灯下一闪一闪对我爹说："就这么叫吧，反正我也不白。"黑看起来很随和，有点招人待见。

村长对我爹说，把黑领进我家，是老范的指示，老范说，要给黑找个堡垒户。老范和我家熟，先前是尹区长领导下的村干部，现在是抗日县政府敌工科的干部。

黑要住在我家。全家人都围了过来，我奶奶、我娘、我嫂子，围住黑看，看稀罕一般，我家还没住过女八路。

黑要住在我家，我娘说："就让三和黑就伴吧，我去收拾耳房。"

我娘说的就伴就是让我和黑就伴睡，我听说让我和黑就伴浑身就不自在起来。我不愿意，一个男人一个女人。虽然我才十岁，但我不能说不，黑是八路，抗日群众要拥军，也是我们"抗小"和儿童团的任务。

村长看我低头不语，摸摸我的头。黑也伸手摸了摸我的头，事情就这样定了。

从前我跟奶奶睡，后来我就自作主张搬到东耳房，大人都会图清静，正向"大人"迈进的我，也要图个清静。东耳房只有一盘小炕，现在我要和黑一起挤。我娘点上灯把耳房又打扫一遍，又抱来枕头、凉席、被单什么的。现在正是夏天。事情既已定下，我就抢先在小炕上躺下来，用被单裹住自己，我怕和黑一起上炕，一起脱衣服。

我听见我娘在院里给黑备下热水，黑在院里洗了脸、洗了脚，就走进耳房。我面朝墙，把自己裹得更紧。黑脱鞋上了炕，窸窸窣窣地脱衣服，她一定发现了穿着衣服紧裹被单的我，说："三，最近没情况，细睡吧，别捂出痱子来。"

没情况就是敌人不出来"扫荡"。敌人出城就叫有情况，躲敌人就叫"跑情况"。"细睡"就是脱光衣服睡觉。平时我们那里不论男女老少，睡觉都要细睡，只在有情况时才穿着衣服粗睡。

我不说话，假装已经睡着。黑坐在我旁边，伸伸胳膊曲曲腿，东砸我一下，西撞我一下。显然她正在脱衣服要细睡。我不说话，只觉得她离我越来越近，便想起我们在谷草垛里那些"吹牛"的事，美、雁又出现在我眼前，酥瓜的声音也传过来："男人和女人上了炕，谁先说话……"我的心怦怦跳着。觉得再小我也是个男人，黑虽然不在意我，她也是个女人。想起这些，我觉得很羞惭，使劲往一边滚，谁知黑又挤过来说："你还是嫌我吧，要不我走吧。"说完咯咯笑着。我知道她是在试探我，我说："不……不是……""知道你该说不是了，嫌我我也不走了，咱俩各人睡各人的，再说你还那么小……"

我觉得我很对不起黑，都怪谷草垛里那些坏小子们挑起的坏心思。

黑转过去，不再理我。我倒转过身来，脸朝着房顶睁开眼，黑倒是真睡着了。但她的被单也都在身上胡乱扑散着，露着半个身子，有月光照耀着她显得比平常要白，她

279

又白又饱满。这使得我又想起谷草垛里那些议论：一个男人和一个女人上了炕什么的。现在一个女人就在我眼前，要看我自可去看，我倒变成了个胜利者。但我不能，我决定紧闭住眼，"远离"身边这个可看的女人，决定不再受脏话的吸引。黑睡得比我香甜，打着小呼噜，不自主地伸出胳膊"砸"我一下，膝盖拱我一下……我紧闭住眼想还自己一个"清白"。

黑在我们村住，不像其他干部一样串联开会，发动群众。她不串门，也不让群众来找她，她在我家专等一个人，这人就是敌工科干部老范。

我娘问我爹黑为什么和别的干部不一样，就专等老范。我爹说："咱们对革命内幕了解甚少，我这个督学光知道抗日教育这点事，黑和老范一定另有任务。"

黑又来了，我娘就说："黑哟。"黑说："是我，大娘。"

黑进了院，站在院里不进屋，只看枣树。我家有几棵枣树很旺，正结着枣。那枣叫"大串杆"，枣长得平展，皮也薄，吃起来细甜。黑爱吃枣。黑问我娘："三呢?"我娘说："没看见在树上?"黑朝着树上说："三呀，给摘几个好的吧!"我就拣好枣往下扔,黑就在树下跑着接、弯腰捡,捡起来在衣服上蹭蹭,咔咔吃起来。现在黑穿着白短袖布衫,阴丹士林(一种时尚品牌蓝布)蓝的裤子,衣服又短又瘦,浑身鼓绷绷的,我就不好意思往下看。我不敢看黑,可黑敢亲近我,我从树上下来,把装在口袋里的枣也掏给黑,黑接过枣,一弯腰把我箍在她怀里,我觉得她怀里很胀、很热,我想跑,正好我娘在廊下叫黑。

"黑,还不快进屋歇会儿,吃枣有的是。"我娘说。

黑放开我,提着她的小包袱就朝我们那个耳房走去。最近黑来我家手里总提着一个小包袱,包袱里是她将要换的衣服。

黑是女八路,可她从不穿八路军的衣服,那包袱里包的也不是军装,那里的衣服很新鲜很洋气。她走进耳房,把小包袱放下又出来对我说:"三,教你跳个舞吧。跳个'藏粮舞',是我在东边学的,不一定正确。你学会了,再教给你们儿童团。"她教我把身子站直,两手叉腰,先"咯噔"左腿,抬起右腿。然后再"咯噔"右腿,抬左腿;向下弯腰,眼睛朝地下看,她说这是找藏粮的地方。然后双手举高"刨地"。然后抬出"粮食"放入挖好的"洞中"。然后,铲土掩埋。这都要用舞蹈来表现。黑哼着舞曲伴唱。

最后，粮食被埋藏，藏粮人围住"藏好的粮食"唱起来：

> 我们都是老百姓
>
> 学会工作在田中
>
> 打得好多粮食呀
>
> 我的心中多太平
>
> 可恨那日本鬼
>
> 驱使伪军到处抢掠
>
> 我闻之最心惊
>
> 坚壁了多太平

我跟着黑，学跳又学唱，我觉得自己跳得很不地道。没有从前唱《群雁飞》《打渔杀家》时的精神。我爹在旁边也看出我的不地道，就说："我看这个藏粮食的人，腿脚准有残疾，不太利索。"我知道我爹这是故意说俏皮话来安慰我。黑说："都是我教得不地道，动作也不标准。三跳得挺认真。"黑是故意在替我说话。

我和黑躺在炕上说话，不再想谷草垛里的事。黑问我："三，那个藏粮舞你的人都会跳了吗?"我说，都会了，还正式演出过一次，黑说："对机会我再教你一个洋式的吧，苏联传过来的，叫'别洛露西亚'舞。这比藏粮舞还好看，有男有女，女的还穿裙子。"还说这个苏联舞还是从延安传过来的。我问黑我们的女生没有裙子怎么办。黑说："让她们各自拿家里的包袱皮代替。"

别洛露西亚，我觉得这舞的名字很奇怪，就问黑："怎么这名字这么怪？"黑说："我也觉得绕得慌，要不说是个洋式的呢，这是个洋名，苏联名。"接着黑问我："他们那边的女人穿裙子。你说裙子好看裤子好看？"我没见过女人穿裙子，回答不出。黑说："要我说裙子好看，看戏台上的女人裙子一飘一飘的，你没见过？"我想起来了，戏台上的女人穿裙子我见过，我问黑真有那样的人吗。黑没有回答我的问话，想起什么事似的，伸手抓出一盒烟，抠出一根点着抽起来。我不喜欢黑抽烟的样子，不再和她说话，转过身。黑说："知道你不喜欢我抽烟，我是现学的，是抗日的需要。"我听不懂她的话。黑说："知道你听不懂，为什么学抽烟，不跟你说了，你太小。"她说话中把烟在炕边捻灭。只对我说："快睡吧，明天我有任务。"

黑又是来等老范的，黑和老范常常是前后脚到我家。果真老范来了，老范也不穿八路军的衣裳，穿一身白纺绸裤褂，手里拿一把折扇，像个卖洋布的买卖人，可他腰里有枪，有一把德国撸子。老范进了门，和家人打了个招呼，就把黑叫进耳房，关上门说话去了，他和黑说话都要关上房门的。这时家里人就躲到后院。

我爹在后院问我娘："老范来了？"

我娘说："来了。"

我爹说："又给黑布置工作来了。"

黑的工作要由老范来布置。

一顿饭的工夫，黑领了任务，来后院向我们告别，老范站在黑的后头，用折扇啪啪地拍着手。老范是个言语不多的人，虽然和我们全家也很熟，可不像其他干部那么随和，使人觉得他说着这件事还想着别的。

黑一接到任务就变成另外一个人了。就在她和老范关着门说话的时候，她换了衣裳（小包袱里的），还化了妆。其实她小包袱里什么都有：小梳子、小镜子、香粉、头油、口红……现在她穿一身日本产的藕荷色毛布大褂，袖口齐着肩，黑礼服呢皮底鞋，肉色洋袜子，头上使着油，别着化学卡子，嘴上还抹了口红。刚才她和老范关在屋里，就像变了一场魔术，老范就像魔术师。

虽然我们都不喜欢黑这身打扮，就像她抽烟一样，可

那是形势的需要，抗日的需要。形势需要她变成什么样，她就得变成什么样，刚才还弯腰捡枣呢，现在就变成一个要进城的洋媳妇。进城干什么，只有黑和老范知道，城里住的是日本人和伪军。

老范和我爹握了手，黑没有和谁握手，只对我说："三，藏粮舞里有两句唱，我唱得不对，过两天我再教你改过来，还有别洛露西亚舞，我还没教你。"

我娘给他们开了我家后院门，后门直通县城大道。

我爬上房顶看黑，黑向县城走，老范朝另一个方向走，黑走着走着，划着火柴点了一根烟，一缕青烟和一块大庄稼地把她遮住。

两天以后，黑从县城回到我家，还是那身打扮，可人却不那么新鲜了。毛布大褂褶褶巴巴捆在身上一样，一只丝袜子掉在脚腕上，头发也不再整齐，化学卡子也不见了，眼圈有点发黑，看上去她很累。

我娘看见黑像和往常一样说："黑哟。"黑说："是我，大娘。"我娘说："我去给你烧水洗脸吧，看这风尘仆仆的。"

黑在耳房把自己洗刷干净，换上平常的衣裳。我们就着月光和黑一起低头吃晚饭，谁也不问黑进城的事，黑什么也不说，饭吃得都不香甜。

这天晚上黑没有细睡，在黑暗里她箍住我的脖子对住我的耳朵问我："三，你爹呢？"我说："走了。"黑说："想办法递说你爹，三天之内别回村，千万千万。也递说你哥哥，叫他也别回村。也递说村长和你们的人都经点心。"

我明白黑对我说的话，说的是最近有"情况"，这情况是黑得来的，是黑用她的打扮换来的。

四十四

　　两天以后，日军和伪军果然包围了我们的村子。在一阵急促的枪声过后，十几个日军拥进了我家的院子。房上也站满了荷枪实弹的日军。一个翻译官命令我的家人在院中站成一排。接着他按名单念出了我父亲的名字。当他们得知我父亲不在家时，一个日军便向我冲过来，揪住了我的衣服领子，企图把我从家人中提出来。这时我奶奶拽住了我的胳膊，我娘扑下身子抱住了我的双腿，但敌人还是把我从她们的拥抱中揪出，然后他们命令我面墙站定，便有铁器顶住了我的脊梁，这是日本"三八"枪的枪口，一时间我变成一个人质。我面朝墙壁等待着，等待着他们对于我这个人质的发落。这时，日军四散开来，开始了对屋内屋外的搜索，经过一番搜索后，他们竟然发现了后院谷草垛和草垛里我们"吹牛"的"密室"。有人高喊着："这里八路的干活。"意思是这是八路的藏身地。很快谷草垛被点着了。烈烟从后院铺向前院，有人揪着我的脖子往后院推，看来这就是我的"最好"去处了。这时，我奶奶再次冲上

288

前拽住我的衣襟，一个日军把她推倒在地。她挣扎着向前爬，但又被他们拽开。我娘更勇敢地冲上去把我拽住，他们用枪托朝她戳打使得她在地上滚爬着。三个日军用枪乩着我，让我向后院草垛跟前走，我面前已是一片火海。火舌已经舔到了我的脸。我开始呼叫，希望能躲过这一灭顶之灾。我扭过身子向后看去，两个日军的目光狰狞，却有一个日军的目光特别，它显出犹豫和怯弱。怯弱里分明还有几分温柔。那目光顽固地飘浮在前面两个日军之后。就在千钧一发之时，事情却出现了转机。街上有哨声和日军的呐喊声传来，显然那里发生了什么，两个日军竟放开我向街上跑去。只有后面那位没离去，他踌躇片刻，一步跨到我身边，拍拍我的肩膀，悄声对我说："开路。"我迟疑地看他，他又向我脊背猛击一掌，再次说开路，并向墙外一指，说完才大踏步去追他的弟兄去了。出门时，又回头朝我看了一眼。还是那种目光，犹豫、怯弱，还有几分少见的"温柔"。我懂日本人说的"开路"，便是让我走开的意思。他是让我尽快离开这里，免得他的兄弟再回来继续对我的发落。于是我撒开了腿，像一只野猫顺着一棵树爬上房顶，跳过院墙，逃向寂寥的田野。

　　我逃脱了眼前的灾难，却失去了我们那座谷草垛里的密室，但一双眼睛总是在我眼前闪烁，晚上他闪现在黑暗中更加清晰。如果没有这双温和、怯弱、犹豫不定的目光，也就不会有我的存在。我仍然会被撂上大车，被人掩埋。那一定是个被烈火烧焦的我吧。一个被烈火烧焦的我会是什么模样？我常想。

战争和那目光本身就是一对矛盾体吧。我想战争中我是不会再遇到那种目光了。谁知几天后，那双眼睛和那目光又呈现在我眼前。那是县城的柏林寺内又要"烓洋兵"了。那是战死的日本兵要火化，我们管这种活动叫"烓洋兵"。前几天，日军和抗日军队在县城东南一个村子打了一场遭遇战，战斗进行得十分惨烈。战死的日军被横七竖八地装上卡车运回县城。要在县城的柏林寺内火化，战死者的尸体被安放在一张张铁床上，用该寺内古柏树枝做燃料。于是在铁床下冒起浓烟，燃起烈火。烟味儿和肢体燃烧后的气味儿，会传到几里之外。人们还是冒着危险去看"烓洋兵"。这次，我和我的两个伙伴，从城墙的一个豁口偷爬进去，扶住柏林寺齐腰高的短墙观看。

我一眼就盯住了一具被摆放在铁床上的尸体，他一只胳膊低垂在地面，头歪在床边，没有闭合的眼睛正好转向我这边在和我做着交流。一瞬间，我好像又看到了那双熟悉的眼睛，那目光里除了怯弱，分明又增添了无尽的痛苦。他似乎在对我说："你看到了吗，现在被烧的是我，而不是你。我是一个侵略者。"我双手扶住柏林寺低矮的墙垣。心揪得很紧，不再忍心观看，一口气跑回家中。我跑着。浓烟在我身后铺散。也许在团团烟雾中，我并没有看到那双熟悉的眼睛，但我又相信那双眼睛分明是朝向我的，怯弱、犹豫、痛苦。

晚上我躺在我和黑的小炕上，做起噩梦。梦见一具烧焦的自己，被扔在大车上，等着长工大祥去埋。果然大祥又在打麻将，却穿着日本军服，笑着朝我说："等我打完了这一圈儿吧。"可是，被烧焦的我却想，反正这次我是不会复活的。我哭叫起来。哭醒了睡在旁边的黑。黑把我推醒说："准是做噩梦了。"她知道这两天发生的事儿，知道我两次遇到那双眼睛的故事，就说："三，一个人一生中不知道会遇到什么，你能死里逃生，也是遇到了那个有善心的日本兵。日本侵略者也不是铁板一块。我们对被俘的日本兵还分别对待呢。冀西就有一个专为投降的日军设立的日军'反战同盟'。投降和被俘虏的日本兵在那里受教育。他们得到优待，表现得很积极。"

在黑暗中，我大睁着眼看着房顶不说话。黑又对着我说了不少安慰的话。我又睡着了，还是被扔上了大车。这次是那个刚生下的死我。大祥又说"等我打完这一圈麻将"。我倒轻松了。我知道，我还能活过来……

　　几只麻雀在窗棂上鸣叫，我醒了。黑也正坐在炕上穿衣服，她一面束着袖子一面说："可吓死我了。这一晚上你不知道做了多少噩梦。"

四十五

两天来，黑没有离开我家，一遍遍教我跳苏联舞"别洛露西亚"。一天，村长瞎话呼哧呼哧跑进我家，他带来一个不好的消息：抗日县政府陈县长被敌人从一个叫东杨村的村子里抓走了，两天后就被敌人乱枪打死在城垣之下。

黑停下舞蹈，坐在台阶上一面擦汗，显出很沉重的心情说："这是谁干的呀？谁出卖了陈县长？没有敌人的内线，陈县长是不会落入他们之手的。"晚上她和我爹还分析着东杨村事件的蛛丝马迹。她说："东杨村有不少敌人的暗线。"晚上一家人连晚饭都没有吃下去，大家守着饭碗在月光下静坐着。黑和我们静坐一阵，安慰着我们说："敌工科会挖出东杨村暗藏的敌人的，为陈县长报仇。"

一天晚上，黑又来了，和过去有些不同，她显得少言寡语，家里人和她说话，她也答非所问似的，直到她又和我挤上小炕时，话才又多起来，她摸黑躺下，喘了口气对我说:"三,咱俩说说话呀。"

我不知黑为什么这样说话,我们俩说过不少话,从来没有这样郑重其事的开头。

黑又说:"三,你几岁了?"

我说:"十岁了。"

黑说:"你说日本人为什么要来中国?不来多好,他来了咱们还得打他们。要是不来,少多少事呀。"

我想了想说:"嗯,可日本人不来,我还不认识你啊。"

黑说:"我真不知道你这么会说话。"

我也不知道我这么会说话。

这时,黑一转身侧过来把我箍住。她的身子紧贴住我的脊梁。我觉得她的身子有点凉,和平时不一样,也许是我的身上有点热。

我和黑挤一盘小炕转眼一年了,我不嫌她,还有点愿意和她挤了。可黑和我整天说话,她从来没有说过"咱俩说说话呀"这么郑重其事的开头。现在黑这么一说,就像要有什么事一样。

黑在我身后摸摸我的脸说:"看你多好,才十岁。你愿意长大吗?"

我说:"愿意。"

黑说："我不愿意。我不愿意你长大。你长大了还能和我一块儿挤哟?"

我觉得还是不长大的好。

黑说："还是不长大的好吧。"

我默认着,换算着长大和不长大哪样好。总是顾此失彼,一时得不出结论。

黑轻轻叹着气,转过身从枕头底下摸出一根烟,点着,抽起来。说："三,我知道你嫌我抽烟,我也嫌。这就是长大的不好。"

我说："你不兴不抽呀?"

黑说;"不抽不行,有人愿意看我抽烟,这都怨日本人来中国的过。"

黑的话我又懂又不懂,想到她涂脂抹粉地化妆进城,又想到她风尘仆仆从城里回来的样子。准是城里有人愿意看她抽烟吧。

她抽着烟问我："三,你说要是不让你当人,你变一只鸡好,还是一只鸟好?"

我说："变鸡,鸡对人好。"

黑说："鸡也被人吃。"

我说："变鸟吧。"

黑说:"鸟被人用枪打。"

我说:"那变什么?"

黑说:"要变就变一阵风,来无影去无踪。刮一阵子走了。想找都找不到。下辈子我就变一阵风。"

黑今天说话很乱,可不像过去的那个黑。她冷不丁又问我:"哎,三,有人给你说媳妇吗?"

我不说话。

"也许有吧。"黑说,"不好意思了吧。有没有的吧,早晚的事。可得让你娘给你好好相相。你想找个什么样的?"

我的心怦怦跳着,心里很慌乱,不知为什么。这时我还想到了彩云姐和茹姑。最后我还是决定要找就找黑这样的,可我说不出。黑说得出。

黑说:"可别找我这样的,你听见没有?找个安生的。这是我嘱咐你的话,早嘱咐为对。谁知道哪天还能见到你。"

黑的话把我吓了一跳,我猛然坐起来,忘记细睡的自己,黑伸手在炕墙上把烟掐灭,也忘记细睡的自己,坐起来,她箍住我说:"三,别嫌我有烟味……你就永远十岁吧。"说完松开我,往炕上一滚,用被单紧裹住自己,好久不再说话。我以为黑就要睡着了。可她又脸朝房顶猛然问我："你说看过戏台上穿裙子的女人，好看吗?"

我说："好看。"

黑说："身上脏着哪，脚臭着哪，要饭吃的一样。可会唱，遇到带冤枉的戏，更是没命地唱。所以呀，带冤枉的戏都有看头。你看《窦娥冤》。"

我看过这出戏，窦娥被斩的时候，六月下起了大雪。

我问黑："你说六月真能下雪吗?"

黑说："那是老天爷睁开了眼，看见了窦娥的冤。窦娥唱着：窦娥的冤枉动天地，三尺雪将我的尸骨埋。"

黑哼唱起来。声音颤抖着。

我问黑："真下了三尺厚?"

黑愣了一会儿说："也许三尺还多哪。"

这一夜我和黑都没有睡。

天亮了，老范来了。

老范来了，这次他没有穿纺绸裤褂，穿一身灰军装。老范身后还跟着两个人，穿着便衣，可手里都端着手枪。老范知道黑正在我家耳房里等着他，这次他不进屋，单把黑叫到当院说："米黑，用不着化妆了，就这样走吧。"现在我才知道黑姓米。老范两眼死盯着黑，两个便衣人就去扭黑的胳膊，黑没有反抗。看来她是有准备的。我想着她晚上对我说过所有的话。

黑出事了。

黑出事了，她犯了罪。几天后的一个晚上，在我们的"抗小"教室里，召开对黑的宣判大会，黑的罪名是：经常出没于县城，给敌人传递我方情报。还说，县长的被捕遇害和她有关。

那天，我们全家都参加了对黑的宣判大会，大会是由政府锄奸科主持召开的，黑被五花大绑着。房顶上有盏汽灯呼呼地照着她，她脸色苍白，低着头不看人也不说话。

我看见老范也在会场，他在一个黑暗的角落背着手来回走。他不是大会的主持人。一位身挎驳壳枪全副武装的人主持宣判会。锄奸科的领导吧。

他加重语气开始列举黑的罪状，黑还是低头不说话，只在主持人宣布县长在东杨村被捕遇害和她有关时，黑才突然抬起头高喊起来，她说："我没有去过东杨村，我从来也没有去过，那两天……"她没有说下去。她应该说那两天她在教我跳别洛露西亚舞，我多么想站出来替她说："那两天她在我家教我跳舞呢。"可我说不出，我感到自己的胆怯、可恶。

黑说完眼光在人群中一阵寻找，像寻找又像求助，我在远处看她觉得她实在可怜，可怜得像一只受了委屈的猫和狗。她在寻找我吧。我找了个黑暗处，把自己藏起来，觉得我更加渺小，更加不光彩。

黑说的是实话，她没有去过那个村子。县长被捕的那些天，她一直住在我家，她教会了我跳"别洛露西亚"，还纠正我藏粮舞里的动作和唱词。她说，藏粮舞里有句唱得不对，不是"学会工作在田中"是"血汗工作在田中"，县长出事是她和我们全家一起听说的，她还对我说："怎么让县长落在他们手里？你知道城里什么样吗？瘆人。真是的！"说时，眼里还转着泪花。

现在黑站在审判台上，她寻找的一定就是我。可我不敢挤过去替她作证，他们给她定了那么大的罪过，她的罪太大了，说要从重发落，就地伏法。

黑在老师的备课室里押了一个晚上，第二天她才被押走。

两个荷枪的便衣人押着黑从我家门口经过，黑停下来想看看我们家人似的，可家里人不敢看黑。只有我偷藏在枣树上等黑的到来，我看见了她，她被倒绑着双手。两个便衣人用枪乩着她。

这天很热，她还是穿着她那件月白褂子，阴丹士林蓝裤子，衣服汗湿着，前心贴后心，汗湿的头发也贴在脸上。黑不住扭着身子向我家看，我猜她什么也没看见，没看见树上的我，走了。看来黑再也看不到我，我再也看不到黑了，"就地伏法"是要被处决的。

黑死了，被处决在村南道边一块棉花地里，村人不忍心去看黑的死。只有正在浇地的村人老再看见了黑被处决的经过。

老再说，黑拧着不愿进棉花地，还是被执行者推进去，接着枪声响了。两个执行者跑出去。老再这才过来观看，他看见黑趴在地垄里，身下压着几棵青花秸。青花秸被血染红。

过了一天一夜，瞎话大伯才领人把黑埋了。埋时，村人自发地为黑送行。我站在远处不敢近前，瞎话大伯也朝我喊："三，别过来，就在那儿站着别动。"

我想，就要下雪了吧，下三尺厚吧，我使劲仰头看天，可这天太阳很毒，有人说黑都被晒出了味儿。

埋了黑，瞎话大伯见我还站着不走，就拍拍我的头说："走吧，三。"我和瞎话大伯并着往家里走，他说："是我把黑领给你的呀！"他叹着气。

就在这天，我搬出了耳房，永远告别了我的小炕。我娘收拾着黑用过的被褥，我爹也站在一旁，谁也不说一句话。

对于黑的死，总要有些后话的，许多天后老范来了，全家人围住老范询问黑的事。

我爹问老范："黑的事定性了没有？"

老范抽着烟沉闷好一阵说："是个冤案，大冤案。是潜伏在咱抗日政府的敌人暗线'咬'的她（我们那里管诬陷叫'咬'）。就是那天主持审判会的那家伙，他是伪军特务头子王五庆的人。王五庆是一个伪军中队长，并为日军情报部服务。黑的情报也是从王五庆那里得来的。敌人的暗线生是打进了咱们政府'锄奸科'，连我也失去了警惕。"

我爹问："下一步怎么处理这家伙？"

老范说："开公审大会，还在你们村，在三他们的'抗小'内，然后就地伏法。"

几天后，还是在我们"抗小"教室里，还是在那盏汽灯下，公审了这个敌人的暗线。并且被处决在那块棉花地里，为黑报了仇、申了冤。

又过了几天，县城里的日本人砍了一个叫王五庆的伪军中队长。罪名是和一个叫黑的女八路"靠"着，泄露了不少皇军行动的情报。

黑死了。人们对于黑的身世来历说法不一，有人说，黑是一个邻县地主的二房（有说是三房），这二房和一个叫九岁红的艺人相好，被休了，黑就投奔了八路。也有人说，黑是保定二师的学生，专门回乡投奔抗战的，还自愿从事她生前做的工作。还有人说，她本是一名唱梆子戏的艺人。八路军专找这种性质的女人从事这种性质的工作。我倒觉得最后一种说法接近。想起黑在我家耳房小炕上，讲戏出中那些冤死女人的故事，她还说过，凡是有关被冤死女人的戏都有看头。

四十六

我爹正伏在案子上，团制什么丸药。我不情愿地跟着做，他说你就是不愿意进世安堂，看来我这一行在咱家要失传了。叫你学抓药，你嫌太单调；叫你学配制膏丹丸散，你嫌太麻烦；叫你学号脉，你又没有耐心。总之，世安堂的事，你就总躲着，进出门你单绕着世安堂走。

我不说话，觉得我爹说的就是我。想找个机会溜出世安堂。

尹率真闪进门来，白天他是很少来我家的。他后面还跟着两个人，一男一女。尹区长把来人做了介绍，男人姓孟，女的姓董。男的三十多岁，女的岁数小，跟我姐姐南屏岁数相仿。他们都是外地人，说话带着外地口音。我爹对老孟说："你老家离保定不远，可不是保定市人，不是易县就是涞水。"姓孟的说："你猜得真准。我真是易县人，易县大龙华。就在西陵边上。"我爹说："大龙华就是杨成武打仗的地方。"姓孟的说："一点儿不错。大龙华也是因杨成武出了名。"我爹又对姓董的说："你离保定比易县远，不是安

303

新就是雄县。"姓董的说:"你又猜对了,我是雄县人,我们村紧挨着白洋淀。"我爹一听白洋淀又接着说:"雁翎队的事迹也是尽人皆知的。"

尹区长说听口音他俩是西边的人,人可是从东边过来的。他说:"他们是分区后方医院的干部。是来咱县组建分院的,老孟是院长,小董是医助,目前情况一天比一天残酷,战役一天比一天多。咱们县又靠近石宁公路。沿公路尽是碉堡。以后战斗更不会少。可目前医院只有院长和小董两个人,医院要发展就要组建。我把他们介绍给你,请你帮他们扩大人员。医生、医助,一切和医务有关的人员,都需要。需要你为他们考虑介绍。"

我爹和孟院长讨论建院计划,很快接纳了几位新人。有男有女。新人里还包括了邻村一位叫孙学志的人。此人几年前在县城开过西医诊所,自称在日本留过学,懂日语。自己还曾对人说他的学校在日本仙台,孙中山就在仙台就读学医①。日本占县城后,不愿为日本人治病,才离开县城回到老家。这样,孙学志就成了后方医院的主治医师。他懂外科,会为病人开膛破肚,锯胳膊锯腿。

_____

① 此处为孙医生自诩之说。留学日本仙台学医的应是鲁迅。

小董是白校（白求恩在冀西开办的学校）的毕业生，担负着为新来的同志讲课的任务，讲解医学知识。我家大西屋又成了课堂。她在我们那块自制黑板上画人的骨头、人的肌肉，叫新人辨认牢记。她说人的骨头有206块，单从手腕到手指就有27块骨头。她画完骨头，又画肌肉，画内脏、肺、胃、肝、大肠、小肠，还有男人女人的生殖系统。她说："医生给人做手术治病，就要先了解正常人的生理。不了解这些，一切无从谈起。尤其我们，注重战地外科，枪子儿不长眼，打到哪儿我们都要去处理。"

小董在黑板前，边说边画，我坐在后面旁听，像正式"入院"一样，也在一个本子上描画。过后，小董看看我的本子说："你比我画得还好呢，准是有人教过你画画吧。"我就把柳老师教我画菊花、画领袖像的经历告诉了她。

小董听完我的自我介绍后说："怨不得，今后你就替我在黑板上画解剖图吧。"

我得意又有了施展"才能"的机会。

后来，我父亲又通过山牧仁在天津的友人买来不少药品及用具。小董又教我西药"配伍"技术。怎样把碘片溶化成碘酒。怎样把红汞溶化成红药水，她说，记着碘片只溶于酒精，红汞只溶于水。这两种液体可不能混淆。她又教我制作软膏，但医院缺乏工具，我就把家中做鱼用的大鱼盘拿来作为瓷板，又把竹竿劈开，做成刮刀。后方医院在我家大西屋开张了，我也像一位正式入伍的同事一样，"煞有介事"地跟着忙起来。但近期无战事，眼前还没有伤员。医院开张先惊动了村人，村人知道医院是专治外科的，一时间拥来不少外科病人，长疮的，长疖子的，发眼的，长痄腮的，还有得了水臌的女人。我家的大西屋一时也热闹起来。大西屋的热闹，又给家人带来一定的不安生，家人恐怕走漏风声，引起敌人的注意。我奶奶和我娘常显出些惊慌，我爹说："要奋斗，就要有牺牲。"他说这是毛泽东在一本书上写过的话。家人从此才安定下来。

家里安生了，医院却盼望更大的热闹。希望有更多的伤员进来，后方医院的任务是要救治伤员的。

终于，一场战斗就像是被后方医院"盼"来的。那战斗十分激烈。骑下村人把这种密集的枪声形容成"炒豆"，他们说：听啊，像炒豆。

孟院长和全医院的人站在院里听"炒豆"。我爹说，战场当在我村以南，也许五里，也许六里。医院立时进入了战斗状态，大家都预感到他们面临任务的严峻。

很快，交通员走动跑进来。走动因了自己走路的敏捷，"参加"行动后，当了区上的交通员。他后边跟着担架队。走动告诉大家，战斗是在一个叫大西章的村子进行的，原来这村子距骑下六里，紧挨着石宁公路。走动还就他的所知把战斗作了描述。这是日本人对分区大队突袭、区大队要突出重围的战斗，冲锋和反冲锋持续了整整半天。四个村口都在进行着肉搏战，敌我双方倒在血泊中的人堵塞了村口，鲜血在车辙里流淌，使车辙里的黄土凝固……

民兵把担架抬进院子，担架横七竖八在院中摆开。我第一次看见了伤员，这才知道枪子不长眼是怎么回事。我眼前是流淌着的血翻飞着的肉和断裂的白骨。一位被炸断了腿的伤员，断腿连着皮肉就斜垂在担架外面；一位让子弹把胳膊打断的战士，那胳膊反常地拧在一边；一位伤员的肠子流淌在肚子外头，那伤员正不由自主地抓起自己的肠子往肚子里摁……我尝到了心惊胆战的滋味，但我又不愿让人看出自己正在受着惊吓。大西屋成了手术室，三个用门板搭成的手术台已经开始紧张地工作。孟院长去为那个伤员收拾肠子；孙医生给那个断腿的伤员实施截肢术；董医助为一个肩胛骨被打得粉碎的伤员清理创伤。我站在手术台前成了"器械员"。他们都伸出手向我要器械。手术后小董还分配我为伤员打绷带。董医助就给我做示范，绷带在她手里上下反复交叉有序，告诉我绷带如何在人体的不同位置固定下来。

我在惊吓中受着锻炼。我在断掉的胳膊、断掉的腿、翻滚着的肠子等中间穿行着，游走着，观察着。在惊吓中有时还和我在黑板上画过的那些图谱做对照，小董曾说："股骨上端连着骨盆，下端连着胫骨，股骨外面还有四头肌包围，人才有力气站立行走……"现在孟院长一面为一位战士清理内脏，一面对我说："这是升结肠，这是降结肠，它们连着空肠和回肠……这是被迫击炮弹炸断的。"

晚上又有担架抬进来，医院又经历了一个不眠之夜。经过治疗的伤员们被分配在几个堡垒户家养伤。一天一夜，我就像度过了许多年。只觉得自己很老很累，这时才体会到人为什么需要"歇会儿"。过去我从不知道什么叫累，村人管累叫"使得慌"。那时我听见大人说使得慌，就想："这是怎么回事，莫非人还有使得慌的时候？"我奶奶对我说"也不嫌使得慌"，我心想怎么专跟我说我不知道的事。现在才觉出，人果真有这时候。又老又累的我只觉一阵阵天旋地转，脚下也不能自主起来，看来真该找个僻静地方歇会儿了。

家中有许多专属于我的地方，先前我经常在家里"失踪"，房顶上，芋麻地里，废弃的闲屋子里。对，还有一个谷草垛和一个废弃的菜窖。现在，谷草垛被日本人烧了，只剩下这个老菜窖了。我乘人不备时钻进了我的老菜窖。老菜窖是个地窖子，像一间屋子，有个土台像盘炕。从前，炕上放萝卜、山药，炕下放白菜。我迫不及待地坐在炕上喘气。这时意外发生了：我看见对面角落里有一双脚，是一双穿着大皮鞋的脚。这是日本兵的大皮鞋，这皮鞋走在大街上，常踢起一溜溜的土花。孩子们不怕日本人的大洋马，怕的就是这种大皮鞋。现在我顺着皮鞋往上看时，看见黑暗处有一双眼睛朝我闪烁，就像夏夜天空里两颗游移不定的星星。这不是星星，是人。我把身子直起来，有些紧张地冲那两颗星星问："你是谁？"

两颗星星突然消失了，他人紧缩在黑暗中。

我又问："你是谁？"我学着八路军的口气向那人喊话。我猜这不是自己人，应该是敌人。

黑暗里还是没有动静，我壮壮胆蹿上去发现那团黑影是一个人，一个日本人，他靠在菜窖一角，哆嗦着，像要向我求饶，他是怎么钻进我家菜窖的呢？我想起八路军惯用的向敌人喊话的语言说："举起手来，缴枪不杀。八路军优待俘虏！"

这人在我的喊话下站了起来，果真是一个日本兵。他没有军帽，只穿着白衬衣和军裤。我喊着："把手举起来，有枪就快放下！·八路军优待俘虏。"谁知对方既不举手，也没有任何动作，只是两眼盯住我。我想，这人是不懂中国话的，我想到了懂日本话的孙学志。我蹿出菜窖叫来了孙学志和孟院长。

孟院长对孙学志说："先问问他是哪个部分的，为什么来到这里。"日本兵说，他叫松山槐多，是兆州仓本部队的一个下士，今天在大西章战斗中小腿负了伤。战斗结束，日本人在打扫战场时把他漏掉了。他求生心切，晚上看见一个无人的担架，就偷偷爬上来，没想到被人抬进了八路军的医院。却又担心被认出，在混乱中他才悄悄钻进了这个菜窖。虽然他想求生，但是对于死他也做好了准备。

孙学志把松山槐多的话翻译给孟院长。孟院长说，战场上这种事并不奇怪，他在冀西时，也遇见过日本兵跑到八路军医院来的事。这种情况一般都有特殊性质，一是日本兵求生心切，就像这个松山槐多说的，看见担架就上。二是这种人对侵略战争存有矛盾心理，所以一旦负伤无援时，不用日本的武士道精神结束自己的生命，而是采用求生方式。孟院长在冀西时收治过这种人，他们受过八路军的优待，过后还自发成立过反战组织，表示要为抗日出力。

松山槐多小腿上的伤势并不严重，子弹没有打着胫骨，只打穿了腓肠肌。孙学志给他清理了伤口，又用日语问了他不少话，像审问。我在旁边做助手，觉得松山槐多回答是认真的。

松山槐多是日本长野县穗高町人，一年前应征入伍的，今年才十八岁。入伍前是东京美术学校的学生，属西洋画科。没有毕业便应征入伍来到中国。东京美术学校的学生有不少人存有反战情绪，但松山槐多说他自己并不是一个激进的反战者，只是战争使得他不能再继续心爱的学业了。到达中国后他只盼战争早一天结束，好让他再有机会回到美术学校。

后来我为松山槐多换药，看见他的挎包里有一顶黑学生帽，帽徽是个"美"字。挎包里还有一个本子，画着不少中国的风光。

松山槐多被安排住在我家一个闲屋子里养伤。一住半个月，享受着和医院工作人员一样的生活待遇。每天为他换药的是我，我用双氧水为他清洗伤口，再把红汞纱条塞入伤口中，再重新包扎起来。但几天后他的伤口不见好转，伤口里还化着脓。当我再为他换药时，他就比画着要自己处理伤口。他先把一条蘸着红汞的纱条塞进伤口，再把纱条从伤口另一面拽出来，两只手再捏住纱条的两端用力拉拽，鲜血立刻从伤口里流出来。他咬紧牙关，脸上却带着笑容对我说："要这样，这样才能把伤清理干净。"他指示我也学着他的方法去做。几天过后，他的伤口还真有了明显的改善：新肉正从伤口的四壁长出来。

在给松山槐多换药的日子里，我还学会了用简单的日语和他交流。我管他叫槐多，他管我叫三。

槐多的本子，是东京美术学校的速写本。本子上还画着许多速写画，有铅笔的也有蜡笔的。有兆州的古城门，下面写着"支那兆州，昭和十八年六月二十日"。又一页，是几棵古柏树，下面的记载是"支那兆州柏林寺古柏，昭和十八年十月五日"。一棵大白菜，旁边写着"兆州的白菜比长野的白菜大"。一个光头的男子像，那是槐多的自画像。

我看槐多的速写本自然又引起了我对美术的兴趣。我对槐多说，其实我也画画，可是画什么不像什么，这是为什么？槐多就势摆了一个军用水壶，让我画，告诉我画圆东西，先要找出它的直线。"圆线没有标准，直线有标准。"边说边为我做示范。纸上便出现了一个完整的水壶轮廓。槐多又在这个轮廓上画出了水壶的明暗，一个水壶便真实地呈现出来。

槐多在我家养伤也培养着我学习绘画的能力。槐多的伤腿逐渐痊愈，脸上的愁容也渐渐消失。闲暇时他常和我一起到屋顶上写生。我问槐多长野县和兆州一样不一样。槐多说："不一样。长野县有山，有水；兆州没有山，只有一条洨河，河里也没有水。"我说："你是说兆州没有长野好，是不是？"槐多觉出言语有失，急忙说："不是不是，不是这个意思。长野好，兆州也好，要不然为什么我在本子上画兆州。"我说："兆州好在哪儿？"槐多说："兆州和长野许多地方都相似。这里的平原就很像长野，看到它就能让我想到我的家乡。长野有条千曲川，兆州有条洨河。洨河里虽然没有水，但它们弯弯曲曲的样子实在一样。我常常看着兆州想家乡。"我说："你们为什么非要来中国不可？"槐多说："……是的，谁让我来中国呢？来到中国我才知道什么叫战争，战争给人带来灾难。"松山槐多沉默了，枕着自己的手掌在屋顶躺了下来。我也躺在松山槐多的旁边。两人静默了一会儿，松山槐多叹了口气说："我给你唱一首歌吧，这是一首回家的歌。"歌词是这样，他用日文唱道：

夕焼け小焼け

夕焼け小焼け　日が暮れて　山のお寺の　鐘
がなる

お手手つないで　皆帰ろう　烏と一緒に　帰
りましょう

子供が帰った　後からは　円い大きな　お
月様

小鳥が夢を　見る頃は　空にはきらきら　金
の星

我问他这首歌叫什么，歌词是什么意思。槐多说，这
首歌叫《小小的晚霞》，这是一首童谣，唱的是乌鸦回家的
事。他凭着自己对日文中汉字的认知和在中国的经历，吃
力地把它翻译成中文：

晚霞啊晚霞，天黑了，

山上寺庙的钟声响了，

手拉着手都回家吧，

就像乌鸦归巢一样。

孩子们回家了，

月亮出来了，

小鸟做梦的时候，

亮晶晶的星星闪耀了。

　　我听槐多的歌，觉得天上仿佛真有亮晶晶的星星在闪耀。又不由自主地想起先前和茹姑躺在这里看星星，现在一起看星星的变成了槐多。

　　从前我不知道什么叫朋友，常听大人说："这是我的朋友。""来了个朋友。""去送朋友。"人真要有朋友吗？我问槐多："日本人管朋友叫什么？"槐多说："叫道莫塔其。"我本来要说："我们做道莫塔其吧。"但我话到嘴边又咽了回去。槐多再好也是个日本兵，从根本上他是个敌人。也许槐多也以为他和我是朋友了。但他没有等来我的反应，我和他一时不知再说些什么了。

　　就在槐多在我家养伤期间，我爹也早就在观察松山槐多了。一次，他无意中也看见了松山槐多的速写本。他翻到兆州城门那一张说："城门的匾上还有四个字哪，你光点着四个黑点。你应该把字添上去。"槐多问我爹那是四个什么字。我爹说："'东门锁钥'。多么雄壮的四个字。它出自唐代大书法家虞世南之手。"我爹本能地流露出一个中国人的自豪。槐多重视起我爹的话，但他并没有把字直接写在"匾"上，只在图画下方又添了一行小字："此城门的匾上有四字为：东门锁钥。字体雄壮、有力。出自唐代著名书法大家之手。"

松山槐多在我家养伤半月，伤好了，他要有个去处，尹区长来征求他的意见，他说，他是不能再回他们的原部队，不然他将受到军法处置。他知道冀西有个日本人的"反战同盟"组织，他愿意参加"反战同盟"。尹区长也早有此主张。他决定把他送到冀西去。

槐多要走了，我娘来为他蒸了一锅黄米糕。

我们全家人和松山槐多一起吃糕。我爹说："我知道，日本人也吃糕。东亚人都吃糕，可每个国家有每个国家的吃法。就此，你们讲的大东亚共荣就行不通。"松山槐多笑起来，笑容里有几分不自在。

我娘说："这两年光'跑情况'年头不好。枣长得也不好。"

槐多明白"跑情况"是什么意思，他羞愧地放下了筷子。

我爹看出槐多的尴尬，圆场似的说："会有好年头的。"他说得信心百倍，带着"东门锁钥"般的豪迈。

槐多也听出了话里的意思，重又把筷子拿起来，对着向家人说："我预祝明年的好……年成。"

我爹纠正他说："应该说好年景，不是年成。"

晚上瞎话来了带着走动，走动领松山槐多离开我家，走上"反战同盟"之路。临行前，槐多把他的速写本留给我，并说希望我成为一个画家。

四十七

　　松山槐多走了，日本人来了，为寻找松山槐多，突袭了后方医院。村人早已得到消息，大都做了转移。日本人进村后，气急败坏地先进入我家烧了大西屋，把我家抢劫一空。砍了村长瞎话大伯，还抓走了甘子明。我又被当作人质落入敌人之手。其实我已跑出村子钻入青纱帐，却在回家去拿槐多赠我的速写本时遇到了日本兵。

　　而瞎话大伯留在村里是他自己的决定，村人撤退前，瞎话就找到我爹说："你们都转移吧，让我留下，我支应他们。"

　　我爹说："瞎话哥，我知道你能支应，可也存在一定危险。"

　　瞎话说："没危险，还要我支应干什么。"

　　瞎话大伯执意留了下来。

　　日本的仓本队长让瞎话带领他寻找后方医院的踪迹。瞎话就把仓本领到我家。仓本站在大西屋。看到屋内黑板上还残留着解剖图和拉丁字，已经明白这里就是后方医院的驻地。我又被枪口氙着脖子站在人后，瞎话就先站到仓本身前说："这就是后方医院，前两天还在这儿呢，就在这大西屋。现在走了。"瞎话说完，还惋惜地叹了口气。仓本问瞎话医院去了哪里。瞎话说去了东边。仓本知道东边是什么地方。再看看空荡荡的大西屋，也不再向瞎话多问什么，就命令日本兵点火烧了大西屋。我眼看大西屋被点着。烧垮下的檩梁砸在黑板上，砸在那些"骨骼"和"肌肉"上。

　　大西屋被点着后，我和瞎话就被带到茂盛店里。那里已经汇集了不少没有来得及躲避的村民，他们有的面朝墙站着，有的蹲坐在墙根儿，我被推搡着也面朝墙站下来。我事先把槐多的速写本掖在了裤腰里，摸摸速写本还在。仓本开始正式审问瞎话，他问瞎话医院里住过一个受过伤的日本兵没有，瞎话说住过。仓本让瞎话形容一下那个日本兵的样子。瞎话说那个人大高个儿、瘦脸儿、厚嘴唇，挎包里还有一顶黑帽子。

　　仓本微微点了一下头又问，现在那个日本兵呢？

　　瞎话说，走了。

　　仓本问，到哪儿去了？

　　瞎话说往西去了。医院往东，他偏往西。

　　仓本问，西边是什么意思？

瞎话说，西边儿有个叫元氏的火车站。

那个日本兵说他要从元氏上火车回家。其实先前他在我村养伤时想投奔八路军，八路军不要他。他就整天想回日本老家，整天还唱日本歌，什么"优雅给夸呀开代"地唱。

仓本以为瞎话在说"实话"，就高兴地说，你的大大的良民。又问，以后呢？

瞎话说，当真去了元氏。

仓本追问说，他一个人去元氏的吗？

瞎话说，我带他去的，他不认识路，又怕再遇上八路军。

仓本说，照你的说法他去元氏是上了火车？

瞎话说，去元氏上了火车。

仓本说，上的什么火车？

瞎话说，上的头等车。

仓本说，头等车，你知道头等车什么样？

瞎话说，可阔气了，窗户上绷着纱，桌上还摆着洋酒。

瞎话见过头等车，从前他见过我爷爷向大人坐过这种车。

至此仓本才听出了瞎话的瞎话。因为近来八路军的破路运动开始，京汉线早已断了交通，元氏车站早就不通火车了。

仓本冷笑着，就去腰里摸他的战刀。

瞎话看见仓本摸战刀并不意外，今天他等的也许就是这一时刻。他想，反正我跟你们纠缠了半天，乡亲们离村子越来越远，我死也值了。他面向仓本站定，还竭力把自己弯曲的脊背直起来，动手扒开了自己的衣服领子。

瞎话这种带有挑衅的动作更激怒了仓本，仓本举起刀来冲瞎话高喊着："瞎话的干活。"

瞎话对着仓本大笑。我猜，瞎话大伯一定在想现在不说瞎话更待何时，现在冲你说了瞎话，乡亲们都得到了安生，我这一辈子才算得到了圆满。他将衣服领子扒得更开。

仓本把战刀举起，向瞎话砍去，仓本的刀起，瞎话的人头落地。

瞎话被砍了，他的头滚得好远。日军又从人群里提人。仓本还是专心地追问松山槐多的下落。

我想，不久就要轮到我了，我将如何回答仓本的盘问。后方医院是设在我家的，松山槐多的一切我都了解。我已准备要学瞎话大伯编一套瞎话了，那时仓本也会举着刀朝我喊"瞎话的干活"，我的头也会滚出好远吧。

就在这时，一只手朝我的头狠拍了一下。我回头一看，是大丑。我和大丑叔多日不见了，都说他又升了官，可他还穿着伪军士兵的服装，帽子像个煎饼，衣服又瘦又小，脸也显瘦，嗫着腮，从前他是一张圆脸，很排场的。瘦不瘦的吧，可他是大丑叔。我仰脸看着他。他低下头悄悄对我说："看你快尿裤子了，厕所在东南角。"我听懂了他的话，他是让我趁仓本正在审问别人时，让我从东南角厕所跳墙跑出去。大丑有意识地挡着仓本的视线。我便开始擦着墙根儿向一旁溜，终于溜到东南角，闪进厕所，想爬墙逃脱，但抬头看看，墙头很高，我无能为力。正在千钧一发时，一个闺女闪进来，是雁。茂盛店就是她家的。看来雁已了解到大丑叔让我上厕所的真正用心，心急火燎地对我说："我蹲下，你踩着我的肩膀，快。"我看看雁，想起《群雁飞》，想起我还像个坏小子一样议论过人家。现在我要踩着她的肩膀翻墙，实在过意不去，正在犹豫不决时，我看见雁早已蹲下，又向我喊着："快点呀。"我终于踩上她的肩膀，翻过墙去。我串着墙根跑出村子，一口气跑到村外，跑到南岗二十亩地里，那里有不少乡亲在躲藏。现在高粱叶子正茂盛，正是擗高粱叶的好时候，但早已无人再去擗高粱叶编蒲墩儿了。

家人看到我都说，以为再也看不到我了，我娘还说都怪松山槐多那个图画本。后来我告诉他们我从茂盛店逃脱的经过。我爹说："这个大丑，总算是个人。"

对于瞎话大伯的被砍，我爹倒说："这也怪我，不该让他在这种危险时刻去向日本人表演他的瞎话。"

日本人走了。乡亲们回了村，人们在茂盛店看到瞎话的尸体，他的头离开身子很远，短胡子被血染成紫红。他大睁着眼，张着嘴。有人把瞎话的头抱过来，在脖子上对接好，一个缝鞋匠拿缝鞋的麻线为他做了缝接。雁的父亲，茂盛店的主人从店里卷出一领炕席，为瞎话入了殓。入殓时人们发现瞎话的嘴还是不闭，张着的嘴向前伸得很远，显得嘴更尖。人们便想起形容瞎话的一句俗话：尖尖的嘴，说瞎话鬼。雁看到平安脱险的我什么也没有说，反倒羞涩地靠墙站到一边，像没有看见我一样。我也觉得羞愧难忍。想起我们在谷草垛对她的议论，我恼恨着自己，也恼恨我们一群"坏蛋"。

我们一家人站在被烧的大西屋前不说话。看见大西屋的顶子门窗都没了，几个烧焦的房梁横搭在黝黑的墙壁上。黑板上的解剖图和拉丁文还历历在目。

我家被抢劫一空。家里的衣物、一些用具，连二哥的乐器、我爹的自行车都被装在我家的大车上拉走。日本的"三光"政策已在我家体现。

四十八

晚上，尹率真来了，看见被烧焦的大西屋，又询问了瞎话的事迹，感慨地说："要革命就得有牺牲，没想到瞎话同志伴着自己的瞎话，献出了生命。他这次的瞎话说得值。他用瞎话和日本人周旋，日本人把气都撒在了他的身上。"

我爹说："瞎话是自愿做个'垫背'的，没有他的'垫背'，这次的损失是不可想象的。在卢沟桥，日本人声称丢了一个兵，就引出了一场'七七事变'。他们在我村丢一个松山槐多，谁知道还会引出什么更大的灾难。"

尹率真说："远的不说，近处的梅花镇惨案、宋村惨案，日本人都是找的这种借口，不是丢一个人就是丢一匹马，嫁祸于人就是这个道理。许多同胞都是因此而丧生。瞎话同志走了，甘子明同志还在日本人手里。咱们还得想法营救，我来，是想跟你商量一件事。咱向家认识陈凤山这个人吧？"

我爹说："认识。从前我父亲在十三旅时，他跟我父亲当过马弁。"

尹率真说："好，咱们言归正传。你母亲能不能和他说上话。"

我爹听懂了尹率真的意思，说："尹区长，你的意思我听懂了，你是要动用我母亲和这人的关系，设法把甘子明营救出来。这件事兴许有可能，咱们一起去见我母亲吧。"

我爹引着尹区长去内院找我奶奶，我奶奶听到有人进了院儿，从正房走出来，站在廊下。正是八月天，我奶奶在屋里穿着随意，听见有人进院，就信手找了一件斜大襟的夏布褂子穿上。她来不及梳妆，又信手在门后的脸盆里用手蘸水把头发抿抿，从房中走到廊下，显得人很新鲜。这使得尹区长一看见我奶奶竟不知如何称呼她了，称婶子大娘，好像都不合乎站在廊下的这位老太太的身份。正在犹豫不定时，我爹先说："娘，尹区长来了。"奶奶说："这还用你递说我，我还不认识尹区长。"说完把尹区长引到屋内，就说："尹区长，你有正事儿吧。还是赶快说你的正事儿吧。"

尹区长就把他来找我奶奶的目的说了出来。

奶奶沉吟片刻说："要不是为抗日，我是不会找那个王八羔子的。这次烧了我家大西屋，把我家抢得光光的，连我家大车和牲口也抢走了。我正要去找他们要回我家的大车、牲口。你说的事看来比我家的事还要重要。这样吧，我走一趟，找找陈凤山那个王八羔子。从前在十三旅跟老头子当差，低三下四的。现投了日本，也人五人六的。"

奶奶决定进城找陈凤山，叫我和她就伴儿。又叫来长工大祥，准备把我家的牲口和大车赶回来。

奶奶这次深入敌营，就像"单刀赴会"一样。因为她得知甘子明的事还连着日本人，陈凤山能不能帮忙还是未知数。但她还是决定单刀赴会。出门前她仔细打扮自己，脸上施过淡淡的脂粉，头上也使过双姊妹牌生发油。一件白夏布上衣配一条漆黑的单裤，布鞋也换成了皮鞋（有专为缠过足的女士做的皮鞋）。奶奶要带我去做这次冒险，她打扮好自己，又把我打扮一番，便拉我上了路。长工大祥跟在后面，奶奶拐歪着她的一双小脚，步行六里走进县城。

进城门时，站岗的是伪军，奶奶说她是要见陈凤山的，我们一行没有遇到阻拦。

路还是从前的路，街还是从前的街，但店铺大多关着门。从前的得源斋、大有斋也关着门，只有仁和裕的药铺门还开着，我看见恒泰还站在铺内，我和奶奶很快走过去，不方便和他打招呼。前面是十五中学，现在是日本占领军的本部。两个站岗的日本兵荷枪站立在两边。这时有四个日本女人叽叽喳喳从门内闪出来，兆州人管日本女人叫日本娘儿们，人们知道她们的身份，她们年纪轻轻，都不算好看，可脸擦得很白，她们是日本随军窑姐儿。四人都穿着宽大的日本衣服，木头做的踏板鞋，衣服下摆扫着地，把路上的黄土扫起来。

我和奶奶在前面走，日本娘儿们就在后边跟着跑，她们跑着指着奶奶的小脚笑。日本娘儿们对奶奶的讥笑，便引起了奶奶的愤怒。我奶奶是会骂人的，她处事文明，可肚里也装着不少骂人的脏话。我猜，她想这些狗窑姐儿是不懂中国话的。她对大祥说"我可要骂人了"，她故意把头转向后面说："你们这些浪货，也不嫌自己寒碜，什么东西。你们这些千人×，万人×的，我的脚小，可你们的×大。"几个日本娘儿们听不懂，还捂着嘴哧哧笑。有个女人还冲着我奶奶笑着说："扫代斯奈。"可她们还是哧哧笑着我奶奶的走路。当我们走过东街，拐上南街时，才算摆脱了日本娘儿们的尾随。

陈凤山住在一个叫斜北街的短街上。我们走进大门，又穿过一个月亮门，一片草茉莉正在盛开着。陈凤山从屋中迎出来，把奶奶迎到屋内。迎门方桌上摆着茶水和点心。

两人做了几句寒暄，奶奶就开门见山地说："凤山啊，现时你向大人躲避战乱远离家乡，最惦记的还是家里的这点事儿，无非是他置办下的几亩地，几间房子，大车和牲口。这牲口、大车要是你们用不着，就还给咱家吧。几件衣服、几匹布倒不是什么好物件儿，弟兄们用得着就留着用吧。"

我站在一旁，只看见陈凤山一连声地叫着太太，和他们出城进村"扫荡"时一定判若两人。他一边吩咐着下人去找我家的牲口和大车，我奶奶又乘机和他谈起甘子明的事。我奶奶讲这件事的时候，不知怎么，她还一改平时说话的乡音，用了国语，镇住了陈凤山。她喝着茶吃着点心说："凤山啊，你当我这次进城求见你，就是为了那辆大车和牲口吗？不是，有一个人还押在你们队上，这个人是咱们向家的世交，虽然眼前他做的事碍了日本人的眼，可乡亲还是乡亲，世交还是世交。一个乱世，谁知谁能走到哪一步。人生一世都是飘忽不定的，还是那句话，看在你向大人的分上你也关照一下，别让这个人落在日本人手里，放他回家吧。"

奶奶说着，伸手从口袋里掏出一个手巾包，又从包里掏出一张钱贴子说："这是一百块大洋的钱贴。还是花旗银行从前在宜昌发行的，我不知道到哪儿去换'准备票'（日本在中国发行的纸币）。你就留下吧。该打点谁就替我打点一下吧。"

陈凤山唏嘘着接过钱贴，先表示一下为难，又表示让我奶奶放心。他会努力关照。

我和奶奶乘自家的大车回家，我们走出县城后，奶奶回头看县城已经远去，便朝着县城破口大骂道："王八羔子们、臭窑姐儿们，反了你们，天打五雷轰吧，王八羔子们……"大祥一路得意地说着笑话，他对我说："三羊，咱家少了什么也不能少了这辆大车。这辆大车连着你的命。"奶奶也附和着说："大祥真会说话。谁也不会忘记你打麻将的事。咱三羊连着这辆大车，大车连着咱三羊。你打着麻将救了咱三羊，大车也连着你。"

几天后，甘子明真回来了。穿一身残破的紫花裤褂，看上去像个云游僧人。他没有回家，直接来到世安堂，坐下喘着气对我爹说："我知道敌人放我的背景，陈凤山的三中队虽然也学着日本人审案一样审过我，洋狗也把我的衣服撕来撕去，但审了两天就没有人再问我什么了，我知道事情有了好转。我猜你娘是进过城的。"

我爹说："我娘是进过城。可这不是她的主意，是尹区长的策略。"

甘子明说："没有这条线，我的生死就难说了。"

四十九

姐姐南屏回来了，她从东边回来要去西边。穿着家做裤褂，斜挎着一个挎包，看上去是一位八路军女干部了，其实她刚从东边抗小毕业，要到西边去参加另一种学习。

晚上我们一家人又围坐在奶奶房中的煤油灯下，吃着姐姐所熟悉的小米山药稠粥。饭是平常，但全家人围坐却是难得的团圆。我娘还为我姐姐蒸了黄米年糕。一家人吃着饭，说着几年来各自的经历，谁也没想到姐姐将要去西边学习和将要从事的职业，她是去学习做火药的。她说话像带着理论似的，说："目前抗日战争已进入到持久战的第三阶段。我军要大反攻，就需要更多的武器弹药。边区有个兵工职业学校，我决定去那里学习做炸药，也是为大反攻做贡献。日本人的装备比我们优良，武器的杀伤力比我们要强大。就说手榴弹吧，人家的炸药是TNT，我们用的还是雄黄加盐波，这种装备要改变，就得有新的研究，要有新人参加制作。"

姐姐滔滔不绝地说着她对火药的兴趣。

我爹说:"先不说火药的威力,你倒成了一位演说家。你弟弟三羊可没你这种口才。"

我不知道我爹为什么要把话题转移到我身上。

我奶奶倒替我说话了,她说:"三羊没南屏的口才,可自有内秀。他心里想的事为什么非要给你们说出来?他还会画菊花呢,一瓣压一瓣的跟真的一样,南屏会吗?这比那些刀枪剑戟、子弹炸药不强多了?子弹炸药、刀枪剑戟的我可没少见。先前十三旅的洋枪洋炮我也没少见。"

我爹接住奶奶的话说:"南屏的志向是形势发展的急需,一个孩子光会画菊花,是打不败日本的。"

我娘也替我说话了:"俺三羊还演出《出埃及》呢,还会唱《群雁飞》呢。"

我不愿听家人对我的议论,一时间饭桌上的议论很是扫我的兴。我放下饭碗,躲了出去。躲在我的大车上,躺着看星星、看月亮。

我自有和姐姐单独说话的机会。

每年当我家桑园玉米地的玉米成熟时,我都要和姐姐到玉米地里烧玉米吃。果然,将要离家去做火药的姐姐提议,我们又来到这块玉米地里。

现在正是玉米灌浆充实的季节，玉米缨子正由红变紫。一块充满鲜气的玉米地，一块充满鲜气的世界。我在地下挖条沟，把上好的玉米架在沟上，再折下干枯的玉米穗子用火点着，每年我们都是用这种方法烧玉米。我们捧着烧熟的新鲜玉米，坐在高高的窝棚上啃着吃。姐姐问我："你说玉米老的好吃，还是嫩的好吃？"我说："嫩的好吃。"姐姐说："老的好吃，有嚼头。"我说："嫩的好吃，又香又甜。"

现在外边正飘着"罗面"细雨，有谚语说，雨前罗面不下雨，雨后罗面不晴天。罗面雨就像细罗筛下的面。外面雾气腾腾，我们啃着玉米，姐姐突然问到我茹和梅的事。我说她们都死在了教堂里，山牧仁的大黄狗吃了她们的痰也死了。说到茹和梅的事，我实在不知道向姐姐再说些什么。我说不出。姐姐看我不再说话，就问起宝韵姑的去处。我说她是文明结婚，也在教堂里。我还为他们做过伴郎。后来宝韵姑就离开咱村跟女婿去了外县。她已改名叫湖畔了，姐姐说这名字也适合她的性格。

姐姐啃着玉米，嘴唇也黑了，可牙显得更白，说："你说信教好不好？"

我说："也好也不好。"

姐姐说："你这是什么话？"

我说:"好就好在,在教堂里你能见到不少新鲜事。就说唱诗吧,那就是文明。还有那些图画,它们能使你跟着它们飞向另一个地方。"

姐姐说:"不好在哪儿呢?"

我说:"看看茹姑、宝韵姑,对,湖畔姑,那就是不好。没有宗教,没准儿她们还要和你一起去做炸药,炸敌人。"

姐姐说:"照你的说法还是不好的方面多吧。我也常常想起先前和茹姑、宝韵姑一块儿玩'挤老米',上树摘柿子……可是后来她们都信了教。"

我说:"你是说教会里那些新鲜事都不好。咱们不演《出埃及》,我就不知道还有个摩西呢,摩西领人出埃及,去找有牛奶和蜂蜜的地方,你能说不好?我上主日学校背片儿,还知道有个画家叫达·芬奇,他能画出耶稣和他的十二门徒长得什么样,你能说这也不好?不背片儿谁知道耶稣有十二个门徒,门徒里还有个犹大。"

姐姐不再说话,愣了一会儿说:"嗬,没想到你像个大人了,会争论了。"我们又愣下来,各人啃各人的玉米。我就想到,姐姐快是个干部了,她会思想。会思想的人,就比不会思想的人水平高。姐姐一定不愿再和我这个不会思想的人讨论什么出埃及和达·芬奇了,就改变话题说:"咱们说点别的吧，我也觉得教堂里那些画好看。没准儿你以后也会是个画家呢。对，听家里人说，你不光会画菊花，你还会画领袖像呢。"

我说："是一个姓柳的老师教我的。"

姐姐说："你会画领袖像，我倒想问你，你说谁领导八路军？"

我说："就是领袖毛主席呗。"

姐姐说："先前我也闹不清，在抗小听了政治课才闹清了。共产党不光中国有，全世界好多国家都有，这么多共产党得有统一领导，有个人叫卡尔·列宁，是个苏联人。"

卡尔·列宁？我觉得这个名字很怪。姐姐又解释说现在这个人虽然死了，实际上各国共产党都听他的思想领导。根据他的思想，现在咱们先要打败日本，以后实行共产主义，所以叫共产党。

雨又停了。真是应了"雨前罗面不下雨"这句话，天上的云彩正在四散，地上的雾气正从玉米地向上升起，被偏西太阳照射得变成彩虹。姐姐看着天上的彩虹想起了姑姑家的彩云，就问我，见过彩云没有？我说她常来咱家。姐姐问我彩云现在什么样。我说疯疯癫癫的，净说大话，一会儿说要开飞机，一会儿又说要学放机关枪。雨停了，我们也回家了，踏着地上变湿润的小草往家走。走着走着姐姐突然说："我打算把彩云带走。我觉得她也适合学兵工这一行。"我说："我也觉得彩云姐合适。"

后来姐姐离家前，让我去叫来了彩云姐。姐姐带走了她。

两年过后，姐姐学习毕业，进了一个专做火药的兵工厂，我步行两天去看姐姐。那是黄土平原上一个很大的村子，村里矗立着几根冲天的烟筒，烟筒用树枝做着伪装。我找到姐姐工作的院落，院子里有一个大棚，听说叫车间。她和另一个女兵抬着一个大缸从门外走来，她那厚厚的棉衣裳，有许多大小不一的破洞，棉絮从洞中向外飞散着。远看去像一个白色的大棉球。本来就不算高的姐姐，显得更矮了。我和姐姐愉快地相处两天。分手时，她告诉我两件事：列宁不叫卡尔·列宁，叫伊里奇·列宁。还告诉我一件事 —— 彩云姐在摆弄炸药时，被炸死在一个火药库里。所有在场牺牲的人都没有留下一具完整的尸体。

五十

姐姐离家后，我常常想到她说过的抗日持久战的阶段性。现在，日本人出城"扫荡"的次数少了，抗日抵抗力量的活动多了……敌人的碉堡被"端"了不少。抗日军民把炸碉堡形容成"端炮楼"。每个消息传来我都觉得这是姐姐制造的炸药起了作用。炸碉堡、端炮楼，是需要有威力的炸药的。

好消息不断传来，我们不再唱那些低沉悲伤的"群燕飞、滹沱河水寒"，我们兴高采烈充满信心地开始唱"抗战胜利后建设新中国"的歌了。歌中唱道：

抗战胜利后建设新中国

新中国到处开遍美丽的花朵

创造出独立自由幸福的新中国

新中国多快乐

啊，全国男女老幼不受别人压迫

大家互帮互助

国事要大家管

为人民谋利与求幸福

延安又时兴了新的领袖像，柳老师根据《冀中导报》上发表的领袖形象，指导我改画新的。这幅正面的领袖像更加庄重英武，好像对新中国的前途充满信心。

我画完领袖像，唱着"建设新中国"的歌回家。我爹听见我唱新歌，就故意问我："等等，你唱抗战胜利后建设新中国，到处开遍美丽花朵。这花应该是什么花？"我说是牵牛花吧，还有草茉莉。我爹说牵牛花、草茉莉都开在北方，那南方呢，南方开什么化？新中国不光建在北方啊。

我没去过南方，自然回答不上来。

我爹说："知道你也回答不上来，一会儿王先臣司令员过来，我还准备考考他呢，他可是地地道道的南方人，从南方爬雪山过草地过来的老红军。"

我爹幼年时就跟他的父亲、我的祖父多次去南方。我想现在他这是一种心情，一种被胜利冲昏头脑的心情。他要带着这种心情和王先臣司令员共同高兴。

那时，我的家乡属冀中第六军分区，分区司令员叫王先臣，在我的印象里，他是抗日阵营中最英俊的一位指挥员，比来过我家的任何一位抗日干部都英俊。

王先臣来了，穿着沾满黄土的灰军装，腰佩一把装在皮套里的撸子枪，他哼着那首"建设新中国"的歌，进门就喊："老向在家吗?"我爹从屋中迎出来说："刚说到王司令，王司令就来了。"王先臣说："叫我先臣。"我爹又说："叫先臣就叫先臣，也应了那句'军民一家亲'的话。"王先臣笑着坐在院里一棵树下说："老向呀，快给我找点碘酒吧，你看胳膊上被蚊子咬的。"

我爹折回屋里找碘酒，王先臣就把站在远处的我叫过来说："三，'建设新中国'这首歌我就是拿不准调，你一定是按谱子学的，我是模仿而来，这第一句唱就唱不准。"

我听出了他唱歌的错误，说："第一句的谱子是哆唆咪发唆，不是哆唆咪来唆。"

王先臣说："看，到底你是按谱子唱的，无比正确。"

我爹拿来碘酒，王先臣挽起袖子自己往胳膊上擦，胳膊上有一串疙瘩，他说是昨天钻青纱帐被蚊子咬的。

王先臣擦着碘酒，我爹就向他问起欧洲第二战场的事，王先臣说英、美盟军从法国的诺曼底登陆，结束了只有苏联红军从东西抵抗德寇的局面，第二战场的开辟不光对欧洲战场有利，也会加速中国抗战的胜利进程，这是同盟国之间的壮举。

已是晚饭时间，我娘端出了小米粥，王先臣和我们一起就着老咸菜喝粥，说北方的小米把他养胖了，还治好了他的脚气，他的家乡在南方，没有小米，光吃大米爱长脚气。后来他又对我爹开玩笑似的说起那首"建设新中国"的歌，他先问我爹将来的新中国遍地开的是什么花。我爹说："那要因地域而论，我知道你们南方有茶花有映山红，咱北方无非就开个月季花、馒头花，还有牵牛。"

王先臣说："不管什么花吧，作者用'遍地开花'形容新中国，也算是个聪明人。"我爹说："实在聪明，可是在咱们看到的歌谱上也看不到作者的署名。"

我爹说："也是作者的谦虚吧。先前在苏区流行的歌曲大多都不知道作者的姓名。"

他们不再说歌曲，我爹知道这次王先臣来我家，是带着兵而来，他的部队占了整个村子，昨天在南岗高粱地里过夜。

我爹说："司令啊，要打仗?"

王先臣解下皮带用皮带掸着身上的浮土说："欧洲第二战场开辟，我们不能坐享其成，日本人还不服输，咱们也得给日本人一点厉害了。"

第二天王先臣的部队包围了城北一个叫前大章的村子，前大章是我县一个重要据点，住着日本人一个小队和伪军一个排。前大章战役打了一整天，我们趴在房顶上能听到密集的枪声。战役以日伪驻军的完全被消灭而结束，在打扫战场时，王先臣手拿一把芭蕉扇出现在街里，他摇着扇子对打扫战场的战士们说："同志们，你们打了一个大胜仗，我们胜利了 —— "话音刚落他自己中弹倒在了街上，中了潜藏于街巷中敌人的子弹，一位战地记者目睹了王先臣的死，来到我家对我爹说。

我们听到王先臣牺牲的消息，我爹把全家喊出来说："这就是战争，先臣还没有看到遍地开花的新中国呢，就中了暗藏敌人的冷枪。来，脸朝北站成一排，悼念先臣吧。"我们面朝北站成一排掉着眼泪。前大章在我们村子北面十五里。

就在王先臣司令员牺牲的这次战斗中，丑叔被打死了，至今我不知道怎么称呼伪军的死。爱国志士的死叫牺牲，日军的死叫战死，可丑叔的死，只能形容成"死"。我方的子弹击中了他的头，他头部开了花。运回村里来时，人们看见他是少了半个头的。

两天来，村中办了两件不同的丧事。对于王先臣的牺牲，抗日政府在学校内搭起灵棚举行公祭。老师让我们从邻村折来柏树枝，装饰在灵棚中。灵棚正面悬挂着王先臣的画像。可他没有留下照片，画像是凭我的想象和柳老师一起模仿出来的。我爹和甘子明还为他编写了挽联，公祭时许多外地人也来参加。人们还意外地看见吕正操（时任冀中军区司令员）司令也出现在祭台上。他致了悼词，列举了王先臣一生的革命经历。会后吕正操来到我家，嘱咐我爹，将王司令的遗骨先寄埋在我村，并说像王先臣同志这些英烈是不会被人忘记的，抗战胜利后会有更正规的安身之处。

王先臣的追悼会在学校庄严地举行着，丑叔的遗体还在辛子老姑家不光不明地存放着。正是大暑天气，但丑叔能否在本村入土，村人却有争论。许多人反对把一个伪军的遗体入土于我村，主张也要把他扔在乱坟岗喂狗，就像乡亲对待茹和梅一样。

又是辛子老姑拉我奶奶去找我爹为丑叔说情，丑婶子也跟在身后，跪在世安堂不起。

我爹说："辛子姑，要说村人的主意也有道理。日本人是怎样对待咱们的，丑死心塌地跟了日本人，怎么说也是敌人阵营的一员。"

辛子老姑说:"丑是罪人,丑是罪人。可《圣经》上说万有主宰可怜世上人,让万有主宰也可怜可怜他吧。"

我爹说:"可《圣经》启示录上也说过他怎样对待人,也要怎样对待他。按他说行的,加倍地报应他。丑走的路和他的死,不是应了《圣经》之言吗?"

后来我奶奶我娘也替辛子老姑说话,说丑当过伪军,可丑还救过我一命呢。

我爹或许也想到了丑对我的好处,才改口说我去说服乡亲吧,莫非还真把他扔到乱坟岗。

我放下心来推我娘去把跪在地下的丑婶子扶起来,我又想起先前丑婶子来我家帮我娘烧火做饭喂猪的情景,好像什么都没发生过。

第二天是丑叔下葬的日子,村人还是通情达理地把丑叔埋葬在我村的土地上。

丑婶子没有生育,她为丑穿戴着重孝,扶着他的棺材从村里直哭到村外。当棺材入土时,丑婶子决心也要跳入墓穴中。她哭喊着:"丑,我要跟你去呀……"我娘和几个女人就拉着她,大有拉不住的架势。

我站在一旁看,生怕丑婶子跳入墓中。

事后我娘问我爹，如果没有人拉住丑婶子她会不会跳下去。我爹幽默地说没人拉她，她就不跳了。

我倒觉得我爹不该这么说话，丑婶子虽然当过一个伪军的太太，可她和丑怎么也不是一种人。

五十一

我们迎来了一个举国上下欢庆的日子。日本投降了，这是1945年8月15日。前几天我们还唱"第二战场开辟了"：

第二战场开辟了

第二战场开辟了

凶残的法西斯就要走向灭亡

英勇的红军强大的英美军从东西南进行三面

大进攻

人类大解放的时代就要来到

民主自由的新世界就要实现

前进吧，前进

向着胜利前进

8月15日晚上月亮格外明亮，我们全家正坐在院中吃饭。尹率真来了，自己找个凳子坐下来，不客气地说："快给我盛碗粥，这一天高兴得连饭都忘了吃。还有没有我的饭?"我爹说："刚吃完，喝水吧。"尹率真说："不喝了，唱歌吧。这下可该唱'建设新中国'了。"我爹一听就明白了，说："你带来的消息，一定非同小可，哪来的消息?"尹率真说："日本投降了，在县里听了延安新华社的广播，是正式传达，小日本不是还有个天皇吗，是天皇亲自宣布的。我们抗战八年，苏联红军又出兵我国东北。败了，投降了，无条件。"

有时候，人在兴奋过头时，反倒无言语了，尹率真说完就这样和我们全家呆坐了几秒钟吧。临走时他对我爹说，他还要去别处做正式传达，又特别嘱咐我爹说："老向呀，胜利了，可还有暗箭，暗箭难防。咱们都要活得节在点啊。"

尹率真哼唱着"……创造出自由、独立、幸福的新中国……"走出家门。

尹率真唱歌不咧调，一字一句一板一眼，准确无误。谁知他走出家门不久，就传来一声枪响，枪声闷声闷气。我们全家人一愣，我爹说"不好"，他忽地从座位上站起来。

尹率真死了，倒在村西柳树坑里，他中了"暗箭"。

又是一位没有看到遍地开花新中国的抗日志士。

生命诚可贵，当可贵的生命就在你眼前一闪即逝时，你总会为生命的脆弱而疑惑。可贵的生命本应该更顽强的。假如没有战争，没有天灾。

第二天，村里又举行了一次追悼会。村人把尹率真和王先臣葬在了一起。

王先臣和尹率真都是被暗藏的敌人打了冷枪。

酥瓜来了。他神神秘秘地把我叫到一边说："知道谁打的冷枪吧，我调查清楚了，快去向锄奸科老范报告吧。"

我问他消息准确不准确，他说："我这两下子你是知道的。有人把白面儿藏在那地方都能被我发现，现在两个大人干坏事，还能躲过我的眼？"他说："白天后街卖酒的大花翅家来了一个奇怪的人，闪进大花翅家没出来，晚上这个人净在街上墙根黑影里走。你知道大花翅也不是什么好东西，早就是咱们注意的对象。那个人在黑影里尾随过尹区长，尹区长出村向西走刚出村就牺牲在村西柳树坑里。"

当天锄奸科的老范来了，我叫来酥瓜，酥瓜又把情况向老范复述一遍。老范说："那个打黑枪的人一时可能抓不到，先崩了大花翅。锄奸科早想找机会除掉她的。"老范让酥瓜叫来几个民兵，抓来了大花翅，大花翅知道犯了事儿，一路哆嗦着站不起来，被几个民兵拖着走向柳树坑。

老范问大花翅，知道为什么崩你吗？

大花翅哆嗦着说，这还……用问。

老范说，知道为什么在柳树坑崩你吗？

大花翅还是哆嗦着说，这还 …… 用问。

大花翅跪在柳树坑。大夏天她戴了一顶帽子遮着脸。

老范亲自举起了枪。

我"懂"枪，那是一支德国造的勃朗宁手枪。从前他和黑出入我家时，就带这支手枪。

老范扳动了勃朗宁的扳机。我们站在远处，只看见大花翅的帽子飞向高处，挂在了柳树上，远看去像树上多了一只鸟窝。

大花翅死了。这天村里又多了一件丧事。这人早逝，身边无子女，她有个外号叫二排长，是说她和成排的男人勾搭着。后来在村里卖假酒，开赌场，又暗通日本人。她的尸首真被几个民兵扔上了乱坟岗，乱坟岗是最招野狗的地方。

五十二

日本投降后，县城解放了，我们唱起新歌。

中国共产党八路军

艰苦抗战为人民

8月30那一天黑夜大进军

一举攻下兆县城消灭敌伪军……

我们就是唱着这首新歌进城的，进城干什么，像示威似的。我们也为抗战胜利出过力。我村的柳树坑虽小，它也联系着一个世界，我们唱过"第二战场开辟了"，武老师说那是歌唱英美联军从法国诺曼底登陆，直捣柏林，结束法西斯德国。法国有个诺曼底，我们村有个柳树坑。同样为战胜法西斯、打败日本起过作用。柳树坑不也是诺曼底？

我们——我、酥瓜，担子、罐子和雁挺着胸膛，耀武扬威地走在县城的大街上。城门的岗哨不再是戴战斗帽的日本人，也不是戴"煎饼"帽的伪军，变成了穿灰军装的八路军。哨兵们看我们神气活现的样子笑着说："快成八路军了。"

我心想，八路军不八路军，咱也是为抗战出过力的。我们是从柳树坑诺曼底来的。

我们首先走过呕洋兵的柏林寺，眼前又出现了呕洋兵的情景。那双怯弱痛苦的眼睛，又朝我张望着。我站在那里忘记了刚才自己的神气活现。酥瓜见我站着不走就说："怎么了？刚走几步就走不动了。不带你玩儿了。"他像个大人教训小孩似的说，酥瓜岁数大，听说他真要去当兵了。担子知道我的心思，对酥瓜说："他想起一件事你们不知道，我知道。"

那天是担子和我一起看见呕洋兵的。

我走着，那双眼睛像一直在盯着我，还有个声音在对我说：看见了吧，现在被烧的不是你，而是我。

"不是你而是我。"这声音伴我一直向前走。

绕过柏林寺走上一个高坡，便是山牧仁的教堂了。但山牧仁在县城解放前，就带着二丑叔去了北平，现在教堂空了。只有黄长老还在，先前他替山牧仁种菜，每逢受洗典礼时，把讲台上的地板揭开，向池中灌水的也是他。

我向着教堂走，几个伙伴却按着自己的兴趣四散开来。有人说要去"宪兵队"，看日本人对待八路军的那些刑具。

有人说要去县大堂，看县长审案的地方。雁还要去南街大有斋，替她家买海带。酥瓜要去的地方最新鲜，他要去十五中，看日本娘儿们住的地方什么样儿。

我走进教堂，黄长老一眼就认出了我说："是摩西吧？长高了不少，进去看看吧，空荡荡的。"

我先走进礼拜堂。

礼拜堂里确实空荡荡，一排排木凳上落满尘土，墙上的宗教画已不复存在。

黄长老说："是八路军来教堂后撕扯下来的。"他说时把声音压得很低，四处张望着，唯恐有人听见什么。

我穿过一排落满尘土的木凳，走上讲台，看见山师娘的踏板风琴还在，耳边又响起山师娘领唱和唱诗班的歌声：

耶稣基督我救主

够我用够我用

圣诞节大福节天使降临大喜悦

……

我走下讲台向外走。

啊，茹姑和梅受洗就是从这条路走过的。白衣长袍浸满水，水珠滴在这条青砖路上。

湖畔姑后来文明结婚时，我也是牵着湖畔姑的衣裾，从这条路上走过的。

耳边唱诗班的歌声又响起来：只有一位真神，就是我救主，我信他，听他话，我的主耶稣。

走出教堂，我又独自走进山牧仁的花园，不远处有两间将要倒塌的房屋，那一定就是茹和梅去世的地方了。

黄长老看我站在房前不走，就走过来说："可怜着呢，她俩走后，是我和益民收殓的她们……还有牧师的那只大黄狗图米……谁知天下还有这样万年不遇的事。"

我忍不住掉起眼泪，心想，真有上帝存在？上帝为什么不使她们脱离苦难，饶恕她们的罪恶？茹姑和梅都是主的虔诚教徒。

我实在没有力气再去回忆这一切，我没有力量承受。便擦干眼泪告别黄长老，跑出了教堂。

我在教堂外面黄土坡上奔跑着，许多声音还是缠着我不放：现在烧死的是我，而不是你。

圣诞节大福节

只有一位真神那就是我救主

不到明天不敢歇息，直到荣华福乐地

……

"直到荣华福乐地"，这是湖畔姑经常唱的歌。从前她在教堂唱"荣华福乐地"时，声音高昂动听，能使整个教堂每个信徒的心灵都震颤起来。

我爹曾跟湖畔姑开玩笑说："湖畔，你和韩先生文明结婚，是不是就是荣华福乐地？"

湖畔说："我感觉是，也应该是。除此，人还有什么荣华福乐可言。"

每到这时，我爹就不再说话。我爹只自言自语说："莫非真是这样？"说着，显出十分落寞和不自信。

但我却常常觉出宝韵姑是幸福的。就像她改叫湖畔一样幸福。从她的歌声里，从她的举止穿戴都可以看出。于是我就想到，我爹是不应该去追问宝韵姑的"福乐"或不"福乐"的。

我常常觉出我爹说话的随意，或叫作不合时宜。随着我的年龄越大，这种感觉就越强烈。

在县城，我不再以一个胜利者的姿态游览。眼前出现的这样那样的情景，早已败了我的兴致，也已忘记我是从

"诺曼底"来的"抗日英雄"。我决定告别县城，出城回家。就在我将要走出城门时，看见许多百姓正在围观城门上一张告示，那是一张几个汉奸被镇压的告示，我停下来挤过去观看。在被镇压者的名单中，有个姓韩的伪大乡长，就是韩先生的父亲，宝韵姑的公公。

黄昏时我回到家中，看见宝韵姑正站在院中和我爹说话，她已脱掉裹在身上的旗袍，换上从前一件阴丹士林蓝布衫，前后胸都浸着汗，头发也不再使油，沾着道沟里的浮土，她显得很紧张，很失落，很无助。

她对我爹说："哥，快救救我吧。我这是怎么了，像做了一场梦，一场噩梦。"

她说着，眼泪滴落着，滴在她的蓝布衫上。

我爹说："人的一生谁敢说摊上什么事儿。我不怪你的自由恋爱，文明结婚。我只怪韩先生的家庭不济，怪我当时没有制止住你。"

宝韵说："我谁也不埋怨，都怪我自己。现在我可往哪儿走啊？"

我爹问她韩先生呢，韩先生哪儿去了？宝韵姑说他失踪了。他爹被镇压，他人就不见了。

我爹听着宝韵姑的叙述，在院里踱着步说："以后的日子还长，咱还要往前走，朝着光明走。解放了，新政权下有许多用人的地方，我是抗日政府的督学，会替你深思熟虑。"

几天后，我爹告诉宝韵县里决定要和邻县合办师范学校，就让她去补习。我爹对宝韵姑说："做一名老师吧，最合适你。"

宝韵姑问我爹："我还用湖畔的名字报名吧?"

我爹说："就用湖畔吧 —— 向湖畔。"

五十三

抗战胜利，县城解放。我的欢乐是短暂的。一个新的民主改革运动开始。这场运动确切说叫土地改革，农村土地要平分，实行"耕者有其田"。

运动开始，村中的墙壁上要书写标语，书写土地法大纲，我还是一位主要"写家"。我跟柳老师一起沿街书写。为了调制颜料，我拿来家中的"亚细亚"煤油桶。从城里杂货店买回红土，又从向家巷一个木匠那里找来水胶，在亚细亚桶内把颜料调好，再用白灰把要写字的墙壁刷白。柳老师在前我在后，用自制的板刷在墙上写"实行耕者有其田""一切权力归农会"，"把土地改革进行到底""打到南京去，解放全中国"。而土地改革要根据政策实行，政策是《中国土地法大纲》。我们也要把上千字的大纲一字不落地写在墙上。我蹬着梯子书写，许多村人围住我，看我的"书写表演"。

回到家中，我爹看我身上斑驳的白灰和红土便说："你一定是在写大纲吧。"我答应着。我爹说："你知道你书写的内容吧?"我说:"要实行耕者有其田了。"我爹问我:"什么叫耕者有其田?"我说:"每个村子的土地都要平分,把土地分给没土地的人。"我爹说:"平分谁家的土地?"我说:"谁家的地多,平分谁家的。"我爹说:"恁家的地是多是少?"我恍然大悟,才想到我书写的大标语意味着什么。

我爹说:"记住,土地改革是新民主主义革命一个阶段的必需。但运动也会联系到我家。目前老师叫你写,你就好好写,要是老师另有安排,你也要认真对待。要是……"

我爹没有说下去,其实下面的话我已猜出大半。也许还有老师不让你写的时候吧。

果然,我爹说的那个"要是",很快就降临到我头上。原来耕者有其田不光意味着对几亩土地的平分,它还意味着不同阶层人命运的改变。这也许就是我常听说的阶级斗争吧。

我爹在这场运动中属于先知先觉者。他在向我问话的同时早已把我家上好的土地交了出去:桑园、孟家园,那两块种什么收什么的水浇地。家中只留下南岗那二十亩,只适合种高粱的赖地。但运动的再深入发展,他也早有预料。

当我又提起了亚细亚煤油桶,扛起板凳走进学校时,武老师在操场叫住了我。武老师现在是校长,比柳老师有权力。

武老师说："向三羊，刚才农会主席来过。"

我止住脚步尴尬地站着，感慨事情的发展。

果然武老师又说："今天你不用写标语了。"

我放下油桶和板凳，想到武老师一定还有下文。

他说："你不是写过一切权力归农会吗？从现在起农会掌权了，农会对村民划分了成分。你家在村里成分最高，知道了吧？从今天起，你不写标语了，也不要来上学了。还有你的儿童团团长位置也要让出来，交给谁，要看他家庭成分的高低，也要听农会的。还有，说到你的团长职务，早有同学反映说你太骄傲、太神气，凡人不理似的，和大家的关系也不好。综合以上主客观情况，我不得不做出了这个决定。"

我呆若木鸡似的在教室门前站着，听武老师对我的训话。他说话不像从前，像变了一个人，现在他面对的也不是从前的我，而是现在的我。

同学们围过来，用不同的目光看着我：同情的、敌视的、惋惜的、幸灾乐祸的……

我看见担子、罐子、酥瓜和雁站在人后，要挤过来替我说话似的，但武老师制止了他们。早有同学喊"他们是

357

一伙"。

我站在学生圈内,无地自容地浑身打着战,想到过去我的"威风",那时我站在同学面前喊"立正、稍息、向左转、向右转",指挥唱歌打拍子、带领同学四处去跳"藏粮舞"、唱"群雁飞"、唱"抗战胜利后"……现在我站在同学面前却成了一个……一个什么,有一种人叫阶级敌人,那就是我吧。想起那首抗战胜利后的歌,那美丽花朵在哪儿呢?现在不就是抗战胜利后吗,不是要建设新中国吗?我还以为我在街上写"耕者有其田",也是建设新中国的壮举呢。结果"耕者有其田",却"耕"在了自己头上。一时间我感到我的头好像就要被犁头耕下,想到瞎话大伯被砍的样子,他的头滚出好远,我的头呢……

原来我写"耕者有其田"是为了"耕"下自己的头,一切权力归农会,就是农会主席说声建设新中国不再需要我了。我那柳树坑呢,柳树坑证明着我并不是被砍头的汉奸坏蛋。说到汉奸,也许汉奸的称呼已过时。汉奸倒成了微不足道,看来现在的我比汉奸还要罪大恶极,干脆把我扔到乱坟岗吧……

我悲伤着,在悲伤中我故意踢倒了那个亚细亚颜料桶,血红的颜料在地上滚动着四散。同学们躲着地上的红色源头，四散开来。突然想起辛子老姑常说的那句话，"天国近了时候到了"，我幸灾乐祸地在心里呐喊着。

或许是我的行为激怒了在场的同学，于是形势又有了新变化，变成了一场对我的斗争会。原来土改开始，斗争会也要实行起来，那是面对地主的说理斗争，没想到我村的斗争会是从我开始的。

有同学向我喊着说：他不让我参加合唱队，说我唱歌跑调。

又有人说：他把我开除出藏粮舞队，说我跳舞像个老头。

又有人说：他不让我在柳树坑站岗，说我抗日不坚定。

有人说：他在柳树坑站岗放他丑婶子进村儿。

更有重型炮弹向我袭来，说：黑住过他家。黑出卖陈县长和他没关系？又有人跟着喊：他还和黑钻过一个被窝呢。一时间，我一个从前的抗日儿童团长，变成了一个十恶不赦的内奸、流氓和专制的不可救药的恶霸坏蛋。我想起几句话：墙倒众人推，破鼓众人捶，欲加之罪，何患无辞。我不能再听下去，我已无地自容。冲出包围圈，跑出学校。躲着村人的眼光，向家中跑。但我将以什么形象出现在家人面前呢？失魂落魄、痛不欲生、半疯半魔……最后我还是决定像个"没事人"最好。在家人面前我还是要面子的，我站在家门口，镇静多时，走回家中，像平常放学回家一样叫了奶奶，叫了娘 …… 但怎样向我爹交代呢，面对我爹我是没法应付的。

后来我想出一个"狡黠"的主意，在我爹面前我还要像个守规矩的学生，于是每天上学时，我照样背上书包走出家门，偷偷溜出村外，钻入玉米地或高粱地，一坐半天。待到"放学"时我才"放学"回家。

酥瓜调查出我的去向，有一天钻到玉米地挤住我说："伙计，我早就侦察到你的去处了。何必呢？先忍住吧。可有件事我对不住你。"他迟疑半天说，"我家分了你家的好地，孟家园那二十亩好地。"他接着说，"伙计，这件事是政策的关系。可政策让我晚上睡不着觉，咱哥们儿好意思吗？可我还得递说你一件事，分了地就该参军当兵了，政策叫保卫胜利果实。可我实在不忍心把恁家的地当成俺家的胜利果实。"酥瓜说一阵愣一阵，坐下又站起来，站起来又坐下。又说："想到过去打日本咱一条心，现在要打蒋介石，咱们的思想也是一致的吧。不是你还写过'打到南京去，活捉蒋介石'吗？"我低着头不说话，心想：我是写过"打到南京去，活捉蒋介石"，可目前的形势是，蒋介石还没被打倒，被打倒的是我自己。

听着酥瓜的话，我的眼泪滴在地垄上，一时不知向酥瓜说些什么。酥瓜看我说不出话，就说："建设新中国，我这点能耐也只能当个兵，可建设新中国一定会有你的份儿，你的能耐比我大，能忍就先忍忍吧。伙计，听我的吧，别一天钻在这儿挨蚊子咬了，该回家就回家，今后的日子还长呢。今后不管走到哪儿，咱们也是哥们儿，有柳树坑为证。""第二战场开辟了，我永远忘不了咱们的诺曼底。"酥瓜说完猫着腰钻出庄稼地。

酥瓜的长篇大论虽然不无道理，但目前我仍然不知怎样对待眼前的局势，确切说，我仍然不知如何对待我爹。当第二天我又背上书包假装上学时，我爹却叫住了我，说："回来吧，我都知道了。"

我止住脚步，泣不成声地背过身去。我爹又说："你武老师这也叫挥泪斩马谡，他没错，是运动所致。而运动还刚开始，你受点委屈微不足道，运动还会有新的发展。"

五十四

土院中，我的大车暂时还在。晚上，我躺在我的大车上，看星星，看天河，星星还是过去的星星，天河还是过去的天河。想着天上的形式，千年不变，万年不改，为什么人间的情景变化无常。

大祥走了过来，看着躺在大车上的我说："三，看来咱家今后也用不着我了，我要走了。可看见这辆大车，真有点舍不得，它保佑了你。"

我说："大祥叔，当初你还不如把我埋了呢！"

大祥说："看你说的，不是我愿意多打那圈麻将，是上帝递说我，不让我马上埋你。按着信教人的说法，都说天上有个上帝，遇到这种千载难逢的事，你不信也得信。万有主宰可怜世上人。我也听山师娘唱过。"

我说："上帝还是不可怜我的好。"

大祥说："人生一世，死里逃生比什么都强，那是你的福气，我操心的不是你，你保准前途无量。我心痛的是咱们这辆大车，不知它会落到什么地方。"

它会落到什么地方，谁知道。反正它要和我分别。运动要发展，大车就要和我分别。

大祥不说话，一扭身，坐在车前盘上，就像他过去赶车时一样自然。他点上一袋烟，烟味向后缭绕着。大祥抽烟，经常让我去帮他买烟，我上学路过后街的杂货铺，铺里卖一种"积成"牌的旱烟。那是一种细碎的旱烟，用高丽纸包得四方四正。抽烟人把它打开，把烟丝放进烟荷包。

两只什么鸟从我们头顶上飞过，这是邻居家的榆树上那两只喜鹊，从前我和茹姑躺在屋顶上看它们搭窝。我想连鸟都有自己的家，没有人去平分它们的"家"，它们也不会去平分别人的土地和住宅。松山槐多也教我唱过乌鸦想回家的歌。可我爹在廊下教我念《三国演义》时，曹操作诗却说："月明星稀，乌鹊南飞。绕树三匝，何枝可依？"现在，我却是无枝可依的乌鸦。

大祥也许看到了喜鹊的回家，在车扇上磕掉烟袋里的烟灰说："三，明天我该回家了，我不会忘记咱这辆大车。你和大车能亲热一天是一天。"

两天后，大祥走了。两位民兵闯进我家，牵出黑骡子，强把黑骡子搋入车辕中，黑骡子不情愿地挣扎一阵，还是被塞进车辕中。大车被歪三扭四地赶出门，院中空旷起来，像空旷了一个世界。

我和大祥分别后，再没有见面。十几年后只听说，他去一个什么地方修水库，开山炸石头时受了重伤，落下了终身残疾。

果然，应了我爹的言，运动又有了新举动。我们从先前那个有抱厦廊子的砖院搬到那个有牲口和长工、大车的土院。随之一个叫"深挖浮财"的运动，又涉及我家。

"浮财"指的是地上和地下的宝贝。挖浮财要拿家中的女人说事。这种女人被称作"富婆"。政策决定要把村中一班"富婆"按坐牢的形式集中起来坦白交代。我家的富婆当属奶奶了。一天当持枪的民兵要带走奶奶时，我娘却站了出来，她对来人说："叫我吧。"她边说边向门外走去。于是替奶奶服刑的母亲便被集中到村中一家大牢似的大屋里。

那里集中着十几名"富婆"。"富婆"们是要吃饭的，各家的饭要由各家去送，这时奶奶才取代了母亲在家中的位置（因了形势所迫，二嫂回了娘家），奶奶以"二把刀"的手艺弄火做饭，送饭的任务则落到我的头上，落在一位被免职的落魄的儿童领袖身上。

奶奶把稀薄的稀饭盛入一个瓦罐，我信手从碗橱上拿下一只中号黑碗，刚要出门。奶奶却把一只大碗递过来说："用大碗。"这是母亲的大碗，这是母亲那只在生日那天才用的大碗。我后悔我为什么没有想到。

母亲有一个大碗，这是一只粗碗，绘有蓝色图案的大钵碗。这种碗大多是干力气活儿的人使用，但母亲有一只。平时没人注意它的存在，只在母亲生日这天，她才从一个什么地方捧出她的大碗，自言自语着"今天换个大碗"，因为没有人注意她的生日，正如这只大碗。

我低头走过大街去给母亲送饭，躲避着村人的眼光。

走到"牢"门，经过检查，我从"号"中喊出母亲，我看母亲在一个背静处吃饭。她把饭盛在她的大碗中，想了想说："你想出来的?"我说："是奶奶。"母亲的嘴在碗边上停歇片刻，呼呼喝起来。那饭很稀，先前我家做饭下米用两升，现在用半升。

母亲呼呼地、饥不择食地喝着。我看母亲少有的"吃相"，问："娘，咱家有浮财吗?"我娘说："有，就是我这只大碗。"

我放心下来，娘的话是真实的。

"那你为什么在这儿?"我又问。

母亲想想说:"以后去问你大哥吧。他最了解这里的事。你爹也了解,他给你讲的政策还少吗?"

十几年后,我才见到大哥,我大哥是谁,是早年从学校投笔从戎的向武备,一位职业革命者,现在他在一个专为制定农村政策的部门工作,我问他:"土改为什么要那样搞?"

他说:"就得那样搞,那是革命一个阶段的需要。我在晋东南搞土改,也指示圈过人。一切都是革命的需要,不把土地分给缺少土地的人,谁去打败蒋介石,解放全中国?"我说:"挖浮财时,母亲说她的大碗就是浮财。"

大哥笑起来。我也跟着笑起来。

五十五

我爹的话再有道理，母亲对运动的态度再大变，离开学校的我总有失魂落魄之感。我从前的风光已不再，没有人再去让我潇洒地画菊花，没有人再去找我演萧恩，没有人再让我唱"第二战场开辟了"。再说第二战场开辟了和我有什么关系，第二战场开辟了，法西斯战败了，日本投降了，县城解放了，抗战胜利了，而我却落魄了。过去的日子像做梦一样，我常常坐在我家土院中"自思自叹"，对，"自思自叹"这是哪出戏里的戏文。对，"杨延辉坐宫院自思自叹"，《四郎探母》吧。

我自叹，现在的我正是长大成人的岁数，难道面对一个落难的家庭，我能这样袖手旁观吗，便想到先前黄昏时在向家巷做生意的那些人。我去鸡蛋换葱吧，打听一下葱从那里趸，葱换成鸡蛋后又在哪儿换成钱。钱是能买粮食的，那时我家用米下锅时或许就能多一升半升。

要不去卖酥烧饼吧？烧饼可直接换成钱，不需再倒手。最后想想，我还是选择了鸡蛋换葱，葱不怕"放"，卖不出去的烧饼就不好再出手。对，鸡蛋换葱。

卖葱需要一辆小车，我去找老香大娘借。她丈夫卯大伯已去世，不再用小车到石家庄推煤了。

一次，罐子跳墙过来看我，我面红耳赤地鼓鼓勇气向他说了我的主意。罐子说，行，用小车好说，我爹不在了，小车闲着也是闲着。高村种葱，离咱村十里，我给你就伴去罢，罐子的话鼓动着我，我就要去向老香大娘借车了，却又想起一件不可忽视的卖葱细节，鸡蛋换葱要喊，要把"鸡蛋换葱"四个字喊出来，从自己嘴里喊出来。于是，我一个人躲到居连里的一个背静角落，决心把早已习惯入耳的几个字喊出来。我想这有什么难处，我是朗诵过《群雁飞》的，演过《出埃及》的，这几个字算什么。可是当我面对墙角几次张嘴，字却从嘴中发不出来，原来我又成了一个弱者。于是我不得不放弃鸡蛋换葱的"事业"，决心再打别的主意，想到集上就有光摆摊儿不吆喝的生意，卖洋布的、卖鞋袜的、卖驴肉猪肉的，可这生意谈何容易……

我不得不放弃我的生意经，整日在家里闷坐着自叹着。家里那座时辰钟还在，在墙上定时定点地敲打着。想起我从前念过的课文，敲七响我该如何，敲八响我该如何……现在任你敲几响和我有什么关系，我的日子变得天昏地暗。

我娘见我一副落魄的样子，也是心里没底地劝我说："三，你才几岁，心里的事都叫我替你装着吧。你爹、你大哥比你明白，你也应该是个明事理的人，咱也要跟着形势走，跟着政策走。"

我奶奶说："三，你爷爷变成向大人，统率过千军万马，也不是生来就有这本事。他像你这岁数，也正在家里喝稀粥呢。"

我认真听着大人对我的劝说，但自己还是恼恨着自己。面对一个遇到困难的家庭，连喊一声"鸡蛋换葱"的勇气都没有。但我还是逐渐明白了一个道理，目前所实行的一切不就是为了解放全中国吗？而解放全中国正是需要像酥瓜那样获得胜利果实的人。

一天，已在政府工作的父亲回到家，他身后站着一位高个子男人，那不是分区后方医院的孟院长吗？

孟院长和我站了个对脸说："叫三羊吧？"

我说："是 …… 叫 …… "我又口吃起来。

院长说："五年不见不就是个大人了。"

我说："五 …… 五年 …… "

那次后方医院驻在我家是1943年"五一扫荡"时，那时我八岁，现在我是十三岁。

"参加吧。"院长对我说。

参加就是意味着参加革命。当时革命阵营把参军或参加革命工作都简称为"参加"。

我懵懂着。

"参加吧，我记得你会做蒸馏水和脱脂棉。"院长说。

我听懂了，心咚咚跳着，涨红着脸，脸上手上都浸着汗水。

父亲听了孟院长的表示，却没有感到什么意外，他对孟院长说："早晚的事。"

早晚的事，父亲的话不无根据，我家的几位父辈和兄弟姐妹，都是有着"参加"经历的。大哥的投笔从戎，二哥的弃农从政，姐姐为战争胜利去做炸药，都是有过"参加"的经历的。就这样，我家又有了一位参加者。

分区后方医院随着形势辗转现在要正式入城。我就随着意愿入城，入了院，如了愿。

医院入城后，还是住在几间民房里，没有正式的诊室，没有病房，没有正式的手术室。药房也和大夫的诊台拥挤在一间屋子里，只用块布幔相隔。我入院后，就被分配在布幔一边的简单空间里，那里被称作药房。

董医助还在，对我说："这就是你工作的地方，目前咱们分工也不明确，该拿药你就拿药，该调剂你就调剂。面对病人时，你就是位医生，内科、外科……"

董医助和孟院长的诊室内也有布幔。我所在的诊室里，布幔那边是早先住过我家的那位孙学志医生。我的任务名义上是司药兼调剂，但不久领导就把我当一名全科大夫使用了——我正在药房调制硼酸软膏，或许孟院长就在门外喊我了："三羊，快，带上两只麦角，带上二十毫升的注射器，骑车到城西朱家庄，一位妇女难产大出血，血崩。"我必得扔下手下的活，按院长的吩咐去为那位大出血的妇女注射麦角。麦角当时是唯一可止血的特效药，它本是用于战地外科的，它要用二十毫升注射器注入静脉。

或许我正在用碘片配制碘酒，董医助在喊我了："三羊快去，带上穿刺针管，到北门村给那位水臌病人放水，这次最少要放二百毫升，上次我给他放了一百五十毫升。"

给水臌病人放水我并不生疏，上次我就跟小董为那位病人放过水。那要把一根十几公分长的大针管插入病人鼓胀的腹部，让腹中的积水流出。

孟院长又在喊我了："三羊快去，城西东河村出了大事儿，'还乡团'砍了农会主席，情况不清楚。你带上止血钳，缝纫针线，去做先期处理，必要时再接他来医院。"

我去了，那位农会主席的头尚在脖子上，刀伤幸好未及颈动脉，我用粗针大线为他做了连接……

每天几乎都有人招呼我"出诊"，去应付各种"疑难杂症"。如果我的行动也叫"出诊"的话。

孙大夫，常在布幔那面，面对布幔说："向三羊，你真是一位全科大夫了。锻炼吧，你的前途无量。"

一时间，也许我又变得神气活现，嘴里常常哼着"第二战场开辟"了，从布幔那边进进出出。

但我的作为，在医院和孙大夫看来仍然是雕虫小技。真正和性命有关的手术，还要由院长和孙大夫施行，小董也是主力。那时我便是一位站在手术台前的器械员或麻醉师，主刀大夫朝我喊着：柳叶刀、挠匙、止血钳……病人需要"全麻"时，我就举着乙醚朝病人的口罩上边滴边喊："一、二、三……"病人跟着喊，直到他们被麻醉到喊不出时。

盛夏一日，一位年轻的母亲抱着一个血肉模糊的男孩，跑进我们院里，她自己双腿也被鲜血染红。称孩子玩弄日本人遗留下的手雷引起爆炸。此时她正在灶前生火，孩子蹲在一旁。结果孩子被炸掉一只脚，她自己也伤及大腿内侧。于是医生将男孩安置于"手术台"，全院所有人员围过来，准备为男孩施治。为母亲施治的任务就分配于我了。院长呼着我的名字喊："你，你去处理他娘，去耳房。红汞，纱条，双氧水，探针，止血钳……记住了。"他嘱我把必备的药品和器械备齐。我带着一个云雾似的脑袋把任务接受下来。

我们住一所民房，正房为诊室，只木床一张，即为手术台。耳房是堆放杂物的一个小间，房内有一块用青砖支起的门板，板上堆些杂物。

我将女人扶入耳房，推开门板上的杂物，让其仰面躺下，只见她大腿内侧已被血染。那么处理伤势前首先要把裤子去下，去就是"扒"。扒女人的裤子平常是一种不可思议的行为，但我是一名医生。当我将她那条被血染的裤子去下后，于是该暴露的伤势和不该暴露的私处就一起暴露在眼前。我有些恐惧，像是受了惊吓，我战栗着。我恐惧的不是她的伤势，各种伤势我见过不少，而是那里，是女人的那里。它是那么真实，又使我那么猝不及防，而她面对的是一位十四岁的少年。

下面的事是我要努力克服着自己的恐惧为女人探明伤势，按照一位外科医生的方式，为她处理伤口。原来在她大腿内侧有伤口二十几处，所幸未及私处。日本的手雷形似甜瓜，表面铸有菱形方块以增加杀伤之力。我先用探针探明每个伤口的深度，那伤口深的已及股骨，浅的也有寸许。我用探针探明碎片位置，再用钳子将碎片钳出，以双氧水把伤口洗净，塞入红汞纱条，再用敷料将伤口封死。就这样我在两个小时后完成了一位外科医生所该完成的一切。两个小时，女人只是紧闭双眼克服着疼痛，一直无话。当手术完成她猛然跃下门板双手紧捂私处向外跑去，她要去找儿子。

当然，母子的一切都得到了合理的处理，也包括了女人的裤子。但我们没有病房，没有条件供他们住院，母亲忍着自己的疼痛背儿子离开医院，之后的日子需来换药。

我为女人换药多次，直到她的多处伤口痊愈。

经过多次不敢面对的面对，我也渐渐少了些恐惧，多了几分冷静和冷静中的心悸。

每当她接受我的治疗时，她只是紧闭双眼，和我似无展开的话题，只是最后一次治疗，我除去她身上的敷料后，她从门板跃下，整理好自己，对我说："臊煞我。只当你什么都没看见吧。行呗？"我说："行。"我整理着手下的器具，头也不敢抬。女人又说："我这也是废话，看就看见吧，你也是个大小伙子了，知道点事了。"

我想，我真是个大小伙子了，知道点事了。不然，为

什么一次次面对我不该面对的时候，渐渐少了先前的恐惧，多了些无边无际的心绪和悸动，有时还用生理解剖的图例和那里做些对比。

女人还在刻意整理自己的衣衫，一次次刻意把裤腿伸直，面朝我很是站了一会儿又说："看就看见吧，也是该着的。"她脸上是从未有过的羞涩。

或许，一个人的长大成人都有过"突然"。那位年轻女人跑着走了，我突然觉得我是一个大人了。

五十六

我"隔壁"的孙医生是一位很有阅历的西医,他做过军医,自己开过诊所。但他在叙述他的军医生涯时显得有点混乱。他说,一次有件事他让小鬼去报告指导员,小鬼朝他打了一个敬礼去了。小鬼、指导员这当然是革命军队中的称谓了。小鬼通常是指为领导服务的警卫员或通信员。有时他又说,一次,他让勤务兵深夜十二点到劝业场买元宵。勤务兵也朝他打了个敬礼去了。勤务兵当然是另一种军队中的称谓。而劝业场在天津,天津当时是敌占区。有一次他还说,一位慰安妇找他看病。他用日语和她说话,慰安妇听不懂,原来这慰安妇是朝鲜人。还讲了这名小慰安妇不少细节……

这位有着高挑的瘦个子、鼻子修长、眼窝深陷、正值中年的孙医生,且无家庭拖累,一个人独来独往。

我尊重孙医生,因为他像我心目中的医生,他那一尘不染的衣着,他那文雅的举止,就连他的洗手也带着极严格的职业特点,有六道程序。至今他开处方还用拉丁文,他把拉丁文写得龙飞凤舞。虽然用拉丁文开处方已被废止，但孙医生用。他说病人看到拉丁文从心理上已经得到安慰，你用中文写"苏打"就不如用拉丁文写"soda"；你用中文写"磺胺"就不如用拉丁文写"sulfonamidum"。拉丁文之于病人是一种必要的心理暗示。我赞成孙医生的观点。我认真解读着孙医生天书般的处方，好歹我有从前董医助教我的那点拉丁文基础，和孙医生准确无误地做着配合。

只有一点我对孙医生心有疑虑，便是他对女患者的过分"关照"和"搭勾"。在属于孙医生的空间里他和女患者没完没了地"搭勾"闲聊，他本是一位正统的西医，却弄起了号脉、按摩、推拿一类。这便使得他有更多的时间在患者的身上按抚、弹拨。他还与患者聊些与疾病无关的话题，诸如对蜂窝煤炉子怎样改造才能省煤；用高粱米做饭怎样才省火；咔叽布和哔叽布的区别；甜面酱还是保定的好；回力球鞋是个老牌子，三十年代上海就有……有时他还和女患者聊些织毛衣的针法，我猜孙医生并非织毛衣的内行，但他能说出不少针法和花样，诸如太阳花、萝卜花、玉米花还有上行针法、下行针法……女患者也津津有味地附和着，她们的笑声不时从孙医生的空间升起。这使得本来安静的诊室，有时会突然热闹起来。

有位时常来诊室和孙医生搭勾闲聊的女患者好像是县供销社的一位职工，那时供销社的职工也是国家干部。这位女干部，长得不丑、不俊，脸上雀斑细密，像撒了一脸的碎茶叶末儿，所以外号叫"高末儿"，高末儿本是人们对一种又碎又赖茶叶的称谓。有人喝茶专喝高末儿，它便宜。高末儿说话大嗓门，胸膛把衣服"顶"得很紧，有点招人。她结了婚，和丈夫两地分居。

　　高末儿大概坐在了孙医生的诊桌前，声音不加掩饰地喊道：孙医生快去买甜面酱吧，从保定运来的，槐茂的，你不是说过保定的甜面酱好吗？

　　布幔那边一时很安静。我猜他正在为高末儿摸脉。一阵静默过后孙医生只轻描淡写地说着"浮""浮"。他说的是脉象。中医断病很注意脉象的"沉"和"浮"。而作为西医的孙医生，面对患者也说脉的沉和浮。不当着患者时就说，脉搏只代表着心脏跳动频率，哪有什么沉浮。岂有此理。

　　孙医生对高末儿说了些"沉"和"浮"，又说"不来"是营养跟不上，脉浮也是一种现象。就找几把黄豆吃吧。没有黄豆，黑豆也行。甜面酱解决不了营养问题，黄豆黑豆你们供销社不缺。

高末儿嘻哈着说:"黑豆不是喂牲口的吗,社里倒是有。"

孙医生说:"吃几把只有好处没坏处,是黄豆的替代品。"

在县城刚解放的日子里,物资供应还是缺乏的,虽然供销社担负着全县生活生产物资的供应,但门市上还是空荡荡的。本是牲口才吃的黑豆一时也成了人的营养品。

孙医生和高末儿聊完黑豆,又聊起从前他给那位朝鲜慰安妇看病的事,说着笑着。孙医生管那名慰安妇叫小朝鲜,说小朝鲜哪儿都小,还得接待那么多凶狠的日本兵。高末儿笑声从布幔那厢传过来。

一天,高末儿又来了。她进门不再和孙医生说买甜面酱的事,只高喊着:"来了、来了!"又说,来是来了,就是不准。当然她喊叫的又是她的"月事"。这次,孙医生没有同她摸脉,只不停地说着她的腹部长腹部短,他说话声音小。就像怕我听见似的。孙医生为女性诊病,涉及隐私时,声音就压得很低。

高末儿喊着来了来了,我知趣地捧出我的棉絮和钢精锅就到厨房去借火泡制我的脱脂棉。做脱脂棉还是老办法,就把普通棉絮下锅煮,煮后晒干,就成了脱脂棉。谁知当我再回到我们的医务室时,屋内正发生着一件出人意料的事:高末儿涨红着脸,摸着自己的裤腰正面对孙医生,怒不可遏地"说事儿"。她看我进来又将自己转向我说："你再年轻，在这儿工作，就是医生，是不是？是医生就得有点医生的规矩，有点行医的医德，是不是？你听听，说我的子宫歪，要给我正子宫，怎么正？让我脱了裤子揉我的肚子，揉揉肚子吧，这也没什么，我配合了。七揉八揉，还要往下揉，下边是哪儿你也明白，这就非同一般。你们别看我爱说爱笑，我可不是那种人，你们认错人了。我看你们是不想干了。可以，你们等着，我有地方反映。"

高末儿一口一个"你们"，就像我也成了"同案犯"。

我面红耳赤地判断着眼前的事，觉得事情已非同小可。

高末儿愤怒着，自己跑了出去，找孟院长去了。

事情很明白，还要有所"发展"。

孙医生垂着头，也不看我，回到自己的空间坐下，他面色苍白，已知道这次的"正子宫"事件的严重性。几天后，他果然被有关部门"传"了过去。再后来，他离开了我们这个共同的空间。我偷偷问董医助，孙医生去了哪里？董医助说她也不清楚，反正被下放到一个很远的地方去了，我说："判刑？"她说："是劳改吧。"我说："就为了高末儿？"她说："过去他的历史本来也不清楚。"

现在，我一个人站在这个大空间里，患者不得已把我

381

当医生使，我用拉丁文龙飞凤舞地开处方。自己捧着自己龙飞凤舞的处方去取药。高末儿也来。我们谁也不提以前的事，就像什么也没发生过。我倒自然而然地常想到她的子宫。从解剖图上看，女人的子宫像个切开的梨。

五十七

孙医生走了，诊室变得冷清起来。我忽然想起柳老师，想起我久违了的绘画事业。县城解放后，教我画菊花和领袖像的柳老师调到县城民众教育馆，做了馆长。一时间我成了民众教育馆的常客，进入柳老师的馆内，先是一个由民房改造的"展厅"，在屋顶的檩梁上拉着不少绳索，上面悬挂着一排排由柳老师临摹下来的漫画、宣传画、木版年画。柳老师见到我高兴地说："我以为你改行从医忘了你柳老师。"我一时不知所措地似是而非地回答着。柳老师又说："来吧，替我画吧。宣传品越来越多，把我整天忙得两脚不着地。我可没忘记你，你却忘了你柳老师。"

"来吧，帮我画画吧"，柳老师一句话提醒了我，原来我是会画画的，我画过菊花，画过领袖像，画过灯方上的戏出，后来还画过解剖图。于是我又成了柳老师的帮手，每天闲暇时我便来到柳老师的民众教育馆，柳老师早为我准备好了画笔、纸张和参考资料让我临摹。不久馆内也挂出了我的"作品"：华君武的漫画《磨好刀再杀敌》、彦涵的木刻《豆选》、冯真的年画《娃娃戏》，还有苏联画家库克雷尼科赛（三个苏联画家的联合署名）的作品……

不久苏联印制的油画也发行到中国，一幅名为《列宁在讲台上》的油画印刷品出现在馆内，它以全新的形式吸引着我。画的是十月革命时列宁在讲台上向众人做演讲。列宁自信地仰着头，猎猎的红旗簇拥着他。我兴奋地站在画前，发现这种绘画和我过去在教堂里看到的画有点像，但又有所不同，它色彩强烈，笔法活跃不拘一格，给我以莫名的冲动。柳老师告诉我这种画叫油画，顾名思义是用油彩画成的。他还说从前你从山牧仁那里看到的那些宗教画也是油彩画成的。可那时的油画和现在苏联的油画大不一样，画法有了很大的改变。

我问柳老师油彩什么样，柳老师说他也没见过。油画是怎么画出来的，他也不知道。他开玩笑似的对我说，这些问题要等我告诉他。

柳老师还说："当时我把蜡笔借给你画菊花，就发现了你的美术天赋。我预计后方医院不是你久留之地，我等你给我讲油画。"

讲台上的列宁和柳老师的一番话，再次唤起了我对美术的兴趣，这使得我对眼前的事业不安分起来。当我再站到诊室调制软膏时，仿佛那些软膏不再是软膏，而是画油画用的油彩。

我用凡士林做基质，再加上所需的药物成分 —— 黄碘、硼酸、红汞和依克度 —— 调制软膏。

黄碘软膏 —— 黄色。

硼酸软膏 —— 白色。

红汞软膏 —— 红色。

依克度软膏 —— 黑色。

我想，这不就是油彩吗？如果换成油彩的基质，再加入不同颜料，不就成了绘画用的油彩了吗？

油彩鼓动着我，颜色鼓动着我 …… 调着医用软膏，想着油画的油彩。

董医助发现了我做事心不在焉，问我："三羊，有心事了。能给我说说吗？"

我说："其实也没什么。"

小董说："咱不兴说其实，其实后面都还有话。"

我说："你看，战争年代也过了，医院的战地任务也少了，咱们就剩下给水膨病人放水，给大出血的妇女打麦角，还有长疖腮的，长耳朵底子的 …… "

小董说："你想得可不对，咱们县城解放了，伤员少了，可是不远处还有战斗，有战斗就少不了战地外科。你知道，解放元氏的战斗还没有结束。咱县和元氏县是邻县，说不定伤员一下来，就会往咱们医院送。我来就是告诉你做个准备。赶快把辅料、软膏、绷带赶出一批来，还有，连蒸馏水都没了，我就是来通知你的。"

我问小董："真要下来伤员吗?"

小董说："真的，已经有通知了。攻打元氏比攻打咱县要艰巨，估计伤员不在少数。"

一天后，果真从解放元氏战场上下来了一批伤员。他们是十几位被火药烧伤的战士。据输送伤员的负责人介绍，攻打元氏是一场艰苦的攻坚战，它城墙坚厚，碉堡林立。日本投降后，国民党又抢先占领了它，再次加固防御工事。但我攻城部队决定用破墙入城的办法：先在城墙下深挖洞，而后将大量炸药放在棺材中。再将棺材放入洞内，引爆棺材，使部队乘虚而入。这十几位被烧伤的战士，是在向棺材内填放炸药时，不幸炸药起火，他们被抛向高空又落下来。大面积烧伤都在90%以上。现在每个战士都被烧得像一个个烧焦的木桩，面目不清。

我们没有病房，便把几领苇席铺在院中，再把伤员放在苇席上进行处理。我们也没有治疗大面积烧伤的经验，现在就靠了我配置的几脸盆硼酸软膏向伤员身上涂抹。每个战士的模样也难以辨认，只在伤员"入院"时，我们收到一份受伤战士的名单。名单中有一位叫贾酥瓜的战士。

贾酥瓜不就是我的伙伴战友酥瓜吗，酥瓜姓贾。

我怀着无比的悲伤和恐惧在伤员中急切寻找我的战友贾酥瓜。但他们一个个都像烧焦的木桩，面目不清。我努力回忆着酥瓜的身材，他是一位身材瘦弱、后脑勺突出的人。人称这种头形叫梆子头，我终于找到了一位梆子头的人，俯下身来试着呼唤他的名字，他在呻吟中睁开了眼，就是他。我认识他的梆子头，还认识他的眼神，眼神中常带着几分挑逗和几分尕。他认出了我，但他语言已不清。我说我们正尽力为你处理伤势。酥瓜把眼睛睁得很大说："三，不沾了，我……我要去诺曼底，记住去诺曼底。"我们家乡管"不行"叫"不沾"。

酥瓜说完，闭住双眼再也没有睁开。十几个伤员先先后后都闭住双眼不再睁开。显然我那几脸盆硼酸软膏是无力挽回他们生命的。

按战时规定，牺牲的战士要有两匹土布缠绕才能入土，这是一种待遇。

我把酥瓜用土布缠绕起来，他变成了一个雪白的有点儿弯曲着的"酥瓜"。

我按酥瓜的嘱咐，让村人把他埋葬在柳树坑的西岸——我们的"诺曼底"。我回到村里参加他的葬礼，担子、罐子、雁和从前儿童团成员都参加了他的葬礼。上级的主持人说贾酥瓜在部队还是一位立过功的侦察英雄。

几天来我耳边都响着酥瓜的声音：我不沾了。几天来，眼前总是那个缠着一身白布的酥瓜。几天来，我好像又回到我的谷草垛和柳树坑。酥瓜的声音总在我身边响着："哎，伙计。新女婿和新媳妇上了炕，谁先说话，说什么?"

或许酥瓜早已想到他和新媳妇儿上炕该说的话了。可他却失去了说话的机会。

几天来我还想到火药这种东西，充足的火药可以显示作战一方的威力，用它去争取胜利。可火药对于拥有者原来也是"敌人"。我姐姐在做火药，酥瓜是不是把我姐姐做的火药填入棺材里呢? 这就是战争吧。

小董看到我更加消沉的模样说："你说过的那位贾酥瓜，他为什么要说诺曼底，诺曼底不是在法国吗?"

我向小董介绍了我们的诺曼底就是一个柳树坑。那里对于酥瓜、对于我的意义所在。小董说："怨不得，这么说我也经过你们的诺曼底。可对于我，它只是个柳树坑。人生就是这么不同。而它对于你们就那么重要……"我说："那是真的就好比法国的诺曼底。"小董说："原来这样。你的形容实在不可思议。"

我说："柳树坑就是诺曼底，这就是我对战争的粗浅理解。英美联军从诺曼底登陆，我们天天从柳树坑'登陆'，去侦察、去监视、去发现我们的敌人。"

小董说："你快成理论家了，不，是诗人。我在冀西上白校，有一位姓田的诗人给我们讲诗，说俄国有位叫普希金的诗人，他写过他要为自己建立一座非人工的纪念碑。你说纪念碑都用石头、砖头建成，那非人工的纪念碑怎么建？可我半懂不懂地想，这样描写就是诗。你把柳树坑比诺曼底也已经是诗了，我看你当诗人吧，弃医从诗吧。"

我和小董谈话后，也许受了诗的鼓动，想到没有石头也可以建成纪念碑，活人也可以变成一个烧焦的"木桩"。疑问、恐怖和惊吓，总是在笼罩着我。

晚上做梦，那个用白布缠绕的酥瓜，总是站立在我眼前问我，伙计，你说新女婿和新媳妇上了炕第一句话说什么……我在梦中惊醒，对眼前的事业更加三心二意。

五十八

一时间我成了柳老师民众教育馆的常客，柳老师的馆内不时更换着新画，我也登梯爬高常帮他替换。那时苏联那些著名画家的作品不时向中国涌来：老格拉西莫夫、小格拉西莫夫、约干松……他们的画中都鲜明地塑造着一些鲜活的人物，适应着将要建立的新中国、新形势，作品感染着中国，也一次次感染鼓励着我那颗不平静的心。

我又来到民众教育馆，柳老师举着一张《冀中导报》走过来，脸上挂着欣喜，他指着报纸对我说："好地方，好消息，好去处。你念念这段。"柳老师指的是一则华北大学的招生广告。

柳老师又说："我替你等的就是这一天，你不去谁去？"

华北大学是位于正定县的一所综合性大学，实际是解放区为新中国培养革命干部的一所学校。抗战时期，它辗转于陕北和张北等地。冀中成为稳定的解放区后，它才落地于此。当时华大以"部"区分专业，"部"如同现在大学里的学院。柳老师告诉我，华大三部就是属于文学和艺术的院系，那里是藏龙卧虎之地，有不少著名画家、作家、戏剧家都在那里任教。咱们临摹的美术作品中，就有华大画家们的作品。

我手捧这份报纸，逐字逐句阅读着上面的内容，心跳加速起来，我知道人在为一件事激动时，心率自然会加快许多。我知道平常人每分钟的心跳是六十至八十次，现在我的心跳或许是一百次或一百二十次，我带着一百二十次的心跳以求索的眼光直视着柳老师，柳老师又再次鼓励着我。

从前，我和父亲以及同行们商量我的前途时，他们对我的前途不谋而合，希望我能成为一位优秀的外科医生，我也曾不置可否地附和过他们对我的希冀。当现在我手捧这张报纸，阅读这则招生广告时，才明白了原来我对医学行是犹疑不定的。

我找到现在在政府工作的父亲（他已是县卫生部门的领导人），第一次斗胆来到他的办公室，原来这儿像个单人宿舍，一个办公桌上堆放着他所需的报纸书籍。还有一台书本大小的半导体收音机，办公桌旁是一个铺板，铺板上铺着他从家中带来的被褥。我认识这种织物，都是出自母亲之手。

我很少和父亲做正式对话，我发怵。本就说话口吃的我，见到父亲就更加心惊胆战，吐字困难。我越是吐字困难，他则越是口若悬河。现在我坐在他的单人铺板上，艰难地磕磕绊绊地向他诉说我的来意，他坐在桌前，一手仍在翻看着什么。果然开始了他对我的长篇演说。他把话题扯得很远，从祖父从军经历到大哥二哥姐姐的投身革命。他说祖父的从军一半是不甘心眼前的生存现实，一半是赶上晚清招练新军的机会，才从一位农家子弟成为一名将军。但他的人性本质还是骑下村的一位普通人，民国新军大败于北伐后，他又自然而然地还乡为民，荷锄于田间，他就是村中一村民，在人前毫无羞愧之色。向家兄弟姐妹的投身革命，是抗日形势需要，救国第一。抗日救国是没有个人喜好的，发动群众抗日的，做火药的，领导土改的，都是革命需要。而你要脱离医学行，远走去从事连我也不明白的事业，那完全是你的兴趣使然。一个人凭兴趣做事，存有一定不确定性，因此这只有两种可能，一是成功，一是一事无成（父亲说话爱用"因此""而且"等）。那些闹文学艺术的大家，都是百年不遇的个案，我崇拜他们，我读他们的书，唱他们的歌。但他们于我都是虚无缥缈的存在。现在你一心要远去，我不能一味地给你泼冷水，也许中国将来要出现一位艺术新星，这新星姓向叫三羊。或许你会一事无成，因此你还要返回咱这块土地。而且我又会多一位继承人，不，多一位能为病人动刀开膛破肚的医生，但我并不希望这位医生出现。因为这便成了一个不三不四的怪圈儿。

现在你要离家没有机会再听我的"絮叨"，我还要送你三句话：第一，人要弄清眼前的事是不容易的。比如你要从事的艺术，比如我对医学这行。第二，你既然要远走接触社会就要学会习惯一切，你能习惯一切的不习惯，才能善待别人，人也才会善待你。第三，你经历的一切都会成为历史。它提醒你不要太在意眼前的喜怒哀乐，哪怕你真会成为一位出人头地的大人物。只有滚滚长江东逝水，才是永恒的。我教你念过《三国》，曹操对刘备说，天下英雄唯使君与操耳，乍听，是他在最得意之时的自我夸张，可他还有过"月明星稀，乌鹊南飞，绕树三匝，何枝可依"的诗句，为什么？因为他意识到自己也会成为一位"何枝可依"的历史人物，结果，还不是败在司马家族之手，说到你，假若当时长工大祥把你埋掉，你也早已成为历史。目前，向三羊的历史还在继续，这便成了历史的偶然。

我没有语言能力和父亲应对，他越像一位超人，我在他面前越像一个白痴，一时间我希望父亲的谈话赶快结束，难道人生来是这样吗？有时我面对父亲的长篇大论，甚至反倒认为他那是卖弄自己的学问了。转念又想，就算是他卖弄学问，也足够我消化一生了。

父亲看我不说话就改变话题说："我知道你是不长于说话的，你不说话，我知道你正在打自己的主意，这是我们父子之间的区别吧。明天回趟家吧，去见见你奶奶、你娘。"

两天后我请假回到我的村子，在家中，把我的打算递说我奶奶和我娘，原来她们对我的主意并不感到意外，她们已经习惯了亲人离家出走的经历。我娘只问了我那个地方离家有多远。我奶奶只说这些天她光做梦，梦见我穿着十三旅的军装，向她打敬礼。在梦中她还对我说过，自家人还打什么敬礼？她说着，显得对眼前将发生的一切都若无其事的样子。就像目前她对于自己的生存状态若无其事一样，她本是一位将军的夫人，现在却住在长工大祥和牲口住过的屋内：一盘不规不矩的土炕，旁边就是喂牲口的那个大石槽。我离家出走那天在向她告别时说："奶奶，我走了。"她带着几分幽默对我说："走吧，不走怎么回来。"这像是对她自己的安慰，也是让我走得放心，少牵挂。是啊，人"不走"就没有回来之说。

许多年后我学习哲学，觉得奶奶的话不就是哲学？因为其中有不可否认的"辩证"。

我要离家远行，母亲用她亲手纺织的粗布为我缝制了一个口袋，让我把随身物品装入其中。那时我实在没有什么随身物品，出门时这只粗布口袋里只有一双袜子，一双母亲为我赶制的新鞋，还有她为我煮熟的几个鸡蛋。最后她还细心地为我拿出两支铅笔，那还是我演"出埃及记"时的奖品，再把日本兵松山槐多留下的速写本交给我。晚上我和母亲并排睡在她的炕上。她一夜无话，睁着眼睛打量黢黑的房顶。有月光通过破损的窗纸照在她的脸上，她脸色像以往一样平静。当我进入梦乡时，我猜她还是睁着眼望着屋顶，直到天亮。早晨，为了我的离去，她还在一个茶碗大的铁勺里，倒进少量的油，为我煎了两个荷包蛋，我第一次享受着家庭对我的款待，母亲默默地注视着我，我的眼泪滴在鸡蛋上。

1949年的春天，万物复苏，柳树坑的柳树正飘着柳絮，漫天飞舞的柳絮落在地上，变成大大小小的"雪球"，它们像欢唱着，为我这位远去游子送行。我站在柳树坑（被我们称作诺曼底）旁边，想到一首抗日歌曲："春风吹来柳枝儿青，楞格里格里格隆……子弟兵老百姓，大家赶快去春耕，早耕种早播种，今年就有好收成。"

盼望好收成，一种好心情的使然吧。

我站在坑前唱歌，一群早已藏在坑内的伙伴从坑中拥了出来，截住我的去路，这是担子布置下的"圈套"。担子现在是儿童团长，现在他站在坑边向同学们喊："站成一排，欢送咱们的老团长向三羊。怎么欢送？唱两首歌。先唱《群雁飞》，还是雁领唱。朗诵者还是老团长向三羊。"我很意外地站到同学中。当演唱开始，轮到我朗诵时，我像从前一样，从队伍中跨出一步，提高嗓门儿朗诵道："老乡们，不要伤心……"可惜我没有再朗诵下去，我自己先伤心起来，许多伤心事涌上心头。一位"老团长"经历过的一切喜怒哀乐一桩桩一件件都涌上心头……当我无法再朗诵下去时，聪明的担子"分析"了眼前的形势说："咱不唱《群雁飞》了，敌人早被咱们从娘子关打跑了，咱唱'第二战场开辟了'，第二战场就是从那个叫诺万底的地方开始的。"有同学提醒他，不是"诺万底"是"诺曼底"。担子说："对，诺曼底。柳树坑就是诺曼底。我和向三羊就是从这里登的陆。"我想起了那次我们的登陆演习，我们手持长枪（木棍）从柳树坑匍匐前进，爬上岸边，向着眼前的敌人（一排秋收后的谷草个子）猛刺过去，喊着："冲啊，缴枪不杀。"

我们一起唱了"第二战场开辟了"。大家围住我，又说了不少祝贺或回忆以往的话。有同学说学校换了老师，那一次同学们围住我对我的批斗，把我赶出学校不是武老师的主意，他是按农会的指示执行的。武老师现在调到分区前线剧社了。

大家围着我，拥挤着我，欢欣鼓舞地为我送行时，雁悄悄挤过来，把一个纸条塞到我手中。

我和新老伙伴做了告别。一路走着才想着雁的纸条，想到雁是大闺女了，同学中本米就有传递纸条的习惯，纸条里往往都是不可告人的秘密。莫非……我一路想着我将怎样对付雁的纸条。莫非雁真有不可告人的话对我说，当我打开纸条后，原来我的判断有误，纸条上写的是：向三羊同学，你是我同学中最好的人（可不是那个意思）。你走后叫我也上你们单位吧。我会做饭会烙饼。同学张明雁。

雁姓张叫明雁。

五十九

我告别父亲，告别我的医院同仁，告别柳老师，身背一个行李卷儿，里边是家做的被褥和几件家做的衣服。腰系母亲为我缝制的那个粗布口袋，从县城的西门走出，回首再望西门，那座高大古老的土门洞冷峻地注视着我的去向。

我顺着一条土路向北走，向前望去，不知哪里是尽头。道路两旁还是一望无际的平原，我双脚踏着细腻的黄土，细腻的黄土在脚下飞扬，想起父亲教我的一首诗，李白的《蜀道难》，李白写"蜀道之难，难于上青天"，是写蜀道高低起伏，难于攀爬吧。我脚下是另一种难，是无尽的黄土路，单调寂寞的没有尽头的难。路上少行人少车马，只有我这个只身远去的游子，假如有人从远处看我，我一定像个甲虫在旷野中攀爬吧。

柳老师告诉我我离我的目的地距离是一百五十华里。如此说来按我走路速度要走三天吧。我踏着黄土，像个甲虫一样攀了第一天。换句话说，我才走到第一个黑天，我将在路边小店住下过夜，这是一条毗邻一个小县城的路，路边有几个小店，店门上有纸糊的灯笼发着微弱的光亮，老人说这县城从前是一个赌城，对于那个赌城奶奶也不止一次在油灯下在黎明中用顺口溜形容着它。她咯咯笑着说：进了这个县就把衣服换，好的换赖的，赖的换个布袋片，披着布袋片，光腚进了鸡毛店。她说鸡毛店里没有炕，只有土坯垒成的大池子，池子里填着鸡毛。那些在赌城把钱输光连衣服也输掉的人，只剩下一个裸体的自己，就会冒着大雪来鸡毛店过夜，当池子里客人已满，店主便手拿一根冰冷的铁棍插入鸡毛内搅动，于是客人为逃避冰冷的铁棍再形成空隙，来人再次跳入池中，钻入鸡毛。

我在一个路边停住，这小店由半截土墙围住，墙内只几间土坯矮屋子，莫非就是个鸡毛店？我提心吊胆地走进去，店主把我领进一个土坯房间。当然鸡毛店已不再，那是一排大炕，炕上人已挤满，店主对我说见空挤挤吧，说完走出去。

我找个空隙挤进来，有人已经酣睡，打着冲天盖地的大呼噜。醒着的人咳嗽着或吐痰或放屁。

我想起离家前父亲对我的"约法三章"，让我学会习惯一切，善待别人，现在我必须学会习惯眼前这些打着呼噜吐痰放屁的人。我善待了别人，别人也善待我。他们为我腾出一席之地，我躺下来盼天亮。

天终于亮了，我到店前交了费，买了半张烙饼，边吃边走又上了路。

在"赌城"的一夜，使我感到眼前不尽是光明。原来鸡毛店才是眼前的现实，而艺术在哪里？艺术离我不是剩下那一百华里的路吧，它比一百华里要远得多。不知还有多少鸡毛店对我的恫吓，我努力去理解消化父亲对我的"约法三章"，但一夜的经历，仍然使我心惊胆战。我为什么非要离开我那得心应手的一份工作，离开孟院长、小董，他们那温和的笑容与无比和谐的合作？离开我那间带布幔的诊室去寻找遥远的虚无缥缈，"虚无缥缈"这是父亲对艺术的形容。我一路走着，脚下蹚着黄土，眼前只是我对过去的回忆。对，离院前我把张明雁那张纸条交给了小董，小董说正好医院要扩编，叫张明雁来当卫生员吧，用不着去烙饼。

我又走了一天，又是一个天黑。路边连鸡毛店都没有，只有一个几十户人家的小村儿，一位大娘正打柴回家，她看我走得步履艰难，走到我身边，又看我身背行李，手提行囊，便说，准是去参军的吧，天黑了还往哪儿走，跟我回家吧，就在村口。

我想天黑了还往哪儿走，连个鸡毛店也没有。我对大娘说，我是去上学的学生。大娘说参军、上学都一样，都是为了新中国，家去吧。

我放下心来，跟大娘走到她的家门前，大娘推开一个栅栏门，朝着家中喊："琴，快生火烧水，看把这孩子饥饿的。"大概那时的我疲劳加饥饿，早已不像从前那个精神焕发的我了，像一个沿路乞讨者吧。

一个半大闺女从房中跑出来，接过大娘的柴火，又朝我观察一阵，就去烧水做饭了。

我在大娘家洗了脸，洗了脚，喝了水，吃了饭，还不得不在大娘家住下来，但大娘家只有一间屋子一盘炕。我将要和两个女人睡在一盘炕上了，我选了一个适合自己的位置躺下来闭眼粗睡，在黑暗中我感到是大娘居中把我和琴分开睡下的。不知大娘和琴是粗睡还是细睡。

和女人同睡一盘炕，不由自主地又想到和黑相处的日子。日子就是这样一天一天、一年一年过去的。转眼我已不是和女人无拘无束地围挤一条炕的年龄了，我极力躲避着大娘和她的女儿，证明着自己是个好人。

吃晚饭时大娘对我说，琴都十六了，解放前上过高小，是日本人办的，在方村镇上。咱村离石门近，方村离石门更近，八路军招兵招不到这里。琴又不愿意到石门做工，你把琴带走吧，叫她也考考试试，考不上还回来，也该找婆家了。

琴腼腆着，面朝我抻抻衣服扶扶头发，用一种期待的眼光瞅着我。

面对眼前的形势，我一时拿不定主意。可看到琴的长相，不知怎么就想起分区前线剧社来村演出的那些女演员，想到琴要是穿上一身列宁服和演戏行当的闺女们准没什么区别。又想到我将去的华大三部也有戏剧专业，我就冒昧地对大娘说："大娘我考上考不上都不一定，琴跟我走要是……"

大娘豪爽地说："不是说好还回来嘛，这有什么，一个闺女家找个婆家嫁出去。"

一晚上我翻来覆去地想着大娘的话，天不亮琴和大娘就起身生火为我做饭，我从炕上下来，看见一只凳子上还有一盆冒着热气的洗脸水，我洗了脸，大娘让我和她们一起吃饭。大娘不时让我快吃，好给我添饭。大娘自己也端着碗和我说着话。

我答应下带琴一起上路，也是个伴儿，可化解我一个人走路的寂寞。我还有一天的路程 —— 一天寂寞难耐的路。

　　我在大娘家吃了琴做的贴饼子、小米粥，和琴一起走出村子，又走上我该走的土路。当我走出村口，再回头看那村子，村口的土墙上写着"孙村"两个字。琴也姓孙，叫孙凤琴。

　　我和孙凤琴一起向北走，看来她是一个很憨实大方的闺女，也许是她那一副自然相打动了我，我才决定和她一起上路。可琴是上过日本人学校的。

　　我问她，你娘说你上过日本人开的学校是真的？琴自然而然地说是，就在前面的方村镇，可老师都是中国人，学过几个日本字儿，也唱过日本歌。

　　我问她，日本人进过村吗？"扫荡"过没有？她显出奇怪地说："你说什么，什么叫那个'扫荡'？"原来这里和我的家乡是两个世界。当然这里也没有抵抗力量。我又问她："日本人来过你们村没有？"

　　她说："有时候路过，还有骑马的，就是路过，净向南走。"

　　我想：向南走。我的家乡就在石门以南。

我们一时陷入尴尬，只剩下走路，我低着头，看着脚蹚起的浮土。当然我并不以为琴身在敌占区她就是敌人，她自有自己的单纯，她连"扫荡"都不懂。

琴看我久久不说话就找话和我说："听说往南不远就有八路军，你就是呗。"

我说："你算算我才几岁，我倒想当。"我和琴又是一阵沉默。走路也毫无精神，踢踢踏踏。她大概看我已是一个疲劳过度的人，知道我已步行两天，连说话的力气也没有了。就试探着对我说："石门，哦不，现在叫石家庄，石家庄到北平通了火车。咱从石家庄上火车吧，头一站就是正定。"

我同意了琴的计划，我们要走进石家庄。想到两年前我在家乡听解放石家庄的炮声就是从这里发出的。她领我在石家庄的大街小巷东拐西拐，这里大街宽阔，路两旁栽种着垂柳树，树后面是一家挨一家的大小店铺，其中饭馆居多，阵阵煎炒气味从树后飘出来。小巷狭窄，和农村没什么区别。火车站在一个叫朝阳路的街上，琴领我在售票处买了票，进了站。不久有火车开过来，我们上了一列开往北平的火车。

啊，火车。我出门后，又遇到一个全新的世界。它比鸡毛店要阔气得多，它有这么多座位，那么多窗户。从窗户向外看去，好像火车没有走是窗外的景物在向后走。

不久火车要跨过一条大河，琴对我说要过滹沱河了。

滹沱河，好熟悉的名字，"群雁飞，滹沱河水寒""黄河呼啸，滹沱河水急涨"的歌声在我耳边响起。我忍不住站起来，从窗户探出身去。细看这条我所"熟悉"的大河。我居高临下看见它那汹涌澎湃带着泥沙的河水向东流去。想到编歌的人为什么总要把滹沱河编进歌内，或许它就是我们这一方的母亲河吧。黄河是中华民族的母亲河，滹沱河代表着我们这一方土地和人民，它用它的奔流不息汹涌澎湃的气度，告诉过侵略者这里的人民是不会甘心受屈辱的，抵抗的决心就像滹沱河的奔腾。

火车一阵呼啸路过滹沱河后，在一个叫正定的车站停下来。

原来我将要去的大学就在滹沱河边。

正定是一座古城，古城长山郡，是三国时赵子龙的故乡。现在在一条条店铺林立的古朴街道上，到处是身着灰色军装的年轻人，他们是"华大"的学生吧。

六十

　　"华大"坐落在一座著名的天主教堂内，这里有广阔的园林，有形式繁多的各种风格的洋建筑。尤其它那一座双插入云的有塔楼的礼拜堂，更显出它气质的不凡。院里玫瑰和月季盛开着，簇拥着一座座大大小小的"洋式"屋宇。华大各部就分驻在这些被花丛簇围着的屋宇中，三部驻在一个二层建筑的小礼拜堂内，它有一排排高挑的窗户，屋内是木质地板。男生和女生分住在楼上和楼下。

　　我和琴找到三部驻地，说明来意。经过考试还是如愿被录取。我参加美术专业的考试，画了那座双插入云的塔楼。琴大概经过嗓音的测试吧，她会唱歌。路上我们休息时，她常常哼唱着什么，以我对音乐的认知，她的音乐水平是优于我的，适合入戏剧行。

　　但我们到达华大后，三部许多知名艺术家都已分调到刚解放不久的北平，只留下一些年轻的艺术界老师和老同学。这样我们所学专业就不再专了，老师带我们上美术课，我们就跟老师去画速写，画正定的老街道，画宽阔的滹沱河。音乐老师带我们上音乐课，我们就跟老师在花丛中学发声，去认简谱和线谱。戏剧老师为我们上戏剧课，我们就直截了当去排戏了，老同学中也大有样样通的能人，我画速写，就有人在我后面告诉我，什么叫比例，画中的鸭子不能比狗大。有同学还告诉我怎样演好人，怎样演坏人，他说着做着示范，脸上的肌肉也在向不同方向调动着。一次我要演一位老汉，他让我把两腿弯曲，不断寻找平衡。我试了试，我便是一位"老汉"了。

我学演老汉是为了一出四姐妹夸夫的小歌剧，剧情是这样：有四位年轻农村女子都夸自己丈夫从事的事业好，对革命的贡献大。老汉听了就说，咱们都不差。都为革命有功劳。

四姐妹分甲、乙、丙、丁（孙凤琴饰演甲），跳着秧歌步出场。她们合唱着：

支援前线打胜仗吧哼嗨，
妇女大会闹嚷嚷。
四姐妹开完了妇女会，
一路上走来一路上讲。

甲唱：

我丈夫他在兵工厂。

乙唱:

我丈夫他在铁道上。

丙唱:

我丈夫下地种庄稼。

丁唱:

我丈夫杀敌上战场。

四姐妹唱完后,就开始争论起来。

丁唱:

抗战胜利打老蒋全凭战士能打胜仗。

甲唱：

　　没有子弹，没有枪，他凭什么打胜仗？

乙唱：

　　有了子弹，有了枪，谁把它们运前方？

丙唱：

　　人是铁，饭是钢，一顿不吃饿得慌。
　　……

我（老汉）唱：

　　不要争不要吵，咱们大家有功劳。
　　就说我老汉年纪大，耳不聋，眼不花。
　　支援前线我也戴过光荣花。

老汉（我）以实际行动平息了四姐妹的争论，大家表示，鼓励各自的丈夫为解放全中国贡献力量。

四姐妹夸夫演出后，我们又排了著名秧歌剧《夫妻识字》，领导分配我演夫，分配孙凤琴演妻。我和孙凤琴成了舞台上的"夫妻"。

《夫妻识字》是延安传过来的秧歌剧，在解放区已广为流传，是一出有代表性的新歌剧。

我和孙凤琴扭着秧歌出场。合唱着：

黑咕隆咚天上出呀么出星星。

黑板上写字放呀么放光明。

妻唱：

什么字放光明？

夫唱：

学习二字要认清。

妻唱：

认得清认得清，你把道理说分明。庄户人为什么要识字？

夫唱：

不识字不知道大事情。旧社会不识字，糊里糊涂受人欺。

合唱：

如今咱们翻了身，受苦人变成了当家的人，睁眼的瞎子怎能行，哎咳哎咳咿哟，学习那文化最呀，当紧呀么嗯哎哟。

后来他们又各述说着过去不识字的缺憾和如今识了字的好处。

两出戏的演出，好像奠定了我在演艺上的才能。老师（导演）又雄心勃勃地告诉我们，下边要有大动作。要把从华大进京的大编剧大导演请回来，我们的目标，要排演胡丹沸编剧的《王秀恋》、阮章竟编剧的《赤叶河》，领导还准备把《黄河大合唱》的词作者光未然请回来做艺术指导。原来光未然进京前也是华大的著名教授之一。

但我们的大学毕竟不是一个剧团，是一所为新中国建设培养年轻人才的学校，学习政治还是第一位的。弄清唯物主义和唯心主义是政治课的前提。也许在那个双插入云的大礼拜堂，牧师还在讲，上帝一日造光，二日造水，三日造大地和万物，第六日造出了人。但是，唯物主义要告诉你，是劳动创造了人。政治课要把你落实到现实社会中来，你才能懂得中国的革命胜利是在务实中求得的。你才能相信中国是一个半殖民地半封建的社会，你才能懂得民主改革的重要。你才能懂得现时所实行的一切政策的必要。于是我们还必得到群众中去锻炼自己。所以我们要暂时放弃排演《王秀恋》《赤叶河》的计划，到农村去，要农民按国家的需要耕种土地。我们要告诉农民，你那几块本是种高粱和谷子的地方，根据国家需要，现在要改种棉花。于是我们带着国家为我们拟定的口号，"要发家种棉花"奔赴农村。临行前，上级做报告对我们说，你们下去不是宣传者，而是领导者。我被分配到邻县一个叫朱家庄的村子，我是一位上级派来的领导，去实践我肩负的任务。

六十一

我打起我的行李卷儿，沿奔腾向东的滹沱河走半天，来到一个叫朱家庄的村子。我在村公所和村长见了面，村长是位中年妇女，大脚板儿赤红脸，说话声音洪亮，很容易使我想到故乡的老香大娘。我说明来意，她端详我一阵说，好年轻啊，还没见过这么年轻的领导。我说我不是领导，是下来锻炼的。村长说，光锻炼可不行，县里有个通知，我知道你们是带着任务来的，你肩上的担子可不轻，全村三百户就听你调遣了，你代表的是党和政府。

我便大言不惭地向村长交代任务说，这次号召多种棉花，是爱国行动，是为建设新中国的需要，先前日本人也发现我们这一带的土地适合种棉花，每个县都有个棉产改进会，那是日本人的需要。村长说，看你年纪小，还知道那个改进会，日本人把棉花改进来改进去，好棉花都给了他们，咱们都被那个棉产改进会伤过，快说咱们的新政策吧。我把政策和要求向村长做了交代，动员农民多种棉花，如何贯彻"要发家种棉花"的口号，棉农一定都会得到种棉花的好处。村长说，这个口号好，发动群众就有了根据，农民也有了抓挠，明天咱们就开动员会，一个村子都会听你的。最后村长还把我的生活做了安排，她说："住就住在村公所，这盘大炕空着，吃饭呢也别挨家挨户派了，就到小学校去吃，那儿就俩人，做饭时让他们多下半碗米就够你吃了。现在我就找人带你去认门儿。"

村公所有盘大炕，我把行李放在炕上，跟一个半大孩子去认识校门。当走到一条街的尽头时，听见不远处传来孩子们的喊声，当然这便是学校了。再向前走，看见一座青砖门楼，走进去有一片白灰抹成的影壁，影壁后边就是学校的操场。现在学生们在操场里围坐一圈，玩一种丢手绢的游戏。有位女老师站在当中指挥，她快乐地拍着手唱着："丢手绢，丢手绢，手绢丢在小朋友的后面，大家不要打电话，快快快快捉住他。"她一边唱着一边和孩子们一起快乐地跑动着。我站下来，仔细注视这位女老师，这不就是我湖畔姑吗？湖畔姑发现有生人进了校门，停住脚步朝我观察一阵，她也认出了我，便扔下学生，跳出重围，奔向了我。她拉起我的双手，左端详右端详，说我怎么一下子蹿了这么高，不仔细看真不敢认了，她脸上露出无尽的惊喜，眼泪也夺眶而出。我的眼泪也掉下来。

现在的湖畔姑和受洗的湖畔姑早已判若两人。现在她穿一件灰色的列宁服，腰里系着腰带，显得人很干练，女干部一般。我想她是忘掉了过去的。她转过身让学生解散，顾不得进屋，把家中的人问了又问，她说："幸亏你爹，我向大伯改变了我，不然我没脸再去见咱向家人。"

晚上我和湖畔姑坐在一盏煤油灯下吃晚饭，饭食和家乡一模一样，小米粥里杂以山药（红薯），白萝卜腌制的咸菜，切成筷子粗的长方丁，拌着香油。

有位男老师为我们端饭上菜，他不住拱开门帘进进出出，这是湖畔的同事，姓朱。这位朱老师个子不高，脸上残存着青春痘，他少言语，有几分腼腆。饭菜上齐后坐下来和我们一起吃。湖畔姑关照着我，还不时用眼光关照朱老师，每当朱老师感到湖畔对他的关照时，便显出几分羞涩，这使我感到气氛的不同寻常。吃完晚饭，朱老师收拾碗筷，湖畔问我在华大里学了什么歌。我告诉她，我们唱了不少新歌，还演过秧歌剧，她问我有一首《喀什噶尔舞曲》，是新疆的歌不知我学过没有。我告诉她还不曾学过。湖畔说我教你唱吧，说着从座位上站起来，清清嗓子轻轻拍着手唱起来：

温柔美丽的姑娘

我的都是你的

你不答应我要求

我要每天哭泣

你的话儿甜似蜜

也许心中是苦的

你说每天要哭泣

眼泪一定是假的

天空颜色是蓝的

喀什噶尔河水是清的

你不答应我要求

我向喀什噶尔跳下去

你的话儿真勇敢

恐怕未必是真的

你向喀什噶尔跳下去

我便决心答应你

呀沙松　　呀沙松

黄色赛布得

呀沙松

呀沙松　　呀沙松

蓝色天空

呀沙松

青色喀什噶尔

呀沙松

湖畔姑唱得很动情，眼里浸着泪花，朱老师倚在门边，默默地注视着她，眼里分明也闪动着泪花。有时他们的目光分明在对视，有意无意地做着交流。她的歌说是唱给我的，我总觉得她是唱给朱老师的。她分明在告诉他，我喜欢真诚的眼泪，害怕虚假的眼泪。

这一晚我觉得非同寻常。我正被一种气氛笼罩，这一夜是愉快的、凄婉的、热烈的、神秘的、冷峻的。

夜深了，煤油灯里的油就要耗尽了。我告别湖畔姑回村公所，她送我出门，朱老师只为我们撩开门帘便停下来，和我没有更多的寒暄。也许他已意识到湖畔总要对我说些什么的，但湖畔在送我的路上，关于自己什么也没有说，只是踏着月光低头走路，她一定是在心里说，过去的一切，何必再提起，眼前的一切你都看见了。我们踏着月光走，穿过黑影走。但我还是忍不住问到了韩先生。她迟疑一阵说："很远很远了，比梦还远。"

我很后悔，我不识时务地问韩先生，她说的很远很远，实际是说她距离那段历史已经很远了吧。

我们快走到村公所时，她才问我："你是让老百姓多种棉花的？"

我说是，我吞吐着说。

现在种棉花也要"改进"？她问我。显然她又想到了韩先生所在的那个棉产改进会，我说："不是改进，是种植方法的改良。"她缓了一下只说："哦。"显然她是惧怕"改进"两个字的。

我和湖畔姑在村公所门口站立许久。不知怎样再对话，因为"改进"两个字打搅了我们。

在几棵乌黑的老树上，有一只什么鸟正在鸣叫，声音传得十分悠远。湖畔姑说："这不知是什么鸟，在咱村从来没听见过这鸟叫。"显然湖畔姑又开始了一个可有可无的话题，她避开了那个日本的棉产改进会和那个韩先生。湖畔姑和我告别，一个人踏着月光向回走，她走得很快，树影在身上一闪一闪。

晚上我躺在村公所的大炕上，改进会韩先生已远去，可刚才的几句歌词不停地在脑子里盘旋："我的都是你的……我向喀什噶尔跳下去"，我眼前出现着湖畔姑和朱老师做交流的目光。

后来我每天到小学校去吃饭，湖畔姑没有再教我唱新歌，她总是显得忧心忡忡，好像是我给她带来了什么烦恼。对，是我提起了那个棉产改进会和那个姓韩的。在饭桌上她只问我老家的一些个老事，还不断为茹和梅的死而叹息，说我姐姐南屏才是那伙女伴们的榜样……朱老师照样为我们熬粥添菜，但他很少和我们同桌。

不久，我"号召"农民种植的棉花，已破土成长，我告别湖畔姑返回学校。半年过后，我接到父亲的信，信中说，你湖畔姑"出事"了。还说，事情联系着一个姓朱的老师。朱老师已被抓走判了刑，而你湖畔姑……可怜呀。我爹用了一个"可怜"来形容湖畔姑目前的状况。信中还说，如果我有时间，就让我回去看看。

我决定回家去看看湖畔姑。

事情是这样的：果然那一夜我所感到的愉快、凄婉、热烈和神秘得到了证实。湖畔姑和朱老师犯了"奸情"，那时叫"男女关系"。他们是被人当场抓住的，就在我号召种植的一块棉花地里，当时正是棉铃盛开的时节。据"捉奸"

人讲，她和他正在棉花地里尽情做着男女之事。之后，二人被押在小学操场批斗后，朱老师被当场押走，湖畔姑本来也要被押走的，但她疯了。她当场脱掉自己的衣服，在操场里跑着、唱着"我的都是你的"，不顾村人的围观，她被送回了老家。

我看到湖畔姑时，她被藏在我家那个废弃的菜窖里，她裸着身子，身旁是她脱下的衣服和一些排泄物。

我爹和所有家人都陪我来看湖畔姑，只见她蜷曲着自己，一头纷乱的柴草般的头发遮着她的脸和肩，当她知道窖口被打开阳光照进来时，从地上一跃而起，开始朝着我们、朝着天空喊：这就是喀什噶尔，我不跳谁跳。喀什噶尔，我不跳谁跳……哦，春，锁在嫩绿的窗里了，啊，伊们，管不住春的，飞了，飞了……天国近了，时候到了。

她的呐喊里包括了《喀什噶尔舞曲》、湖畔派诗和《圣经》。

我问我爹怎么不救救湖畔姑，我爹说医生治不了自家人的病，他正和孟院长四处求医。后来我回到我的大学，听说有位专治疯癫的名医给湖畔姑下了猛药，她好了。我爹还打听到了她丈夫韩先生的下落，她又投奔了她的韩先生。原来韩先生隐姓埋名沦落在内蒙古的一个叫呼图尔的地方。

六十二

那次我在朱家庄号召种棉，亲自看见棉农在新政策指导下，对棉田的细心经营，看棉籽的下地，看小苗出土，看它们的苗壮成长，仿佛我又置身于家乡的棉田里。

一天村长大步流星地跑入棉田，对我说："小向同志，大学来了电话，叫你赶紧回校，你又有了新任务。"

我问村长什么任务，村长说："该咱知道的咱知道，不该咱知道的咱不打听。来电话可不是轻而易举的事。"我想起村公所桌上那台手摇电话机，在和我共处的日子里，从未听到过它的声音。村长是重视电话的。

我不得不告别我的棉田，告别村长，还有湖畔姑，马不停蹄地赶回学校。三部领导告诉我，就等我了。要演出了，这次演出不同一般，省里文艺界来了，要挑人。

省里是来了人，一位姓贺的女士是省文工团团长。她看了我们的演出和合唱，还挑选出几个人正式参加她的考试。考试那天，我、孙凤琴，还有几位"演员"依次被招呼到三部办公室。我们按照贺团长拟订的不同考题应考。

我的考题有两项，一项是读报纸。她信手拿起一张《河北日报》，指出一篇文章让我读。我读得很吃力，家乡话加口吃吧。从她的表情看，我将是一位被淘汰者。但是在另一个考题中，我出了"彩"：她让我哭。她说你会哭吗？你哭一个，哭得越真实越好。片刻，我竟然哭了起来。是真哭，痛哭流涕的哭。贺团长笑起来说："好了，不用再哭了。你的考试结束了。准备一下吧，你被录取了。"

考试原来就如此简单。

我站在门外等孙凤琴，孙凤琴的歌声从考场里传出来：黑咕隆咚的天上，出呀么出星星……大概她也读了报纸吧。

孙凤琴从考场走出来，脸上也透着惊喜对我说，她也被录取了。但在贺团长就要领我们出发去省城前，三部领导却通知孙凤琴她的录取又被取消了……

一个星期天，也是我离开华大前的最后一个星期天，我和孙凤琴一起来到滹沱河边。星期天华大同学大半都要拥向滹沱河的，或游泳或闲聊。我们坐在它那宽阔的河滩草地上，滚滚的河水泛起朵朵浪花，浪花又变成涟漪，涟漪再变成浪花。向东向它应该去的方向，缓慢流动着。

孙凤琴看我望着滹沱河出神，说："我看你对滹沱河的感情很不一般，和我们都不一样。"我说："是不一般。在我不认识它时，耳边就时常出现它的名字。我们唱它。唱它的热烈奔腾。你知道那时它的名字一出现，就能鼓舞起这一方军民的抗日热情。就像《黄河大合唱》，鼓舞着全中国人的抗日热情一样。抗日热情是要有一种潜移默化的意志鼓舞的。我见过日本人，日本人的枪口顶过我的后脑勺。你也见过日本人，可在这方面咱俩人对日本人的认知是不一样的。这说明咱们对滹沱河的感情也就不一样。也许当时你们村的墙上标语是日本人写的，'强化治安''大东亚共荣'。可我却带领一群少年到处写'打倒日本帝国主义''坚持抗日游击战'。"

说到此，孙凤琴的眼泪掉下来。她说："我问你一句话，面对滹沱河我在你面前很惭愧。我不能和你一块儿去省城，一定是学校的决定吧。因为我上过日本学校，学过日本字儿。贺团长都让我做准备了。日本人的枪口对准过你的头，可我念过日本人的书。你说咱俩不能一块儿走，是不是这个原因？"

我迟疑一阵，想想说："也许吧。"

孙凤琴哭得更厉害，说："那我怎么办？当时我想认字，石门周边只有日本人开的学校呀。现在我才知道，我们那里属敌占区。"

2022
アイシャンピン

424

我安慰她说："你会有机会的，先学好政治吧。学好唯物主义。"

我"违心"地劝说着她，我知道我这些虚无缥缈的"劝人方"对她不具什么意义。她的眼泪不止，下意识地把头靠在我的肩上（我猜她是下意识地），我没有躲避她。

我说："咱说点高兴的吧。"

她问我："什么高兴？咱俩演夫妻最高兴。可那是假的。要是变成真的呢？"

她的话把我吓一跳，目前我没有和谁谈情说爱的准备，摆在我面前的是我将要从事的事业。但孙凤琴是一个坦诚正派的姑娘，我将怎样对待她这一腔热情呢？我下意识地将她的头从我肩上移开说："咱还是说点轻松的吧，你说的事对咱俩都太重大，不一定就是高兴。把重大的事留给咱们以后吧。也许咱俩还有说正经事的机会，现在…… 现在还是找点轻松的说吧。"

她两眼直视着我，问："你说咱俩还会有说正经事的机会吗？"

我说："会，会吧。"

我说得不肯定还带着口吃。

她说："那，咱们就先说轻松的吧，什么轻松？"我说：

"唱歌轻松。你上过日本学校一定会唱日本歌。"

她说:"我真会一首。"我说:"我也会一首,还是一个日本兵教我的。"

她说:"呀,你们不是打日本的吗,怎么还会唱这个?"

我说:"战争是一言难尽的,各式各样的人都要卷进来。有的并不喜欢战争,只喜欢艺术,比如我也遇到过另一个日本兵。"我给她讲了松山槐多的故事,还说他教我唱过一首叫《小小的晚霞》的歌。

她说:"正好我也会,也是在方村镇那个学校学的。"我们看着滚滚的滹沱河河水,用日文唱起《小小的晚霞》:

　　夕焼け小焼け

　　夕焼け小焼け　日が暮れて　山のお寺の　鐘がなる

　　お手手つないで　皆帰ろう　鳥と一緒に　帰りましょう

　　子供が帰った　後からは　円い大きな　お月様

　　小鳥が夢を　見る頃は　空にはきらきら　金の星

唱完《小小的晚霞》，我看见孙凤琴的眼睛又滚动起泪花。我说我们还是回家吧，就像乌鸦一样要回家。

　　我们一路无话，走得很沉闷。

　　我总觉得刚才我的言行是对孙凤琴的敷衍，我敷衍了她。她是郑重的，我没有看中她的郑重。

　　我敷衍她，也是郑重的敷衍，我想起和彩云姐和茹姑的"过家家"。和孙凤琴已经不是过家家了。我想在我不能把握自己命运之前，只能对她做些郑重的敷衍。

六十三

　　贺团长的衣着风度有别于当时的女干部，当时的女干部大多是短发穿列宁服，贺团长梳两条长辫子穿皮夹克，是一位英气勃勃、行为敏捷的女领导、女导演。在省城她主持着这个省级文艺单位。

　　我和贺团长在正定火车站上火车，向着省城保定走。车上乘客很少，我们对面而坐。她掏出一根香烟，点上抽着。烟从开着的车窗向后飘散，我想向她打听孙凤琴的事，还没来得及开口她便开口问我，叫向三羊吧。我说是。她说我告诉你，我为什么选中你？因为你会哭，说哭就哭。这是一个当演员必须具备的素质，会临场发挥，我们叫即兴表演。但是你想起了什么，说哭就哭，哭只是一种表情，它必须要有内心的缘由，表演学上叫潜意识。

　　她说现在我不准备问你的哭的原因是什么，我只告诉你演员在舞台上的任何一个行为和表情都要有一个合理的、符合逻辑的潜意识做支撑。

　　在火车上，我第一次听到原来还有这样深奥的具专业性的表达语言。

我不懂潜意识，但引起哭的原因很多。当我面对贺团长痛哭，那时我想起了我无故被武老师勒令离开学校，自己还装作上学在田野里流浪的经历。

她又抽了一口烟说："你的独白可不行，光靠独白你是不会被录取的。你还不如那位叫孙凤琴的女生呢，她的独白比你强，声音也不错。我不能录取她，是后来学校的决定……"

贺团长没有说下去。我想现在也不是我刨根问底的时候，我只羞涩地低着头，想着我那天读报纸时的情景，很使我抬不起头，贺团长说得更专业，她说那叫独白。

我和贺团长在保定下火车，早有专车在站前等我们了。这是一辆大车，一辆由一匹膘满肉肥的骡子驾着的木轮大车。大车在保定一条由碎石子铺成的街道上咯噔咯噔缓慢而行。这辆大车和我家的大车没什么区别，贺团长和赶车的老马一路聊着闲话。我看着沿街的老式店铺，原来我是离不开大车的，但大车所向之处不再是南岗，不再是孟家院和桑园，也不会再经过我们的柳树坑 —— 诺曼底，眼前的一切都是陌生的，而我的事业将从这辆陌生的大车上、陌生的城市中开始。

大车把我带入一个真正的艺术行里，但我没有进入演戏行成为一名演员，尽管我会哭。领导按我的要求，还是把我安排在美术行。团里正好有几位青年，正在请名师学着美术。我按正规的学习，学了美术。目前是我要把美术作品搬上舞台，按专业的称谓叫舞台美术。我要根据一出戏的剧情需要，配上合理的环境。远的山峦、近的流水、工厂的车间、林立的烟囱、田野里茂盛的庄稼、办公室中式的洋式的门窗、农村的门窗炕头和猪圈……这些作品统称为布景。我要把我制作描绘的一切，装上我的大车，送到省城的剧场、城镇的礼堂、农村的土台广场。当那些扮演工农兵、干部、土匪、官吏的演员在其中活动起来时，我手下的创作也神气活现起来。我和我装载着布景的大车四处游走。大车上的我常常自豪而骄傲地想，这一个个变幻莫测的世界是大车上的我制造出的。大车还会载着我，走上另一些变幻莫测的世界。

尾声

有一天，我从外地演出回来，进门时传达师傅把我叫住说有你两封信，我跳下大车，接过两个大小不等的信封。小信封寄自我的家乡，大信封经过辗转曲折，先寄到我的家乡，再由医院小董转给我的。

我迫不及待先打开小信封。原来是孙凤琴写给我的。

她写道——

向三羊同学：

咱俩自从华大分别后，我又经过半年的学习，政治上又有了新的进步。目前我已分配在你县的民众教育馆，馆长姓柳，听说我是华大来的，就问我认识不认识一位叫向三羊的人。我说我不仅认识还很熟悉哩。目前我还没有正式工作。帮助柳馆长研研墨，铺铺纸，挂挂图画。我觉得日子过得很充实，先写到此吧。

　　此致

敬礼

　　　同学　孙凤琴　1951年11月10日

　　另一封信是我回到宿舍后打开的。原来是久违了的孙
医生写给我的，他写道——

　　　向三羊同志，近来可好？很想念与你相处的
　　日子。也很想念我们共同建设的那个空间，一切
　　都是由于我的不慎所致。目前我在内蒙古一个叫
　　呼图尔的地方改造锻炼。这是一个典型的游牧村
　　子，四周人烟稀少，只有沙漠和牛羊。开始我寂
　　寞难耐，后来认识了一个人，这人叫湖畔。她本
　　来是投奔她的丈夫的，可惜在她来之前，她丈夫
　　就被遣返回原籍了。丈夫是个潜逃犯，湖畔一人
　　在此艰难度日。后来我们相识了，再后来就住在
　　一起了。边边远远的地方没人理睬我们。

湖畔这位女子说话很少，连她的名字也不愿解释。可她绝对不是一般人。她人好，看来文化也很深，当然她也有坎坷。假如与我再有机会见面，我一定会把她介绍给你。

　　就写到此吧。湖畔叫我吃饭。至今她做饭闻不惯烧牛粪的味道。（这里做饭烧牛粪，呛得她直咳嗽。刚才我到旗上医院给她拿了 Licorice pieces[①]）。

孙学志写于呼图尔

1950 年 10 月 11 日

　　我读完孙医生的信，心想世上原来还有这种巧事。不知怎么的我心不由己地竟然记起湖畔姑念过的一首"湖畔诗"：

　　　他怎寻得被禁锢的伊呢？

　　　他只迷在伊的风里。

---

① 甘草片，可止咳。

隐忍着这悲惨而甜蜜的伤心，

醺醺地翩翩地飞着。

隐忍着这悲惨而甜蜜的伤心，只怕是……

2008 年初稿

2020 年二稿

2021 年三稿

2022 年再改

434

美术作品

西伯利亚　铅笔速写　18cm×18cm　1991 年

西伯利亚

1991 年途经西伯利亚
迎接我的是四棵优雅的白桦
想到柴可夫斯基
还是穆索尔斯基

巴黎白教堂远眺　铅笔速写　15cm×20cm　1997年

巴黎白教堂远眺

从入住酒店看巴黎白教堂
不知它能否和埃菲尔铁塔齐名
但我画它是用心的

亚特兰大艺术馆　钢笔速写　19cm×28cm　1995年

亚特兰大艺术馆

比起著名的"大都会"
它渺小无华
我在馆内驻足良久
因为它藏有霍珀的水彩画
虽然霍珀不长于水彩画
艺术家的"不长于"
或许才显出他过人的天才

圣彼得堡皇村　钢笔速写　18cm×18cm　2000年

圣彼得堡皇村

圣彼得堡著名的夏宫
这里有关于普希金的种种记载和足迹
现在他正悠闲地坐在群树之下
像在思考
他有过为自己建立纪念碑的诗句

美国洛杉矶环球影城　钢笔速写13cm×18cm　2016年

美国洛杉矶环球影城

洛杉矶贝弗利山
山下是著名的环球影城
许多电影人和明星向往之地
那里也留下了他们的足迹

伊尔库斯克机场　钢笔速写　10cm×14cm　2007年

伊尔库斯克机场

伊尔库斯克
一个微不足道的小机场
两个等机的人在耐住性子等航班
此时我正在他们的对面
和他们一样的无聊

西伯利亚人聚会　钢笔速写　10cm×14cm　2007年

西伯利亚人聚会

一群西伯利亚人的聚会
他们面前有简单的酒具和烈性的伏特加
还有许多鲜红的旗帜
为一个值得庆祝的日子而聚会吧

日本东京　钢笔速写　15cm×21cm　2015年

日本东京

从东京洲际饭店窗内看东京
高突的建筑当是日本的政治中心
远看去使人想到巴黎的白教堂

去往陶斯途中　钢笔速写　10cm×15cm　2016年

去往陶斯途中

为寻找画家费钦的途中
尽是高低不等的沙丘
和球状的植物
当地人告诉我它们叫"皮牛"
不知英文怎样描写

贝加尔湖　铅笔速写　10cm×15cm　2007年

贝加尔湖

贝加尔湖
闻名于世界的湖
它有心酸的记载
也有为人类提供的欢乐
俄国人称它为母亲湖

窗边的衣服　钢笔速写　11cm×15cm　2016年

窗边的衣服

旁边也有文字记载
我的衣服挂在
海南三亚喜来登酒店
一副悠闲的架势

法兰克福　钢笔速写　13cm×13cm　2017年

法兰克福

一个陌生的城市
匆匆而过
只记下它的一隅

奥地利克莱姆斯镇　铅笔速写　13cm×13cm　2017年

奥地利克莱姆斯镇

一个古典而安静的小镇
冲上云霄的尖塔
并没有打破它的安静
仔细看画中有我
我正在街头画下它的容貌

维也纳中央公园　铅笔速写　9cm×17cm　2017年

维也纳中央公园

维也纳音乐之城
孕育音乐家之城
正面是一座普通的建筑
左面不远处就有
约翰·施特劳斯的金色雕像
他姿势优雅地在演奏小提琴

奥地利杜恩施泰因小镇　铅笔速写　12cm×12cm　2017年

奥地利杜恩施泰因小镇

多瑙河边的小镇杜恩施泰因
也是奥地利随处可见的小镇
老的建筑老的街道
多瑙河就绕它而过
在这里驻足像是回到中世纪

奥斯陆街头　铅笔速写　12cm×12cm　1991年

奥斯陆街头

一座朴实无华的城市
这里有海盗船博物馆
记载着它的传奇
也有过易卜生和"娜拉"出走的故事
是人类向往自由的象征

列宾故居　铅笔速写　18cm×18cm　2000年

列宾故居

晚年的列宾
移居在俄国最北端的波纳特
或许图清净吧
但这里也有热闹
居所内不仅有撒波洛士人的刀枪和酒壶
也有高尔基坐过的高椅
夏里亚宾躺卧过的坐榻

日本北海道鹿追町然别湖　纸本水彩　15cm×25cm　2015年

日本北海道鹿追町然别湖

日本北海道的名湖
"然别"是汉字
在此很使人费解
或许因背后的双唇山而得名
山与湖水吻别着
沿湖散步常有一种惆怅感

多瑙河　铅笔速写　9cm×18cm　2017年

多瑙河

我多次沿多瑙河驻足
发现它并不蓝
蓝色的多瑙河是音乐家施特劳斯的赋予吧

在美国犹他州等车　铅笔速写　13cm×18cm　2016年

在美国犹他州等车

2016年在犹他州
忘记为何在此等车
但眼前那座山吸引我
画下来也免去等车的麻烦